广州市宣传文化出版资金

本作品受"广州市宣传文化出版资金"资助

1949—1966年
中国文学对外翻译研究

A STUDY ON OUTWARD TRANSLATION
OF CHINESE LITERATURE (1949-1966)

倪秀华　著

广州新华出版发行集团
广州出版社

图书在版编目（CIP）数据

1949—1966年中国文学对外翻译研究/倪秀华著. —广州：广州出版社，2021.1

ISBN 978－7－5462－3216－4

Ⅰ.①1… Ⅱ.①倪… Ⅲ.①中国文学—文学翻译—文学史研究—1949—1966 Ⅳ.①I209.07

中国版本图书馆CIP数据核字（2021）第017099号

书　　名 1949—1966年中国文学对外翻译研究
1949－1966 Nian Zhongguo Wenxue Duiwai Fanyi Yanjiu
出版发行 广州出版社
（地址：广州市天河区天润路87号9、10楼　邮政编码：510635
网址：www.gzcbs.com.cn）
责任编辑 叶桂莲
责任校对 周卫思
封面设计 肖晓文
印　　刷 广州小明数码快印有限公司
（地址：广州市天河区高普路83号b座c5号）
规　　格 787毫米×1092毫米　1/16
印　　张 17.25
字　　数 285千
版　　次 2021年1月第1版
印　　次 2021年1月第1次
书　　号 ISBN 978－7－5462－3216－4
定　　价 58.00元

中国文学对外翻译研究的出色之作（代序）

近年来，随着中华文化“走出去”战略的实施与逐步深化，作为其重要组成部分的中国文学作品对外翻译，在相关机构和出版界的大力推动下，发展迅猛。在此背景下，中国文学作品对外翻译逐渐成为当下学界的研究热点之一。中国文学作品对外翻译现象自古有之，但大规模主动对外翻译的活动，却始自中华人民共和国成立初期（1949—1966）。在这一时期，作为专门从事对外书刊宣传、编译出版外文版书刊官方机构的外文出版社，用英语、法语、俄语、德语、印度尼西亚语等多种外语，翻译出版了一大批中国古典、现代和当代的文学作品，开启了由官方机构主动发起、主持的中国文学外译和出版模式。《1949—1966 年中国文学对外翻译研究》一书（以下简称《外译研究》），即是对 1949—1966 年间中国文学外译和出版独特模式的研究成果。作者倪秀华以其博士论文为基础，围绕相关话题展开持续而深入的研究，挖掘到大量详尽的第一手史料，然后将理论阐释与文本分析有机地结合起来，剖析 1949—1966 年间文学外译活动与民族国家建构及意识形态之间的复杂关系，重点考察这一时期的中国文学，尤其是 1949—1966 年间文学作品的英文翻译是如何参与民族国家建构的。可以说，倪秀华这部著作具有选题新颖、立论独到、结构严谨、分析细致、写作规范的特点，是一部颇具学术参考价值和意义的出色之作。下面，笔者从该书涉及的“文学对外翻译与民族国家建构”这个主题出发，就翻译与民族国家建构、翻译与意识形态、几个其他焦点话题展开讨论，谈一些个人认识和观点，权当应作者之邀而为本书所作的“序”。

一、翻译与民族国家建构

我们知道，在中文里，“民族”和“民族国家”是经常被大家混淆的词语。这在某种程度上反映了“民族”这一概念的复杂性。一般而言，我们所说的“民族”可能是指“种族”或“族群”，相当于英文“ethnic group”。“种族”或“族群”常以人体质形态上的某些共同遗传特征（如肤色、发色、眼色、骨骼等）、共有语言和文化习俗为标志，属生物学、人类学范畴，如汉族、蒙古族、藏族、维吾尔族、朝鲜族、苗族、壮族、彝族、土家族等。我们常说的类似“中国有56个民族”或“中国民族人口调查”中的“民族”，实质上是指一个国家的“种族”或“族群”的意思（徐迅，1999：18－33）。本书所谈“民族国家”，并不是指上述生物学或人类学范畴的“种族”或“族群”，而是相当于英文“nation”或者“nation state”一词所指的政治、法律、社会以及社会文化层面的“民族国家”。

就中国而言，一般认为现代意义上的民族观念是在晚清才正式出现（王一川，2001：61）。古代中国并不是现代意义上的民族国家。中国传统国家观念的特点是“天朝型模”，“天朝君临四方”的思想使得中国与外国在1861年以前根本不曾有过现代意义上的外交（刘禾，2007：2）。直到晚清，尤其是1840年鸦片战争爆发，西方的坚船利炮打开了中国的大门，中国才第一次被迫面对由民族国家组成的国际社会，从而产生了自己的国家意识与民族意识。但外国的入侵和战争的肆虐，却导致中国的多民族国家主权问题一直没有得到解决。虽然1911年爆发的辛亥革命建立了“中华民国”这一共和政体，但这只满足了政体的现代性要求，并没有全面确立起多民族国家主权。直到1949年成立的中华人民共和国，才基本上实现了中华民族的现代主权和领土完整（除台湾、香港、澳门等地区外），因而是现代意义上的多民族国家（王一川，2001：25）。

对于民族主义和民族国家的形成，学界观点众多，但近几十年来西方学界对这一问题偏向于一种“建构论”（constructionism）的观点。在这样的学术认知中，“民族国家”一般不再被视为由血统、语言、文化等原生性纽带

(primordial ties) 自然衍生的既定之物 (given)，而被视为是在特定历史条件下，被发明、被构建出来的“想象的共同体” (imagined community) (Eley &Suny，1996：6－7)。安德森 (Anderson，1991/1996)“想象的共同体”的观念，在文学和文化研究界产生了相当广泛的影响。许多学者在探讨民族国家问题时，逐渐转向分析民族国家是如何被各种话语所叙述和被再现手段所呈现的 (Hobsbawm &Ranger，1984；Bhabha，1990；Hall，1996) 。在这种“建构论”的“民族国家”理论及其在文学领域相关研究的基础上，《外译研究》作者提出，如果说 1949—1966 年间的文学等媒介参与了构建中华人民共和国这一“想象的共同体”的话，那么同时期出现的中国文学作品外译活动，则是力图借助翻译这一话语实践，在目标语社会展现中华人民共和国“想象的共同体”的另一种方式，展现过程在某种意义上其实也是一种民族国家建构的过程。于是，作者认为，采取民族国家构建的视角，能让我们更好地理解在中华人民共和国成立之际，中国文学外译活动何以较大规模地出现，并何以同时开启了国家（机构）主导的中国文学外译与出版模式。除此，这一视角还能促使我们进一步思考许多具体问题，如对外翻译中国古典文学、现代文学以及当代文学作品与中华人民共和国的建立有何种关系，它们在中华人民共和国形象建构中分别充当了怎样的角色或发挥了怎样的作用，它们一起又发挥了何种功能，等等。

显而易见，翻译工作，尤其是文学外译工作在中华人民共和国这一现代多民族国家建构过程中发生着十分重要的作用。我们知道，在人类历史上，翻译促进了民族语言的形成、塑造，并强化了民族意识和民族身份建构，引进了新的文学规范和范式，促成了文学体系的演化和民族文学的建立 (Delisle and Woodsworth，1995；Brisset，1996；Pym，1998)。在这些方面，已有不少学者做过深入的探讨（Venuti，2005；Ellis and Oakley-Brown，2001)。但正如《外译研究》作者指出的，有关翻译与民族国家建构关系的理论探讨以及个案研究，大都集中在异域文学如何通过翻译这一途径参与本土民族国家建构以及民族国家身份认同，极少谈论源语社会主动发起并主事的对外文学翻译活动在对外建构本土民族国家、再现和塑造民族国家形象与民族国家主体上所发挥的作用。笔者认同该书作者的观点，即如果说异域文学的翻译是再现异域文化形象、建构本土民族国家主体的方式的话，那么由源语社会策划并主事的对外翻译，则是在目标语社会中再现、建构源语文化的自我形象的一种更为直接的方式。《外译研究》一书的研究对象是1949—1966年间中国国内出现的中国文学外译活动，是由官方组织和从事的翻译项目，因而不可避免地被赋予了重要的政治使命。正如作者所指出的，这一外译活动发生于国际社会两极尖锐对立的冷战时期，以及中华人民共和国成立初期这样一个中国社会发展的特殊历史时期，它响应了现代民族国家建构的诉求和召唤，意图在国际社会实现自我合法形象的塑造。在某种意义上，这可被视为“发明”民族国家、“发明”自我的一种手段。从这一点来看，选取这一时期由中国国家力量主动发起的文学外译活动作为研究对象，探讨文学外译与民族国家建构之间的关系，其选题是适切到位且十分有意义的。

二、翻译与意识形态

翻译中的意识形态，或翻译与意识形态之间的相互关联，并非一种新的现象，历史上早已有之，例如15世纪英国人廷代尔（William Tyndale）从人文主义立场出发翻译《圣经》，但该译本不被英国教会接纳，他也因此被教会当局以信奉异教罪处以火刑。从中作祟的自然是意识形态。16世纪法国翻译家多雷（Etienne Dolet）立足人文主义新思想从事学术活动，却导致他的多部论著和译作被当局加罪而焚毁，最后他被指控“曲解了”柏拉图一部著作、使其译文含有否认灵魂不死的意思，他被判定为“顽固不化的无神论者”，且被处以绞刑，其尸体连同他的部分作品一并被焚。从中作祟的，也同样是一个意识形态的问题（谭载喜，2004/2018：70，80）。然而，意识形态成为翻译研究的主要论题或话题，却是近几十年以来的事情。率先较为深入系统地探讨翻译与意识形态两者之间关系的是勒弗维尔。为了更好地分析文学外部系统对文学内部系统因素的影响，勒弗维尔引入了一系列新概念，“意识形态”便是其中一个（Gentzler，2001：136）。基于对佐哈尔多元系统理论的扬弃，他把“意识形态”引入翻译研究的视野。但正如该书作者指出的，勒弗维尔对“意识形态”这一概念的界定前后不一。在发表于 1988 年的题为《系统思想与文化相对论》（Systems Thinking and Cultural Relativism）的文章中，勒弗维尔采用的是伊格尔顿（Terry Eagleton）的定义，说所谓“意识形态”，即指“一套为争取利益的话语，这些利益从某方面来说关系到维护或质疑整个社会历史生活中心的权力架构”（Gentzler，2001：136）；而在 1992 年出版的《翻译、重写以及对文学名声的操纵》（*Translation，Rewriting and the Manipulation of Literary Fame*）中，勒弗维尔采用的则是詹姆士（Fredric Jameson）的定义，说“意识形态”指的是“支配人们行为的形式、习俗以及信仰”（Lefevere，1992：16）。可见，这些定义涉及从多个不同方面对意识形态的理解，其涵盖的意义较为宽泛，并不限于政治领域。尽管勒弗维尔对意识形态的定义前后有些矛盾，但他具体着眼于“赞助人”“诗学”“改写者”等各个方面，较深入地阐释了意识形态与翻译的互动关系，观点颇具启发意义。

继勒弗维尔之后，众多翻译研究学者继续在意识形态方面进行了深入探讨，视角涉及后结构主义、后殖民主义与女性主义等。《外译研究》所说的意识形态限定在政治领域，等同于国家意识形态。这个国家意识形态，在 1949—1966 年我国的外译活动中扮演的角色是极其重要的。这一时期，中国文学对外翻译活动是中国政府组织的，因此国家充当了该翻译活动的赞助人，翻译的具体策划交由政府资助的国家对外宣传机构——外文出版社来执行。国家及其意识形态极大地影响着整个翻译活动的各个环节，如翻译选题、翻译策略的选择、译者挑选、中文编辑的改写与加工、翻译作品的出版和发行等，无不呈现出勒弗维尔所界定的“集中型赞助机制”（undifferentiated patronage，即由国家统一资助和支配的）下官方机构翻译的特点。《外译研究》从意识形态切入，深入分析了外文出版社具体策划的文学外译与民族国家建构，可以说是对翻译与意识形态这一议题的拓展和深化。

三、几个其他焦点话题

《外译研究》的主要内容和贡献，可以用“文学对外翻译”“民族国家建构”“外文出版社”等几个关键词来概括。如前所述，该书是从民族国家建构的视角，来考察1949—1966年间中国文学外译活动如何参与民族国家建构的。笔者认为，书中的几个焦点话题，抑或是它的几个思想亮点，包含在其中：一是强调了文学外译研究的重要性；二是结合第一手资料，深入外文出版社这一官方机构，研究其内部的翻译实践以及与国家话语之间的关系，强化了对国家机构翻译的研究；三是尽可能客观、理性、历史地评价这一时期中国文学外译的历史意义。

第一个焦点话题涉及文学外译研究的重要性。一般说来，人们所说的文学翻译，大都默认为是将外语译入母语的翻译活动，或是由目标语社会翻译外来作品的翻译活动，而忽略了由源语社会生成的外译现象。这一点首先体现在外译活动的命名上。根据《翻译研究百科全书》（1998/2009）的界定，“翻译方向性”指的是翻译时译者是将自己的母语译成外语还是将外语译成母语，译者将外语译成母语的翻译被视为“直接翻译”（direct translation），而将母语翻译成外语的翻译被叫作“反向翻译”（inverse translation），又称“服务型翻译”（service translation）。“反向翻译”中的“反向”一词带有一定的负面内涵。为了避免这一“负面”命名，学界后来倾向于以“A→B翻译”（A、B分别代表译者的母语/惯用语言与译者的外语）来取代“反向翻译”这一术语。可见，不管是“反向翻译”还是“A→B翻译”，两者其实都是针对译者，尤其是针对其从事翻译的语言而言的。相应的，目前学界对于“翻译方向性”（直接翻译、反向翻译、“A→B翻译”等）的讨论，也主要围绕译者翻译的语言问题与翻译质量问题展开。直至20世纪末，翻译方向性的问题才开始受到学界的重视。起先是在A→B翻译实践较为普遍的国家，他们质疑英语国家的学者只将B→A翻译实践作为唯一可行的职业选择的做法。后来研究的议题扩展到了界定何为母语的困难、以及当今全球化语言与日益多语、多元文化并存的世界中其他不同方向的翻译现象上（Lonsdale，2009：84）。其次，一些行业组织和机构明确表示不承认对外翻译的可行性。比如，联合国教科文组织于1976年发布的关于依法保护译者和译作权利以及提高译者地位的建议（《内罗毕宣言》），就主张“译者应尽可能将作品译入其母语或其有同等程度掌握的语言”（Picken，1989：245）。在这种否定对外翻译（此处指由母语译入外语）的观念影响下，我们也就不难理解，在中国文学外译问题上曾长期或至今仍存在针对翻译质量及由此引发的“谁有资格翻译本族文学”的论争。

事实上，对外文学翻译现象同样是人类翻译史上的客观存在，尤其对于处在相对弱势或边缘地位的文学与文化而言，人们力求获得外译主动权更是一个普遍的现象。正如本书所言，在 18 世纪以前的欧洲，人们多认为用各民族语言创作的作品就像写在沙子上，而用希腊语或拉丁语创作的作品则如刻在大理石之上。为此，17 世纪托马斯·鲍威尔（Thomas Power）曾将弥尔顿的《失乐园》（*Paradise Lost*）译成拉丁语，目的是让英国以外的人了解这位伟大的诗人（Lonsdale，1998：65；2009：86）。韩国也采取了一些鼓励对外译介本国文学作品的政策与措施，如设立专门的翻译机构、专门拨款、设立专项奖励等，以提高本国文化和文学在世界的地位。无疑，以（国家）机构对外输出本族文学、文化与文化外交密切相关。1883 年，法语联盟成立，其目的在于推广法语，并在全球范围内增大法国的影响力。1930 年，英国文化教育协会成立，其宗旨为传播英国文化，一方面以此抗衡德国民族主义的高涨，另一方面也是为了推广英国的工业产品。1949 年，德国歌德学院成立，旨在推广德国文化，并试图纠正纳粹时期的负面形象（von Flotow，2018：194）。这样的例子还有很多。因此，笔者同意《外译研究》作者的观点，即我们有必要将以上不同社会语境下客观存在的对外文学翻译现象纳入研究范围。这其实与翻译学学科的首要目标，即“描写我们的经验世界中表现为翻译行为和译作的种种现象”（Holmes，2000/2004：184）也是相契合的。更为重要的是，对外文学翻译实践本身在一定程度上就体现出翻译双方不平等的权力关系，其背后的政治意义值得我们深入研究。

正是基于以上的理解，本书选取中国文学外译历史上深具开创性意义的翻译现象，即 1949—1966 年间的中国文学外译活动，从多民族国家建构和意识形态的角度，聚焦外文出版社这一具体的官方翻译机构，展开深入细致的描写与分析。而在近年来中国文学外译研究日益成为新的学术增长点的大背景下，对1949—1966年间的中国文学对外翻译这一开创性活动进行深入探讨是十分及时和必要的。

第二个焦点话题，是关于国家机构主导的翻译问题。本书重点探究外文出版社的翻译活动，以及影响翻译生产的各种因素，并不是简单地对源文本与目标语文本做出对比分析，而是彰显翻译的社会属性，进而聚焦翻译的政治特性。这一点，正是近年来翻译的“文化转向”和“社会学转向”的关注点。早在20世纪90年代，勒弗维尔对意识形态的阐述就已触及文学翻译的政治和社会特性，他指出意识形态主要是通过赞助机制发挥作用的，赞助机制既可指人，也可指机构。就从事翻译的机构而言，尽管莫索普（Brain Mossop，1988；1990）早就颇有洞见地指出，“翻译机构”（translating institution）是现有翻译模式中被忽略的重要方面，但学界直到近年才真正开始对“翻译机构”和“机构翻译”（institutional translation）的问题产生兴趣。《外译研究》聚焦外文出版社这一具体的官方翻译机构，深入分析1949—1966年间该机构组织的中国文学外译活动的方方面面，具体涉及图书的选题、翻译、审稿、定稿、编辑加工修改、出版和发行程序、规范，以及相关翻译工作的赞助人、文学评论者、中文编辑、中外文译者、译文校对者等参与翻译活动的众多人员，探究这些人员所充当的角色和发挥的作用。这一深入翻译机构的个案研究是十分有益的。正如《外译研究》所指出的，该研究可帮助我们发现以往对一些有关翻译基本假设的局限性。例如，我们一般认为译者在两种语言文化群体间扮演着调停人的角色，而翻译就是为了调停和促进这两种社会文化群体之间的交流（Tymoczko，2006：16）。然而，尽管1949—1966年间的中国文学外译活动涉及两种语言（主要为中文、英文）之间的转换，但其意图或最终目的与其说是致力于文化间的交流，还不如说是强化源语社会（即中国）的文学和意识形态规范，提升我国形象与地位。此种翻译手段，在很大程度上是道勒拉普（Cay Dollerup，1997）所称的“强加式”（imposed）手段。它甚少考虑、甚或不考虑目标语社会的需求及目标语读者的兴趣，因此也不甚在意与目标社会及目标读者展开有效的对话。正如马士奎（2006：21）所指出的，“对外翻译行为发生在源语社会内部，有时会与目的语社会的需求相脱节。这种主动‘送出’的译作获得认可的难度相对更大”。同时，鉴于这一时期文学外译的特殊社会历史语境，笔者赞同《外译研究》作者的观点，即该时期文学外译活动与中华人民共和国成立初期内部自我整合的种种努力紧密地结合在了一起，并成为多民族国家整体建构的有机组成部分。因此，这样的翻译活动，更多地联系着一个多民族国家与其自身的历史和现实，而不仅仅体现一个多民族国家与其他民族国家之间的关系。此外，透过对外文出版社这一国家外宣机构以及由它承担的文学外译工作的考察，我们大体可以了解和验证目前学界对机构翻译所总结的种种特征，即它的集体性、匿名性、标准性等（Schäffner，2018：206 ）。《外译研究》还发现，源文本的中文编辑在翻译过程中发挥着不容忽视的作用，他们对于原著所做的“编辑加工”，或直接或间接地决定着译作的最终面目。人们往往认为译作主要是译者的成果，译者是译作的直接责任人，因而译者会获得学界的普遍关注。其实不然，或不尽然。源文本的中文编辑基本是“隐形”的，他们在对译作的最后呈现方式有着相当重要的作用。这点值得中国翻译研究界的更多关注。

最后谈一谈对这一时期中国文学外译（尤其是中英译翻译）的评价问题。在中西交流不平等的语境下，中国文学在英语世界被接受的程度整体上并不如意，中国文学的传播涉及选题、翻译、出版、接受等诸多环节，其中如何揭示译本的被接受程度和影响力，是个颇为复杂但又值得研究的问题。就源语社会官方机构主动发起并参与的文学外译活动而言，翻译的质量或效果如何，更是难以评定（von Flotow，2018：200）。目前有限的研究倾向于认为，20 世纪 50 至 60 年代由外文出版社组织翻译的文学英译作品，在英语世界（主要指以英、美等国为代表的西方国家）被视为是“（政治）宣传”作品而遇冷。尽管这可以说大体上反映了一个客观现象，但正如《外译研究》作者所指出的，这种评价主要是以英、美为代表的西方国家，对中国官方英译本所作出的整体评价，其中不能不说带有这样或那样的偏见。作者结合当时的冷战国际政治局势，对这一时期发行中国文学外译作品的机构，即国际书店的发行机制进行考察，结果发现：尽管国际书店单方面希望我国出版的外文书籍和刊物能在全球发行，但受当时国际关系和政治形势所限，大部分书籍和刊物只能销往亚非拉国家和地区，尤其是东南亚、南亚地区，其中又以对印度的发行量最大，印度尼西亚次之。发行的实际情况也与当时外文书刊的目标读者群定位相匹配。这一时期，不管从读者定位，还是从实际的发行路线来看，外文出版社出版的文学英译作品在当时所产生的影响，在很大程度上也就主要限于南亚、东南亚英语流行的国家和地区。这亦体现了中华人民共和国作为国家翻译实践的主体，赋予中国文学外译行为特定的政治功能。这一时期中国文学英译实践所预设的目标读者群，并非仅指以英、美等国为代表的西方国家，同时还包含着彼时中华人民共和国的重要同盟——亚非拉等第三世界英语流行国家和地区。这一定位不仅受限于彼时中西意识形态尖锐对立的国际形势，同时也体现了中华人民共和国在两大政治阵营夹缝中求发展的智慧和努力。当我们回顾、评价这一时期的外译实践时，不能落入主观主义和绝对主义的陷阱，而是应尽可能回到历史现场，正视其中蕴含的政治价值和历史意义。

换言之，我们应该辩证地看待1949—1966年间的中国文学外译活动。正如《外译研究》一书所指出的，一方面，这一时期的中国文学对外翻译体现了新生的多民族国家在两极世界意识形态尖锐对立的国际舞台上，努力寻求现代多民族国家建构的合理诉求。它正向地、积极地对外建构了一个自我理解和自我诠释的多民族国家主体，并在当时的特定历史条件下发挥着彰显多民族国家身份的重要功能。这在很大程度上反映出时代对翻译的必然选择和要求。另一方面，本书强调翻译在展现民族国家形象和建构的重要作用，但并不代表我们要无条件地认同和接受当时翻译中的一些具体做法，也不代表我们不可以对它进行总结和反思。

事实上，翻译工作无论发生在何时、何地或何种社会政治体制之下，都存在意识形态的参与或干预问题。1949—1966年间的中国文学外译活动也同样如此。正如本书作者所指出的，对外翻译的中国文学作品不管在选题，还是在翻译策略方式的采用上，均呈现出高度的同构型和一体化特征，导致中国文学的丰富性与多样性被整合、挤压，文学性被削弱，以致逐渐形成一个相当刻板、僵化的中国文学形象及其所代表的国家形象。实际上，这也未必能很好地实现外文出版社所想要达到的正面宣传中华人民共和国形象的预期效果。尽管中国文学英译作品进入目标语文化系统后，如何被阅读与接受的问题相当复杂，但可以肯定的是，文学作品之所以能够成为文学作品，关键在于其强大的艺术和文学感染力。这也是为什么有学者近来提出，“文学性”是中国当代文学对外译介的其中一个“着力点”（查明建、吴梦宇，2019：10）。可是，由于意识形态的干预，相关时期英译中国文学作品的文学性被大大削弱，势必会失去文学应有的吸引力与感染力。因此，仅从这一点来看，外文出版社希望通过对外翻译中国文学，以期达到建构多民族国家的目的，可事实上所呈现的很可能只是一种单向意愿与想象。其翻译效果，尤其在西方英语世界的效果，却是不容乐观的。这也是当下国家机构在支持或从事对外文学翻译项目的过程中，需要加倍注意和吸取的重要历史教训。

四、结语

总而言之，《外译研究》立足于探究对外翻译与多民族国家建构的密切关系，聚焦1949—1966年间由外文出版社这一国家机构从事的文学外译活动，从翻译机构、（文化）外交政策、文学运动、文学评论与诗学等方面，分析、揭示这一翻译活动与多民族国家建构、意识形态之间的关联，在很大程度上充实了对这一时期的中国文学翻译史的研究及中国文学外译史的研究。但也必须指出，该书总体而言是对以源语社会为取向的翻译研究，这一研究路径更适用于翻译的生成研究，而该书的着力点也在于此，但对于文学外译的传播、接受和影响的研究尚有一定的局限性。如该书对相关历史时期中国文学外译的接受问题，以及实际产生的翻译效果等问题并未进行系统、深入的研究。此外，由于这一时期的文学外译作品数量比较多，书中仅选择了与新生多民族国家建构联系最为紧密的几部代表性当代小说的译作作为研究对象进行系统分析和讨论，未能对更多的其他小说以及其他文类，如诗歌和戏剧等类作品的翻译文本进行研究。相信这些欠缺或为今后相同或类似主题的研究留下可以拓展的空间。

毋庸置疑，当下的中国已不是1949—1966年间的中国，特别是随着40多年来改革开放和国家经济的迅猛发展，世界（包括英语文学读书世界）对于中国和中国文学的了解和热忱，早已超越了1949—1966年间所呈现的状况。然而，中国文学外译与多民族国家建构的密切关系却一直存在，意识形态与文学外译间的相互关系和作用一直存在，我们如何通过向世界提供高质量的中国外译文学作品，让世界更好、更正面、更准确地了解中国和中国文学的要求更是一直存在。因此，我们有必要更清楚地认识中国文学外译与新时代民族身份认同、多民族国家建构与发展之间的密切关系；在中国文学外译进程中，更加与时俱进地处理好意识形态与外译效果之间的平衡，处理好上述焦点话题所涉的文学外译等重要问题，包括如何加强对国家机构翻译的研究、翻译实践与国家话语之间的关系，以及如何客观和理性地评价文学外译的价值和意义问题等。只有这样，我们才能在全球化进程不断发生变化的新时代下，让中国文学和中国文化积极、稳健地走向世界，真正地走入世界。

谭载喜

香港·沙田·骏景园

2020年10月

目录

第一章
CHAPTER 1

绪论

中国的汉籍外译现象自古有之。据马祖毅等人考察（马祖毅，任荣珍，1997：698－704），中国历史上有史料记载的最早的对外翻译活动，至少可以追溯到南北朝时期，这一时期北天竺僧人菩提流支把《大乘章义》翻译成梵文；后来唐朝名僧玄奘将《道德经》译成梵文；清末民初，我国文学对外翻译开始，出现了陈季同、辜鸿铭和苏曼殊等对外翻译名家；民国时期，我国文学对外翻译进一步发展，译作包括《聊斋志异》《三国演义与西游记》《老残游记》《镜花缘》和《浮生六记》等等。20世纪20年代起，中国现代文学对外翻译开始逐渐增多，其中萧乾“算得是筚路蓝缕的先行者”（符家钦，1996：6）。1931年，他在北平帮助美国人安澜（William D. Allen）编辑英文刊物《中国简报》（*China in Brief*），逐一介绍了鲁迅、郭沫若、茅盾、郁达夫和沈从文几位大家，次年又翻译了田汉的独幕剧《湖上的悲剧》、郭沫若的《王昭君》和熊佛西的《艺术家》，译文刊于1932年的《辅仁学报》（*Fu Ren News Letter*）（符家钦，1996）。1935年8月，一份旨在向西方传播中国文化的思想文化期刊《天下月刊》（*T'ien Hsia Monthly*，1941年9月终刊）在上海创刊，该刊也登载了少量中国古典与现代文学作品，如沈复的《浮生六记》（林语堂译）、沈从文的《翠翠》（即《边城》，项美丽等译）、曹禺的《雷雨》（姚莘农译）、冰心的《第一次宴会》（任玲逊译）、巴金的《星》（任玲逊译）等作品（严慧，2009：138－140）。

1949年中华人民共和国成立，标志着中国文学对外翻译进入了一个新时期。此时，中国文学对外翻译的方式发生了根本性转变，开始了从近代至40年代末的以个体为主导的翻译方式，转变到1949年后以国家机构为主导的翻译模式。1949年10月，中央人民政府新闻总署国际新闻局（简称“国际新闻局”）成立后，即开始以外文出版社的名义出版外文版图书。1952年国际新闻局正式改组为外文出版社（1963年改为“中国外文出版发行事业局”，简称“外文局”），专门从事对外书刊的宣传，编译出版外文版书刊，旨在“加强外国文字宣传”（戴延年，陈日浓，1999：23），而文学作品的对外翻译成为国家对外宣传的重要组成部分。此外，1951年《中国文学》（*Chinese Literature*）创刊，成为对外翻译中国文学的专门刊物（2001年停刊），是迄今为止中国内地唯一一份翻译中国文学作品的综合性刊物 。这一首开先河的国家机构翻译中国文学的模式，一直延续至今，尽管其间经历过十年动荡，以及2001年《中国文学》停刊，国家机构支持的中国文学对外翻译活动不仅一直没有中断，而且随着近年来有关中国文学走出国门的呼声日益高涨，更多大规模的对外翻译项目已经完成或正在如火如荼地进行当中。然而，对于近代以来中国主动把自身文学“送出”（季羡林，2004：1）的种种努力，目前翻译研究的关注度仍不足。鉴于此，本书致力在这一方面作出探讨。

第一节 研究范围与研究问题

在正式阐述本书的研究范围和研究问题之前，有必要先对本书所提的概念“对外翻译”作出界定和说明。本书所说的“对外翻译”，指的是由源语社会主动发起并从事的将本国作品译成外文的活动，也就是卡恩（Valérie Ganne）和米农（Marc Minon）所说的通过另一种语言来出口本国文学文本的“译出”（extraduction）活动（Ganne & Minon，1992：58）。在这种情况下，译者既包括母语译者，也包括非母语译者，因此并不完全等同于学界所说的“反向翻译”（inverse translation）或者“A→B 翻译”（Baker，1998：63 – 67；Baker & Saldanha，2009：84 – 88）。目前学界对“反向翻译”“A→B 翻译”的讨论和研究是在“翻译方向/方向性”（direction of translation/directionality）这一问题下进行的。根据《翻译研究百科全书》（*Routledge Encyclopedia of Translation Studies*）（Lonsdale，1998：63 – 67；2009：84 – 88）的界定，“翻译方向性”指的是翻译时译者是从母语译成外语还是从外语译成母语，从外语译成译者母语的翻译被称为“直接翻译”（direct translation），而从译者母语翻译成外语的翻译被叫作“反向翻译”（inverse translation），又称“服务型翻译”（service translation）。鉴于“反向翻译”中的“反向”一词本身所带的负面内涵，目前学界亦倾向于以“A→B 翻译”（A、B 分别代表译者的母语/惯用语言与译者的外语）来取代“反向翻译”这一术语。可见，不管是“反向翻译”还是“A→B 翻译”，两者其实都是针对译者，尤其是针对其从事翻译的语言而言的。相应地，目前学界对于“翻译方向性”（直接翻译、反向翻译、A→B 翻译等）的讨论，也主要围绕译者翻译的语言问题与翻译质量问题展开[①]。这与本书主要着眼于社会层面的“对外翻译”的定义有较大差异。本书所说的“对外翻译”与道勒拉普（Cay Dollerup）的定义相似。在一篇题为《作为强加之物的翻译与作为所需之物的翻译》[②]（Translation as Imposition vs. Translation as Requisition）的文章中，道勒拉普以促使源文被翻译的社会力量（societal forces）为参照，区分了“imposition”与“requisition”两种类型翻译[③]，前者指的是由源语文化“强加”（imposed）于目标语文化的翻译；后者指的是目标语文化“所需要”（requisitioned）的翻译（Dollerup，1997：45 – 47）。同时，本书研究的重点主要在于促进外译活动的源语社会的，以及与其相关的社会、政治、文化等因素（但不排除语言因素）。因此，为避免混淆，且强调本书的路向，本书采用“对外翻译”这一说法，这个说法也是我国学术界一直以来采用的说法。

本书选取 1949 年至 1966 年期间由中国政府组织的中国文学对外翻译这一开创性的翻译活动为研究对象，以中国文学的英译为研究重点，从民族国家建构及意识形态的角度，考察中国文学对外翻译如何体现中华人民共和国的自我形象，建构现代多民族国家。本书所涉及的翻译活动始于 1949 年 10

月，其标志是中华人民共和国的建立，止于1966年5月。虽然1966—1977年期间中国文学的对外翻译仍然持续，但两个时期的对外翻译在翻译选材和翻译数量等方面有较明显区别[④]，所以本书把1949年至1966年间的中国文学对外翻译活动视为相对独立的个案进行探讨。

这一时期中国文学外译的语言，除了英语外，还有其他语种，如法语、德语、西班牙语等等。本书重点研究中国文学英译情况，而不是以其他语种为目标语的翻译，主要原因有：其一，英语是这一时期中国文学外译的主要语言（至今仍如此）。具体来说，这一时期外文出版社出版的中国文学作品绝大部分是英文版本，而由该社出版的其他小语种的文学作品大都是从英译本转译而成[⑤]。一些由外文出版社出版和《中国文学》刊登的英译文学作品，也被一些国家转译成本国语言；另外，刊载中国文学作品的杂志《中国文学》在1951年创刊后，就一直以英语版的形式出现，到了1964年《中国文学》才出现法语版，因而中国文学英译在这一时期的对外文学翻译活动中最具代表性和典型性。其二，英语是当时中国的对立面——英美等西方资本主义国家使用的主要语言，中国文学英译活动更能凸显当时中国文学对外翻译的政治意图，而这正是本书的主要关注点。

这一时期英译的中国文学数量和文类繁多，包括小说、诗歌、戏剧（曲）等等，其中以中国当代小说的英译为主（详见第四章分析），反映了解放区文学与“十七年”（1949—1966年）文学以小说创作为主的特点。另外，相较于其他文学样式，小说更能充分地反映社会生活；某一时期国家经济、政治、意识形态乃至人情风俗上的变化，往往首先在小说中得到反映。米勒（J. H. Miller）就曾说过，“小说是通过文字对人类现实的表述”（Miller，1982：20；申丹，1998：178）。而在中国历史上，小说这一文类更是“曾负载着革命与建国等使命”，因此，“比起历史政治论述的中国，小说所反映的中国或许更真切实在些”（王德威，1998：1）。具体到1949年至1966年期间，当代小说与当时中国的社会政治现实联系最为密切，“文艺上各种思潮的起伏兴衰在小说里也有明显的表现”（张钟，1986：479）。当代小说“是围绕新生的中华人民共和国的合法性论证与新的国家精神的确立而展开的”，其中革命战争题材的小说和农村题材的小说分别代表了这两方面的最高成就（杨厚钧，2005：13 – 15），同时也是当代文学对外翻译的重点（详见第四章分析）。因此，本书的具体文本分析部分将围绕这两种题材的小说英译作品进行，而不涉及其他文类，如诗歌、戏剧等数量较少的作品英译情况。在农村题材小说方面，将选取描写土地改革（以下简称“土改”）的典范小说《暴风骤雨》的英译本 *The Hurricane*，着重分析译本如何塑造源文本中地主与农民的形象，以及两者关系所体现出来的阶级话语。在革命战争题材的作品方面，本书则选取 1949 年至 1966 年期间最畅销小说《林海雪原》的英译本 *Tracks in the Snowy Forest* 以及短篇小说《百合花》的英译 Lilies，重点分析其对革命英雄与革命战争的重塑、与多民族国家建构的关系，以及意识形态和主流诗学所发挥的作用。

综上所述，本书将主要围绕以下五组问题展开：

（1）1949 年至 1966 年期间出现的较大规模的中国文学外译活动何以发生？这一翻译活动与其所处的冷战的国际背景和中华人民共和国这一现代多民族国家的建立有何关联？由外文出版社这一国家对外宣传机构组织的对外翻译活动具有何种文化政治意义？它是通过何种管道发生的，为何如此？

（2）作为国家对外宣传机构的外文出版社组织的中国文学外译活动体现出什么样的特点？外文出版社对翻译选材有何要求？对译者有何约束？它所推行的翻译原则是什么？这些原则是如何运作的？参与翻译活动的原著作家、中文编辑、（中外）译者、外文校对者以及发行机构等在其中发挥了怎样的作用？

（3）1949 年至 1966 年期间的英译中国文学构建出了什么样的中国现代多民族国家形象？英译古典、现代以及当代中国文学作品如何被运用到多民族国家的建构当中？国家意识形态及其规约的主流诗学在其中发挥了什么作用？

（4）英译当代小说作品（《暴风骤雨》《林海雪原》《百合花》）如何通过重塑阶级话语、再现革命英雄以及革命战争，帮助建构合法化与合理化的多民族国家？国家意识形态及其规约下的主流诗学在其中发挥了什么作用？

（5）本书的研究对目前的翻译理论有何反思？我们该如何评价这一时期中国文学对外翻译活动？

第二节
研究现状与研究意义

近年来对1949年至1966年期间的文学翻译研究主要集中在外译中活动[⑥]，而同时期出现的中国文学外译现象，并没有引起太多的关注，但也并不是完全被遗忘，至少以下几类作品曾涉及这一问题。

一、作为参考书目的出版资料

马祖毅等人所著的《汉籍外译史》论及从古代到20世纪80年代各种汉语典籍外译的情况，其中该著作的最后一章“中国国内外译汉籍概况”简略地介绍了1949年至1966年期间外文出版社翻译出版的中国文学作品和译者生平，这些内容在其之后所著的《中国翻译通史·现当代部分·第四卷》的“国人的外译汉籍篇”中得到进一步充实和补充。

1949年至1966年期间当代小说英译的文献资料基本由研究中国现当代文学的海外汉学家提供，蔡梅曦（Meishi Tsai）编辑的注释本文献目录《当代中国长篇和短篇小说（1949—1974）》（*Contemporary Chinese Novels and Short Stories, 1949—1974*），将1949—1966年期间和1966—1974年期间的长篇和短篇小说（其中有的已译成英文）编入索引；而另一本时间跨度较大的注释本文献目录是由雷金庆（Kam Louie）等编写的《当代中国小说英译及评论目录（1945—1992）》（*Bibliography of English Translations and Critiques of Contemporary Chinese Fiction, 1945—1992*），也对这一时期小说的英译本做了记录；Winston L. Y. Yang 等主编的《当代中国小说：研究和鉴赏指南》（*Modern Chinese Fiction: A Guide to Its Study and Appreciation: Essays and Bibliographies*）也介绍了“十七年”文学作品的内容及作品的英译版本情况；Donald A. Gibbs 编辑的《〈中国文学〉（月刊）作品主题和作家目录：1951—1976》（*Subject and Author Index to Chinese Literature Monthly: 1951—1976*）则

专门对外文出版社旗下的刊物《中国文学》（英文版）上登载的作品主题和作家做了分类。这些出版资料为本书全面考察这一时期中国文学英译作品提供了一定帮助。

另外，在中国外文局成立 50 周年之际的 1999 年出版的系列作品，如《中国外文局五十年回忆录》《中国外文局五十年大事记》《中国外文局五十年史料选编》，介绍了《中国文学》英文杂志和外文出版社及其翻译出版中国文学作品的一些基本情况。此外，主要负责这一时期外译作品和刊物发行的机构中国国际图书贸易总公司（中国国际书店），也在其创业 40 周年之际出版了中国国际图书贸易总公司 40 周年纪念文集，包括《大事记（1949—1987)》《史论集》《回忆录》，对当时的外文图书和刊物发行工作做了回顾和记录。这些官方的论述，在很大程度上为本书深入探讨外文出版社和中国国际书店组织翻译、发行外译作品的具体运作方式，以及这两大机构与国家意识形态的关系，提供了重要的史料。

二、一些翻译家的回忆录及相关评论

一些翻译家曾以回忆录的形式谈及自己在这一时期从事翻译工作的经历和感受，如杨宪益的《漏船载酒忆当年》（*White Tiger*）和沙博理的《我的中国》（*My China*）。另外杨宪益主编的《我有两个祖国：戴乃迭和她的世界》，收录了戴乃迭本人未完成的自传和一些评论文章、杨宪益及其家人和朋友对戴乃迭生平和翻译生涯回顾的文章等。这些个人回忆等材料可帮助笔者了解这一时期译者的情况。

从 1964 年开始在《中国文学》从事中文编辑工作长达 35 年的徐慎贵，曾作《中国文学对外传播的历史贡献》一文，回顾《中国文学》（英文版）的问世、编辑、作品选译、影响等，并介绍了 2001 年停刊的情况，既具有史料价值，又对该刊物的发展进行了比较深刻的反思和剖析；何琳和赵新宇的文章《新中国文学西播前驱——〈中国文学〉五十年》，在大致介绍这份刊物的同时，对一些细节也有所关注，如注意到编辑的选材和译者的署名问题。

三、学术著作或论文

尽管没有把1949年至1966年期间中国文学对外翻译作为研究重点，但一些翻译研究的著作和论文对该现象或多或少地有所涉及。如王宏志在《重释“信达雅”——二十世纪中国翻译研究》的“绪论”部分借用多元系统论分析1949年至1966年期间文学翻译在整个中国社会文化系统中所处的位置和所发挥的功能时，曾简要提及这一时期中国文学外译与政治意识形态的关系。在他看来，这一时期中国对外翻译《诗经》、《楚辞》、杜甫诗等古典文学，尽管与当时的政治形势没有直接关系，但却能向外国读者展示中国古典文学悠久而丰富的传统，有利于宣传国家的形象；在现当代文学方面，被译介出版的均为对无产阶级事业做出过重大贡献或对革命事业做过正面描述的作品，如《子夜》《太阳照在桑干河上》《暴风骤雨》《红旗谱》等。在具体的翻译策略上，王宏志指出1960年外文出版社出版的《阿Q正传》英译本更正了鲁迅在创作该小说时所犯的常识性错误，即鲁迅误将陈大澄等翻译的《博徒列传》记为“迭更斯”所作。这种改动在王宏志看来是一种维护鲁迅作为现代中国圣人的完美形象的做法；同样该译本对陈独秀的注释，亦受到中国当时的政治意识形态影响，添加了对陈独秀的政治性评价（如“沦为中国共产党的叛徒”）（王宏志，1999：50－53）。

孔慧怡在《作为选集的刊物：三本中国文学英译刊物考察》(Periodicals as Anthologies: A Study of Three English-Language Journals of Chinese Literature）一文对介绍中国文学的三大英文期刊，即中国内地（大陆）的《中国文学》(*Chinese Literature*)、香港地区的《译丛》（*Renditions*）和台湾地区的*The Chinese PEN*的比较分析中，考察了《中国文学》的编辑特点（有名无实的编辑制度)、翻译方法（源语取向）和翻译选材（以现当代文学为主）等，为本书了解和分析1949年至1966年期间中国对外翻译的出版机构情况提供了很好的参照信息。马士奎在探讨1966—1976年期间双向文学翻译的专著《中国当代文学翻译研究（1966—1976)》中，也曾简略提及1949年至1966年中国文学对外翻译与政治意识形态的关系。另外，国外一些研究中国现当代文学的著作也涉及了这一时期中国的对外翻译现象，如葛浩文（Howard Goldblatt）所编的《分崩的世界：中国文学新作及其读者》(*Worlds Apart: Recent Chinese Writing and Its Audience*）收录杜克(Michael S. Duke）的文章《中国现当代小说英译的问题本质》（Problematic Nature of Modern and Contemporary Chinese Fiction in English Translation），该文考察现当代中国小说在英语世界不受欢迎的原因时，曾指出这一时期外文出版社翻译出版的文学作品是“翻译得好（或者至少是翻译得充分）的糟糕的作品”[⑦]。而这些作品均为“无产阶级或工农兵模式的作品”（works in the proletarian or worker-peasant-soldier mode），除了一些研究者会对这些作品作社会文学的研究外，当代中国读者几乎不会对这些作品的原作感兴趣，而英语世界注重文学性的高等院校更不会将其纳入大学课堂以作教学用途（Duke，1990：210–211）。近年来，最值得一提的是汉学家、翻译家杜博妮（Bonnie S. McDougall）的研究《当代中国翻译地带：权威命令与礼物交换》（*Translation Zones in Modern China: Authoritarian Command versus Gift Exchange*）。杜博妮以中国文学研究者和译者的双重身份，结合其 20 世纪 80 年代初在中国外文局工作的亲身经历，描述和探讨了中国文学英译的两种模式——官方机构翻译模式和个人礼物交换翻译模式。其中前者指从 20 世纪 50 年代初外文局创立到 2000 年中国文学出版社被撤销期间外文局组织的翻译活动，作者就这一长达半个世纪的翻译活动的使命、工作流程及其成功与失败之处一一作了论述。遗憾的是，受研究者经历与研究范围所限，1949 年至 1966 年期间外文出版社在创办之初的翻译活动并不是该著作的研究重心，因此也无法对其作出合理的历史评价。此外，郑晔的博士论文《国家机构赞助下中国文学的对外译介：以英文版〈中国文学〉(1951—2000）为个案》（2012），从国家机构赞助的视角，重点考察英文版《中国文学》从 1951 年创刊到 2001 年停刊长达半个世纪的文学译介史。

从以上综述可见，对于 1949 年至 1966 年期间中国文学外译现象，除了少数翻译研究从旁作了一些粗线条的描述外，至今还未有深入系统的专门探讨。翻译界对该时期对外翻译现象缺乏关注的原因，首先与对外翻译本身在整个翻译实践和研究中所处的边缘地位有关。译入母语的文学翻译活动一直以来都是翻译研究的重点。自 20 世纪 70 年代末以来，随着以目标文本为取向的描述翻译研究的长足发展，这一研究倾向更是进一步加强，因而在一定程度上忽略了对对外翻译现象的考察。另外，政治或意识形态方面也对这一时期的中国文学外译现象的深入研究有所影响。在与中国的社会和意识形态等方面存在极大差异的英语世界，中国"十七年"文学一直被斥为次等的文学，被认为没有太多评论的价值，甚至不配称为"文学"。如德国汉学家顾彬就曾说过："但以貌似客观、积极的方式来谈论1949年以后几十年的中国文学却是无益的"（2008：1）。李欧梵在《美国研究中国现代文学的现状与方法》一文中谈到，由于20世纪50年代到60年代中国国内发生了政治运动，因此美国学者认为中国文学与政治的关系太密切，有人非常赞扬，越是政治化的就越喜欢看，但这是少数人；大部分美国学者认为，这不是真正的文学，是一种政治宣传（李欧梵，1986：29）。既然不是"文学"，这些作品的英译也就自然不被关注。而在国内，政治或意识形态上的敏感以及史料的缺乏也同样阻碍了中国翻译界对这一时期明显带有官方色彩的中国文学外译现象的进一步研究。但在笔者看来，这一时期的对外翻译活动背后有其深刻的社会背景和国际背景，1949年至1966年期间中国文学外译活动发生于中华人民共和国成立初期这样一个中国社会发展的特殊历史时期，是新生的现代民族国家在冷战的国际大背景下主动输出自身文学、彰显民族国家身份的一种努力。它不仅是一个新生的现代民族国家自我确认的手段，也是对彼时世界冷战局势的一种积极响应甚至反击。在这一意义上，这一时期的对外文学翻译活动值得我们进一步深入系统研究。

此外，研究这一时期的中国文学对外翻译活动，还具有重要的学科意义，即为中国翻译史研究提供史料和例证。近三十年来，随着翻译研究的纵深发展，研究者纷纷认识到翻译史研究在翻译学学科体系中的重要地位。尽管霍姆斯（James S. Homles）未明确地把翻译史研究划入翻译研究的框架（Homles，2000：177），但从其论述可以发现他把翻译史视作描写翻译研究的一个重要组成部分[8]（Pym，1998a：1；D'hulst，2001：21）。巴斯内特（Sussan Bassnett）将翻译研究分为四类：翻译史的研究、翻译与译语文化的关系研究、翻译与语言学研究、翻译与诗学研究。其中翻译史研究的对象包括不同历史时期的翻译理论、翻译评论、翻译授权出版的具体步骤、特定时期翻译的作用与功能、翻译方法的发展以及翻译作品分析（Bassnett，2002：16 - 17）。皮姆（Anthony Pym）更是把翻译史看成翻译研究的一个完整、独立的研究领域，与翻译理论、翻译实践具有同等重要性（Pym，1998a：ix）。谭载喜则将翻译学划分为三个组成部分：普通翻译学、特殊翻译学和应用翻译学，而翻译史研究则是普通翻译学的重要构成（谭载喜，2005：21）。刘宓庆将翻译史视作翻译学理论框架的三大组成部分之一（其他两大组成部分为翻译理论和翻译信息工程）（刘宓庆，2005：19）。本书以 1949 年至 1966 年期间国内组织的对外文学翻译活动为研究对象，重点探讨中国文学英译与多民族国家构建和意识形态之间的关系，可以充实国内翻译史研究，尤其是 1949 年至 1966 年时期的翻译史研究。更为重要的是，研究这一时期的对外文学翻译还可以纠正国内一直以外译中为主要考察对象的倾向。目前中国内地的翻译史研究著作中，专门研究中译外的著作乏善可陈，而涉及 1949 年至 1966 年期间的中译外情况也只占其论述的极小部分。但事实上，1949 年至 1966 年期间中国政府组织大量人力物力，有计划地把中国文学对外翻译、介绍出去，翻译的规模之大，是中国内地前所未有的，在国际翻译界也实属罕见[9]。因此，对这一具有历史开创性的翻译活动的研究可以起到补缺的作用，促使国内翻译界研究中译外现象，尤其是对由源语社会组织的对外翻译现象给予更多的关注。最后，翻译史研究也有助于翻译理论的发展。正如贝尔曼（Antoine Berman）所言："翻译史的构成是翻译现代理论的头等任务。对自身的反思，就是自身的确立"（转引自许钧，2001：301）。对特定时期特定国家所发生的翻译活动的研究，能对现行的翻译理论起到修正和进一步完善的作用。对于描写翻译研究学者图里（Gideon Toury）所倡导的目标文本取向翻译研究，赫曼斯（Theo Hermans）在给予高度评价之余，也曾表示质疑（Hermans，1995：218）；芒迪（Jeremy Munday）也认为图里所提出的目标文本取向研究有忽略意识形态和政治因素的风险，如他忽略了源文本在自身文化中的定位，源语文化可能促进自身文学作品的翻译（Munday，2001：117；李德凤，2007：164）。1949 年至 1966 年期间的中国文学外译活动，就是代表源语文化的中国官方"促进自身文学作品的翻译"。因此，对这一类翻译现象的研究，可以修正图里描写翻译理论中过于强调目标语系统的倾向，进一步推动翻译理论研究。

第三节
研究模式与方法

据威廉姆斯和彻斯特曼（Jenny Williams & Andrew Chesterman，2005）的观察，翻译研究的模式包括三类，即比较模式（comparative models）、过程模式（process models）和因果模式（causal models）。比较模式是通过比较源文本和目标文本以确定两者是否存在某种关联，如等值关系。这种关注文本层面的语言学视角研究模式，在传统的翻译研究阶段得到广泛应用。而自20世纪70年代末翻译研究发生“文化转向”以后，语言转换已经不再是研究的唯一和最主要的对象；相反，“翻译行为的过程、语境、产品以及翻译活动的参与者”（Williams & Chesterman 2005：1）成为翻译研究描述、分析与理论化的重点，翻译研究模式也因此相应地转变到以过程模式和因果模式为主的阶段。过程模式把翻译看作过程，而不是成品来研究。这种模式引进了时间层面，因此是一种动态的研究模式。过程模式广泛运用在研究翻译任务和活动的不同阶段、译者处理翻译问题的程序以及译者大脑的运作流程等。如果说前两种模式研究的是“什么”和“何时”或者“接下来是什么”的问题的话，那么因果模式要解决的则是“为什么”的问题，即为翻译行为和现象提供解释，在现象和结果之间建立某种联系。因果联系可以建立在三个层面上：译者认知层面（译者的知识架构、精神状态、对翻译任务的态度、其作为译者的自我形象等相关因素）、翻译任务的外部条件层面（源文本、客户的指导、译者的计算机程序以及字典、翻译任务的期限等相关因素）以及社会文化层面（规范、翻译传统、历史、意识形态、整体经济目标和语言地位等重要因素）。

以上述三种研究模式来观照本书的研究，可以发现本书实际上基本涵盖了三类研究模式，但以因果模式为主。首先，本书所要研究的一系列问题主要围绕着翻译文本、翻译文本生产者（包括源文本作者、译者、中文编辑、出版社和发行机构等）与意识形态和民族国家建构之间的关系而展开。对具体研究问题的解释都离不开因果关系的阐释，如1949年至1966年期间出现的较大规模的中国文学外译活动与中华人民共和国建立这一历史性事件有何关联？与其所处的冷战的国际局势有何关联？外文出版社作为国家对外宣传（翻译）机构的翻译模式及其出版的作品呈现何种特征？如对翻译选材有何影响？对译者有何约束？对翻译方法和翻译策略的选择有何影响？参与其中的原著作家、中文编辑、（中外）译者、译本（文）校对者，乃至译作发行机构等发挥了什么作用？而所有这些又如何影响译本所展现的中国形象？可见，诸如这些问题实际上是现象与起因之间的因果关系问题。其次，本书需要清楚地了解这一时期中国文学对外翻译的整个过程，尤其是要观察外文出版社内每位翻译参与者在这个过程中所扮演的不同角色，这可以说是一种过程研究模式。最后，对这一时期译者所采用的翻译方法和策略的研究离不开源文本与目标文本的比较，对制约文本翻译的诸多因素的探讨同样离不开源文本与目标文本的对比分析，因此这一部分属于比较研究。可见，三种模式在本书中均有所体现，但同时需要指出的是，这三种研究模式并不是相互孤立的，而是相辅相成，并有一定程度上的交叉与重合，但过程研究和比较研究最终还是服务于因果关系的建立。

研究对象、目的和模式决定了采用何种研究方法。本书的研究对象是1949年至1966年期间中国文学外译活动，要处理的具体问题大至历史与意识形态的阐释，小至文本的比较和分析，因此所采用的主要研究方法为理论阐释、实证研究的量化统计方法以及文本分析。

在理论阐释方面，本书将立足翻译与民族国家建构、意识形态关系的相关理论和观点，考察1949年至1966年中国文学对外翻译活动与中华人民共和国这一多民族国家建构和意识形态之间的关联。

在量化统计方面，本书对1949年至1966年期间外文出版社出版的中国文学英译作品进行数量和类别两方面的量化统计和对比统计，进而对这一时期中国文学英译活动进行整体性的考察和描述，归纳和概括出该时期中国文学英译活动的总体特征。

在文本分析方面，本书选取《暴风骤雨》《林海雪原》以及《百合花》三部代表农村题材小说和革命战争题材小说、主流文学与非主流文学作品的英译本，重点分析译本中有关阶级话语、革命英雄以及革命战争场面的再现和重塑。在具体分析的过程中，将文本分析与对文本外的意识形态和主流文学评论的阐释相结合，揭示英译本与民族国家建构之间的关联。

此外，史料的挖掘及其多寡对翻译史研究至关重要。据笔者目前所掌握的资料来看，国内外围绕1949年至1966年期间外文出版社组织的中国文学外译活动进行系统而深入的研究学者和成果十分匮乏，相关文献也不多见，这就需要研究者进行实地调查，采访相关工作人员，以便获得一手资料。笔者访问了外文出版社图书编辑部的前中文编辑人员廖旭和先生、《中国文学》编辑部的前中文编辑吴善祥先生，以及译者喻璠琴女士等。通过访问当事人以及阅读其手中为数不多的相关内部资料[10]，笔者对当时外文出版社的翻译出版情况有了更加深入的了解，有力地推动了本书的研究。

第四节 章节架构

本书共分六章。第一章绪论，介绍研究范围与研究问题、研究现状与研究意义、研究模式与方法等。

第二章论述本书的理论基础。本章首先界定民族国家与意识形态的定义，接着梳理翻译与民族国家建构和意识形态之间关系的理论和观点，然后在此基础上提出本书的理论假设。

第三章主要是从1949年至1966年期间的冷战国际局势和中华人民共和国成立的历史性事件入手，展现这一时期中国文学对外翻译的社会政治语境，并指出当时翻译活动的政治文化意图。然后具体考察外文出版社这一国家机构与国家话语之间的关联，主要涉及机构架构，译者构成及其主体性状况，中国文学作品的翻译、出版、发行等问题。最后具体考察1949年至1966年时期的政治文化外交政策和文学运动对对外（文学）翻译所产生的影响。

第四章进入翻译文本的考察。首先采用量化统计的实证研究方法，以统计图表的形式，再现1949年至1966年期间英译中国文学的整体状况和变化过程，继而分析归纳出英译文学作品在文类和诗学上的总体特征；然后分别阐明古典、现代和当代文学的择译与中华人民共和国这一多民族国家建构之间的关联，从宏观层面展现这一时期英译中国文学的图景，以及由此再现的新中国形象。

第五章深入探讨当代文学的英译是如何参与民族国家建构的。本章选取《暴风骤雨》《林海雪原》和《百合花》这三部小说的英译本，重点探讨政治意识形态和主流诗学如何影响、制约这三部作品英译本对阶级话语、革命英雄与革命战争的再现、重塑，及其与新生民族国家建构的关系。

第六章为结论部分。首先简要分析1949年至1966年期间英译作品的国外接受情况，并对研究成果进行总结归纳，继而探讨由个案引发的译学思考，然后分析本书存在的局限与不足，最后对相关后续研究的发展前景作出展望。

【注释】

①直至二十世纪末，翻译方向性的问题才得到学术界的注意。起先是“A→B翻译”实践较为普遍的国家的学者，他们主要质疑部分来自主要英语国家的学者所认为的“B→A翻译”实践是唯一可行的职业选择的观点，后来研究的议题扩展到定义母语的困难，种族语言学的民主，翻译能力的新模式，当今全球化语言与日益多语、多元文化并存的世界中其他不同方向的翻译现象等。见Lonsdale，Allison Beeby. “Directionality”. In M. Baker and G. Saldanha(eds.). *Routledge Encyclopedia of Translation Studies* (2nd ed.)(London; New York: Routledge, 2009), p.84。

②这一文章标题的中文翻译，由谭载喜教授提供，在此表示感谢。

③在另一篇题为“Translation in the Global/Local Tension”的论文中，道勒拉普又添加了“negotiation”这类的翻译，以凸显当今全球化语境下翻译双方之间的协商。见Wang Ning and Sun Yifeng(eds.). *Translation, Globalisation and Localisation: A Chinese Perspective* (Clevedon, UK; Buffalo, USA: Multilingual Matters, 2008), p.31–49。

④1949 年至 1966 年期间翻译的中国文学作品，在 1966—1976 年（“文化大革命”时期）基本全部被否定或受到批评（鲁迅作品除外）。关于这一时期中国文学对外翻译的情况，可参见马士奎：《中国当代文学翻译（1966—1976)》，中央民族大学出版社，2007，第 187 - 190 页。

⑤这一信息由外文出版社原中文编辑人员廖旭和先生和翻译人员梁良兴先生提供。

⑥其中包括 1989 年陈玉刚主编的《中国翻译文学史稿》，该著作的第五编《中国当代翻译文学（1949—1966)》论及英美文学在 1949 年至 1966 年的翻译情况。1996 年孙致礼编著的《1949—1966：我国英美文学翻译概论》是近年来国内出版的第一部专门研究 1949 年至 1966 年英美文学翻译的论著。王宏志在《重释“信达雅”——二十世纪中国翻译研究》的“绪论”部分，概略地分析了 1949 年至 1966 年期间外国文学翻译在中国整个社会文化系统中所处的位置以及这一时期外国文学翻译所发挥的意识形态功能。另外，研究 1949 年至 1966 年外国文学翻译的论文有查明建的《文化操纵与利用：意识形态与翻译文学经典的建构——以 20 世纪五六十年代中国的翻译文学为研究中心》，以及复旦大学卢玉玲的博士论文《文学翻译与世界文学地图的重塑——“十七年”英美文学翻译研究》。

⑦此处引文为笔者翻译，其英语源文为“bad works well（or, at least, adequately）translated”。若无特别说明，下文的英语引文均由笔者翻译。

⑧根据皮姆（1998a）的观察，霍姆斯译学结构图中描写研究所包含的三方面之一，即面向功能（function-oriented）的研究，大体上可视为接近翻译史的研究。D'hulst（2001）则认为，翻译史可同时归入描写翻译研究中的面向功能以及面向译本（product-oriented）的研究。

⑨在欧阳祯看来，“或许除了莫斯科的高尔基世界文学研究所外，外文出版社很可能是出口翻译的世界领导者”，见 Eugene Chen Eoyang. “*Borrowed Plumage*”*: Polemical Essays on Translation*（Amsterdam; New York: Rodopi, 2003), p. 22。勒菲弗尔也曾认为“中国人在这方面（即将自身作品译为其他语言）尤为突出”，见 Lefevere, André. “Translation as the Creation of Images or ‘Excuse Me, Is This the Same Poem?’”. In Susan Bassnett（ed.）. *Translating*

Literature（D. S. Brewer，1997），p. 70。

⑩据笔者多次走访了解到，存放在外文出版社资料室的内部资料在“文化大革命”期间几乎都被毁，但一些零散的资料还是被一些有心人士保留着，如外文出版社前中文编辑廖旭和先生。本书所参照的外文出版社的内部资料几乎全部由他提供，在此谨表示衷心感谢。

第二章
CHAPTER 2

理论基础

本书的研究对象是1949年至1966年期间中国官方组织的中国文学对外翻译活动。这一翻译活动伴随着中华人民共和国这一现代多民族国家的成立而开始，并与意识形态密切相关。本章首先综述翻译与民族国家建构和意识形态之间关系的相关理论与观点，然后在此基础上，提出本书研究这一时期的中国文学外译活动的理论假设。

第一节 翻译与民族国家建构

在论述翻译与民族国家建构的关系之前，有必要先对“民族国家”一词作出说明。“民族国家”一词在汉语中的使用相当复杂。“民族”“国家”“民族国家”常常被混为一谈。在汉语中最早使用“民族”一词的，有人认为是王韬的《洋务在用其所长》，该文载于1882年出版的《洋务运动》第一册（贾英健，2003：19）。有人认为是梁启超最先使用这一词语，因为他在1899年所写的《东籍月旦》一文中使用了“东方民族”“泰西民族”“民族变迁”和“民族竞争”等新名词（王联，2002：3）。1905年孙中山在《民报》发刊词中正式提出“民族、民权、民生”的“三民主义”后，“民族主义”便开始被使用，该词的流传，使得原本复杂的问题更为复杂化。至于“民族国家”一词起于何时，我们一时还难以考证，但一个公认的事实是，自辛亥革命以来，我们关于现代国家的建立始终是和民族解放运动联系在一起的，也就是说，民族和国家常常可以置换。在上述各种概念的使用中，“民族”一词有着相当复杂的内涵，大体包括三个层面：一是人类学的角度，二是历史文化学的角度，三是社会政治学的角度。从人类学的角度来理解，它强调的是种族、血缘、地域意义上的独立性；从历史文化的角度来理解，它强调的是由传统、语言、风俗、宗教等文化要素组成的民族精神；而从社会政治学的层面，它强调的是共同政治组织的整合与协作（杨厚均，2005：4）。

造成以上情况的原因相当复杂。其中一个重要原因与该词的翻译有关。汉语的“民族”“民族主义”“民族国家”都是源于西方的概念，其核心词汇是英文的 nation。因此，我们有必要同时考察一下英文“nation”一词的由来。据王联的研究，英文“nation”一词，最初是从拉丁文 nasci 的过去分词演化而来的，意为出生物（to be born），后又进一步衍生为 natio，指种族、血统、出生物等，或者一个具有同一出生地的居民团体。也就是说，一类拥有某一特定的地理地区的人类集团。大约到了 1400 年，natio 就有了领土的含义。从 1500 年到法国大革命这段时间，natio 开始以 nation 的面目出现在当地语言中，而且具有了政治的含义。而到了 16 世纪和 17 世纪，“nation”一词便开始被用来描述一国人民而不管其种族特征。到了波兰被瓜分和法国大革命时，nation 开始成为 country 的同义词，而且还开始有了与 people（人民）相对应的意义，它“意味着全部的政治组织或国家（state）”。美国著名学者卡尔·多伊奇甚至说“一个民族（nation）就是一个拥有国家（state）的人民（people）”（王联，2002：3-5）。由此可见，英文“nation”一词本身的含义在历史上就发生了很大的变化，其原来复杂的含义也逐渐由其他词汇来表达，如血缘意义上的“种族”（race）、“种族集团”（ethnic group），但可以肯定的是，现代意义上的 nation 更多地具有政治的意义，即指社会政治意义上的“民族国家”（nation-state）。虽然英文的“nation”同时包含了“民族”和“国家”的意义，但在实际运用中，“国家”的含义要高于、多于“民族”，如 the nations of Western Europe 指的是西欧各国；The

United Nations 指的是联合国；nationwide 指的是遍及全国的，而不是遍及全民族的；national hymn 指的是国歌，而不是民族赞美诗；national park 指的是国家公园，而不是民族公园。nation 为多义词语，而多义现象在翻译当中是最难处理的语言现象，往往无法在同一词当中把源文的多层意思全部表达出来，这就造成了汉语中的多词对应，如民族、国家、民族国家等不同词语（杨厚均，2005：5-6）。为了避免意义的混淆，本书原则上采用“民族国家”的概念，因为这一概念与 nation 的现代意义最为接近。

对中国而言，一般认为现代意义上的民族观念是在晚清才正式出现（王一川，2001：61）。古代中国并不是现代意义上的民族国家。中国传统国家观念的特点是“天朝型模”，“天朝君临四方”的思想使中国与外国在 1861 年以前根本不曾有过现代意义上的外交（刘禾，2007：2）。只是到了晚清，尤其是 1840 年鸦片战争的爆发，西方的坚船利炮打开了中国的大门，中国人才第一次被迫面对由民族国家组成的国际社会，从而产生自己的国家意识与民族意识。1911 年爆发的辛亥革命建立了“中华民国”这一共和政体，但这只满足了政体的现代性要求，并没有带来民族国家主权的全面确立。而 1949 年成立的中华人民共和国，基本上实现了中华民族的现代主权和领土完整，因而是现代意义上的民族国家（李杨，2002：143-145；王一川，2001：25）。

然而，什么是“民族国家”仍然是一个非常复杂的问题。关于民族主义和民族国家的形成，学派和观点众多，但近二三十年来西方学术界对这一问题大都偏向于持“建构论”（constructionism）的观点。在这样的学术认知中，“民族国家”一般不再被视为由血统、语言、文化等原生性纽带（primordial ties）自然衍生的既定之物（given）；反之，“民族国家”是在特定历史条件下，“被发明”“被构建”出来的“想象的共同体”（imagined community）（Eley & Sunny，1996：6-7）。“想象的共同体”是著名的现代民族主义研究学者本尼迪克特·安德森（Benedict Anderson）在其著作《想象的共同体：民族主义的起源与散布》（*Imagined Communities: Reflections on the Origin and Spread of Nationalism*）中提出的概念，“用以说明民族国家如何透过印刷资本主义（print capitalism）、小说、记忆、官方语言、人口普查、博物馆等象征资本（symbolic capital），和国旗、国歌、国家型的纪念仪式，以及种种音乐和节庆活动，以本雅明（Walter Benjamin）所说的水平式的‘空洞时间’（empty time），让所有在国土疆界之内的国民，都在阅读、想象、记忆的同时性与实时性过程中，设定大家同属一个共同体，透过想象与形构共同的生活和行为规范，形成国家与公民的观念，并因而产生强烈的归属感与同胞爱，以达成巩固民族国家既有体制的目的”（廖炳惠，2003：140）。

安德森的“想象的共同体”这一概念，在文学和文化研究界产生了相当广泛的影响。许多学者在探讨民族国家问题时，也逐渐转向分析民族国家是如何被各种话语所叙述和再现手段所呈现的。如另一民族主义研究学者霍布斯鲍姆（Eric Hobsbawm）与兰格（Terence Ranger）合著的《传统的发明》（*The Invention of Tradition*）一书，就把威尔士的民族服装、苏格兰的典籍再造、英国皇家仪式变迁等传统的实践与现代民族国家的建立以及民族国家的认同联系起来考察，并指出这些民族的传统并非一贯有之，而是1870年以后西方民族国家为了巩固既有的政治秩序而进行的一连串“发明”。此外，霍米·巴巴（Homi K. Bhabha）所编的《民族国家与叙事》（*Nation and Narration*），是一部致力于探讨民族国家的现代性叙事性质的论文集。该文集收入的十六篇论文，共同探讨的一个主题就是文学与民族国家建构之间的关系。英国文化研究学者霍尔（Stuart Hall）也指出民族国家并不仅仅是“一个政治实体”（a political entity），而且还是“一种文化表征体系”（a system of cultural representations）（1996：612），其中文学、媒体和流行文化等成为民族国家的叙事，共同参与民族国家的建构。

对于中国“十七年”文学，近年来越来越多的学者尝试从民族国家想象或建构的层面来作考察[①]。如李杨的著作《抗争宿命之路——“社会主义现实主义”（1942—1976）研究》采用福柯的知识谱系学的方法，即一种考察话语系列（discourse series）形成过程、各种话语的特殊规范以及话语出现、发展、变化的条件的研究方法，来重新认识延安文学、“十七年”文学和“文革”文学。在他看来，在1942年5月毛泽东《在延安文艺座谈会上的讲话》影响下的延安文学和“十七年”社会主义现实主义小说的叙事目的，在于“建立一个现代民族国家”（1993：7）。与李杨的观点相呼应的，还有黄子平与王德威对这一时期小说的认识。在《革命·历史·小说》中，黄子平把中国20世纪

50年代至70年代出现的描写共产党领导的革命斗争的小说命名为“革命历史小说”，并将其与中华人民共和国的成立联系起来，认为这些小说“在既定的意识形态的规限内，讲述既定的历史题材，以达成既定的意识形态的目的：它们承担了将刚刚过去的‘革命历史’经典化的功能，讲述革命的起源神话、英雄传奇和终极承诺，以此维系当代国人的大希望与大恐惧，证明当代现实的合理性，通过全国范围内的讲述与阅读实践，建构国人在这革命所建立的新秩序中的主体意识”(黄子平，1996：2)。在《重新发明民族国家历史：二十世纪中期的共产主义小说与反共小说》（Reinventing National History: Communist and Anti-Communist Fiction of the Mid-Twentieth Century）一文中，王德威认为中华人民共和国成立后，需要建立属于自己的历史叙事，而创作于20世纪40年代末50年代初的革命历史小说（如《新儿女英雄传》《保卫延安》等）和描写中国农村土改和农业合作化运动的小说（如《暴风骤雨》《三里湾》等），便是“重新发明民族国家历史”（reinventing national history）的手段(2000：39)。李杨在《50—70年代中国文学经典再解读》中重新审视了一批红色经典作品，如《林海雪原》《红旗谱》《青春之歌》《创业史》等，考察这些文本如何生产“历史”和“意识形态”，关注“这些小说如何提供特定时代的人们想象‘中国’和‘自我’的方式”(2003：367)。杨厚均的著作《革命历史图景与民族国家想象：新中国革命历史长篇小说再解读》(2005)，从民族国家想象的角度，对“十七年”革命历史长篇小说进行了深入细致的再解读。在他看来，“十七年”革命历史长篇小说的民族国家想象，主要体现在重构现代民族国家的历史记忆、确立现代民族国家的革命本体意识、展现现代民族国家的崭新形象等方面。另外，值得一提的，还有蔡翔的《革命/叙述：中国社会主义文学——文化想象（1949—1966)》，也从国家和地方、英雄和传奇、动员结构、技术革命、劳动等不同方面对1949年至1966年期间中国社会主义文学与文化想象进行了多种角度的讨论。

除了“十七年”文学外，文学史的书写（戴燕，2002)、作为“国家的仪式”的“十七年”革命戏剧的编写（胡志毅，2008）等，都为中国这个想象的共同体提供了丰富的资料和内容。“十七年”文学、文学史等媒介与民族国家建构之间密不可分的关系，为本书考察这一时期由中国自身发起的中国文学外译活动提供了以下启示：如果说“十七年”文学等媒介参与了构建新中国这一想象共同体的话，那么同时期出现的中国文学外译活动，则是力图借助翻译这一话语实践，在目标语社会展现新中国这一想象共同体的另一种方式，这一展现的过程在某种意义上其实也是一种民族国家建构的过程。笔者相信，民族国家构建的视角能让我们更好地解释在中华人民共和国成立之际，中国文学对外翻译活动何以同时出现的原因。同时这一视角还能促使我们进一步思考一系列具体的问题，如对外翻译古典文学、现代文学以及当代文学作品与中华人民共和国的建立有何种关系，它们在新中国的形象建构中分别充当了什么样的角色，它们一起又充当了何种角色等。总之，本书的研究目的，在于考察1949年至1966年期间中国文学外译（尤其英译）活动，是如何在中华人民共和国成立初期参与对外建构这一现代民族国家的。

随着近几十年来翻译研究逐渐走出微观的文本对比的传统研究，人们逐渐认识到翻译在民族国家建构过程中所扮演的重要角色。在人类历史上，翻译促进了民族语言的形成、塑造并强化了民族意识和民族身份，引进新的文学规范，促成了文学体系的演化和民族文学的建立（Delisle & Woodsworth，1995；Brisset，1996；Pym，1998b：552－560）。在这些方面，不少学者做过深入探讨，其中，韦努蒂（Lawrence Venuti）在翻译与民族国家身份建构之关系的问题上做了重要的理论阐发。1992年韦努蒂在编辑《翻译再思：话语、主体与意识形态》（*Rethinking Translation: Discourse*，*Subjectivity*，*Ideology*）时所撰写的前言，指出翻译在民族国家身份的建构中发挥着巨大的作用，因此，翻译扮演着重要的地缘政治角色（1992：13）。在1996年发表的题为《翻译与文化身份的塑造》（Translation and the Formation of Cultural Identity，1995）的文章中，韦努蒂再次强调，翻译以巨大力量建构对异域文化的再现，同时也建构着本土的主体身份，并对此进行了理论上的阐发。在他看来，翻译建构本土文化身份的作用主要是依靠歌德所说的“映射机制”（specular mechanism）完成的，即目标语读者通过阅读译本，识别其中制约异域文本的选择以及翻译策略的本土价值观，由此目标语读者在译文中认出了读者自己。因此自我认识是对那些构建自我与本土自我主体的本土文化规范与资源的认识。这一过程基本上是自恋性的：读者认同一个由翻译投射出来的理想，而这一理想通常是在本土文化中已取得权威地位，并主导着其他文化群体的价值观的那些价值观。翻译建构文化身份的机制适用于民族身份的建构。在特定历史条件下，民族主义者等群体同样诉诸翻译，以建构本土的民族身份。韦努蒂发表于 2005 年的文章《本土应变：翻译与民族身份》[②]（Local Contingencies: Translation and National Identity），对这一方面作出专门的探讨。该文聚焦拿破仑战争时期的布鲁塞尔与晚清时期的中国，考察不同社会历史背景下的翻译理念及实践如何被纳入民族建构的日程，及其所带来的社会文化影响。其中，在晚清时期的中国，译者严复与林纾通过翻译、介绍西方的理念，以达到改造当时的中国社会，抵御外来侵略者的目的。

进入 21 世纪，翻译与民族国家建构之间的关系继续成为翻译学界研究的课题。2001 年由 Multilingual Matters 有限公司[③]出版、埃利斯与奥克利-布朗（Roger Ellis & Liz Oakley-Brown）合编的《翻译与民族：英格兰文化政治探索》（*Translation and Nation: Towards a Cultural Politics of Englishness*）一书收入了 5 篇论文，共同展示了中世纪、文艺复兴和 19 世纪以来的英国近代翻译在形成英格兰文化、确立英国的国家身份方面所发挥的巨大作用。另一翻译研究的国际学刊《译者》（*The Translator*）2009 年初特别策划出版了专刊《中东的民族与翻译》（*Nation and Translation in the Middle East*），收入 8 篇论文，共同围绕民族与翻译实践的论题，具体探讨了翻译在埃及、土耳其等中东的民族国家建构过程中所扮演的重要角色。

以上有关翻译与民族国家建构的关系的理论探讨以及个案研究，都集中在异域文学如何通过翻译这一途径参与本土民族国家建构，以及民族国家身份建构和认同，却极少谈论源语社会主动发起并从事的对外文学翻译活动对对外建构本民族国家，再现和塑造民族国家形象与民族国家主体身份所发挥的作用。在笔者看来，如果说异域文学的翻译是再现异域文化形象、建构本土主体身份的方式，那么由源语社会策划并从事的对外翻译活动则成为在目标语社会中再现源语文化的自我形象、建构自我的另一种更为直接的方式。事实上，对外翻译也往往更容易被视为一种塑造源语（此处指本土）文化形象和国家身份的力量，在一定条件下被特定的意识形态召唤为其服务，来满足民族国家对其文化身份和民族国家身份认同的诉求，或为地缘政治的复兴摇旗呐喊。例如，19 世纪末到 20 世纪初，爱尔兰译者就通过把自身的文化遗产翻译成英语，重新建构了自己的民族和人民。这种由源语社会发起并参与的翻译活动，服务于本民族的利益，成为“发明传统、发明民族和发明自我的方式”（Tymoczko，2004：18）。本书的研究对象，即 1949 年至 1966 年期间中国出现的中国文学对外翻译活动，是由中国官方组织和从事的翻译项目，因而不可避免地被赋予了浓厚的意识形态色彩和重要的政治使命。这一翻译活动发生于国际社会两极尖锐对立的冷战时期，以及中华人民共和国成立初期这样一个中国社会发展的特殊历史时期，它响应了现代民族国家建构的诉求和召唤，意图在国际社会实现全新的自我形象的塑造。在某种意义上，同样可以被视为是“发明”民族国家、“发明”自我的手段。

同时必须强调的一点是，文学翻译与民族国家建构毕竟是两个不同而且不对等的范畴，两者之间的关联并不是直接的、显在的，考察它们之间的关联必须通过一些中介范畴，即通过对一些具体问题的分析，来揭示它们之间隐秘的关系。这些问题包括：文学翻译怎样表现或建构民族国家？这些表现或建构方式在何种程度上受到了官方意识形态的制约？对于与己相异的表现和想象方式，运用什么手段将其纳入自己许可的轨道中来？[④]具体到 1949 年至 1966 年期间中国官方组织的文学对外翻译活动，在建构新生多民族国家的过程中，国家意识形态无疑扮演着极为关键的角色。因此，下一节将着重对翻译与意识形态之间的关系作出阐述。

第二节 翻译与意识形态

尽管 20 世纪 50 年代西方学术界出现了“意识形态终结论”，但 60 年代以后一大批有关意识形态的论著的出现，使意识形态问题再次成为人们关注的焦点（俞金吾，1993：5），并随着解构主义和各种文化理论如后殖民理论和女性主义理论等的介入，意识形态研究越来越引人注目，在翻译研究领域亦不例外（Fawcett，1998：106）。然而，与“民族国家”一样，“意识形态”的内涵亦非常复杂。西方众多学者，如阿尔都塞（Louis Althusser，1971）、詹姆逊（Fredric Jameson，1974）、威廉斯（Raymond Williams，1981）、伊格尔顿（Terry Eagleton，1991）等都作过论述。本书无法也无意对“意识形态”的众多定义或不同流派作一综述，但有必要指出的是，目前对意识形态的各种定义基本上与以下两种传统有密切的关系：一是注重讨论真假的认识论传统；二是关注意识形态社会功用的社会学传统（孟登迎，2002：79）。本书主要探讨意识形态在翻译这一社会文化实践活动中所发挥的作用，因此更倾向于意识形态社会功用方面的定义。具体而言，本书中所提的“意识形态”，指的是在特定文化语境中占据主导地位的思想系统，即“某一社群的一套思想观念，这套思想观念使他们所拥有的占主导地位的政治权力合法化”（Abdulla，1999：1；查明建，2003：5）。随着1949年中华人民共和国的成立，其执政党中国共产党所倡导的意识形态，即“以马克思列宁主义为指导的社会主义意识形态”成为当时中国的主导意识形态（转引自俞金吾，1993：318）。因此，本书所说的“意识形态”限定在政治范畴内，等同于国家意识形态。

意识形态与翻译实践相互联系的现象，历史上一贯有之，但意识形态成为翻译研究的论题却是近几十年来的事。率先较为深入系统地探讨翻译与意识形态两者之间关系的是勒菲弗尔（Lefevere，1992）。因此我们有必要对勒菲弗尔在这一方面的基本观点作一简要论述。

勒菲弗尔把“意识形态”引入翻译研究的视野，是基于其对埃文-佐哈尔（Itamar Even-Zohar）的多元系统理论的扬弃。早期的勒菲弗尔追随埃文-佐哈尔的多元系统论，但很快他又转向一般系统理论（General System Theory），并对多元系统论提出批评，如他认为该理论带有本质主义倾向；过于偏爱术语与表格等其他“科学主义的盔甲”；其抽象的范畴不能充分地解释具体的个案等（Hermans，1999：125）。为了更好地分析文学外系统对文学内系统因素的影响，勒菲弗尔引入了一系列新术语，“意识形态”便是其中一个重要的概念（Gentzler，2001：136）。但勒菲弗尔对“意识形态”这一概念的界定并不一致。在发表于1988年的一篇题为《系统思想与文化相对论》（Systems Thinking and Cultural Relativism）的文章中，勒菲弗尔采用的是伊格尔顿的定义，即“一套为争取利益的话语，这些利益从某方面来说关系到维护或质疑整个社会历史生活中心的权力架构”（Gentzler，2001：

136)；在 1992 年出版的《翻译、重写以及对文学名声的操纵》(*Translation, Rewriting and the Manipulation of Literary Fame*) 中，勒菲弗尔采用的则是詹姆逊的定义，即“支配人们行为的形式、习俗以及信仰”(Lefevere，1992：16)。可见这些定义涉及了对意识形态不同方面的理解，其涵盖的意义较为宽泛，并不限于政治领域。尽管勒菲弗尔对意识形态的定义前后并不一致，但还是较为深入地阐发了意识形态与翻译的互动关系，观点颇有启发性。

首先，意识形态在文学系统的赞助机制中发生作用。所谓“赞助机制”，指的是能够促进或阻碍文学作品阅读、写作和重写的各种操纵力量，既包括人，也包括机构；文学作品的意识形态是赞助主要关注的对象。赞助机制由三个因素构成，第一是意识形态因素，该因素制约着文学主题的选择和表现的形式；第二是经济因素，赞助人或机构支付作者和重写者酬金或任命他们，保障其生计；第三是地位因素，接受赞助意味着重写者必须做出支持该团体的决定。赞助机制有集中与分散之分，若上述三种因素都由同一人或团体提供，属集中型赞助机制 (undifferentiated patronage)，反之则是分散型赞助机制 (differentiated patronage) (Lefevere，1992：17)。其次，意识形态与诗学密切相关。后者在勒菲弗尔看来包含两方面内容，一是一套文学手法、文类、主题、人物、情景及象征。二是诗学观的功能成分，即在社会整体系统中，文学扮演或者应该扮演什么样的角色。文学的社会观影响到文学作品题材的选择。若文学作品要受到关注，其主题必须与社会系统相关。可见，文学的社会角色与诗学观以外的意识形态密切相关，是由文学系统内的意识形态力量产生的 (Lefevere，1992：26 - 27)。最后，在各种制约翻译的因素 (意识形态、诗学、语言等) 中，意识形态的作用最为强大。在这里，勒菲弗尔主要强调的是译者的意识形态，包括译者本身所认同的意识形态以及由赞助人所施加的意识形态 (Lefevere，1992：41)。总之，在勒菲弗尔看来，翻译必定受译者或赞助人的意识形态以及诗学的支配；翻译就是改写、操纵，是为权力服务的有效手段 (Lefevere，1992：4 -9)。

继勒菲弗尔之后，众多翻译研究学者继续在意识形态方面做出深入探讨，视角涉及后结构主义、后殖民主义与女性主义等。如印度学者尼南贾纳 (Tejaswini Niranjana) 所著的《翻译的定位：历史、后结构主义与殖民主义语境》(*Siting Translation: History, Post-structuralism, and the Colonial Context*, 1992) 一书，把翻译视为与从属于殖民统治的意识形态建制的霸权机器紧密联系的话语之一，并重点探讨英译作品是如何被殖民主义强权者利用，以建构一种经重写的“东方”形象，并以之代表“真理”(Munday, 2001: 134)。印度裔美国学者斯皮瓦克 (Gayatri C. Spivak) 在 1993 年一篇题为《翻译的政治》(The Politics of Translation) 一文中，特别关注翻译所导致的一系列意识形态问题，以及大量变形现象。她将这些问题置于女性主义、后殖民主义、后结构主义三维空间中予以文化阐释，并同时清理不同维度之间存在的张力 (Munday, 2001: 133)。加拿大女性主义学者西蒙 (Sherry Simon) 的著作《翻译中的性别：文化身份与传播的政治》(*Gender in Translation: Cultural Identity and the Politics of Transmission*, 1996)，则从性别研究的视角来研究翻译，主要探讨作为政治与文学运动的女性主义对翻译理论和实践的影响。由英国 St. Jerome 公司 2003 年出版、María Calzada Pérez 编辑的论文集《关于意识形态：意识形态的翻译研究——翻译研究中的意识形态》(*Apropos of Ideology: Translation Studies on Ideology—Ideologies in Translation Studies*)，共收入论文 9 篇，旨在研究意识形态如何影响翻译过程，以及探讨翻译研究如何受意识形态影响。2007 年《译者》(*The Translator*) 第 2 期设专刊《翻译与意识形态：相遇与冲突》(*Translation and Ideology: Encounters and Clashes*)，收入 9 篇论文，把对意识形态的研究扩展到学术写作、文化期刊、法律与科技文本、广告等非文学翻译领域，考察意识形态因素如何在这些翻译实践中塑造、维护、反抗和挑战其中所涉及的权力关系。与翻译和意识形态这一议题密切相关的，还有 2018 年由 Fruela Fernández 与 Jonathan Evans 合编的《劳特利奇翻译与政治手册》(*The Routledge Handbook of Translation and Politics*)，是近年综合探讨翻译与政治之间互动关系的百科书性质的文集，收录了国际翻译界众多领军专家写就的 22 篇主题论文以及 11 篇个案分析文章，分别探讨翻译与政治思想、翻译与权力架构以及翻译的政治三大议题。

可见，近几十年来翻译研究在意识形态方面的探讨，涉及面极为广泛，既包括政治方面，也包括后殖民主义和女性主义等视角，同时还牵涉诗学、包括译者在内的改写者、赞助人、机构、权力等诸多因素。上文已提到，本书所说的意识形态限定在政治领域，等同于国家意识形态，其在 1949 年至 1966 年期间的文学对外翻译活动中扮演着极为重要的角色。这一时期的文学对外翻译是中国政府组织的翻译活动，因此国家是该翻译行为的赞助机构，翻译活动的具体策划则交由政府资助的国家对外宣传机构——外文出版社负责，因此外文出版社可被视为翻译活动的具体赞助机构。国家及其意识形态支配着翻译活动的各个环节，如译者的选择、翻译选题、翻译策略的选择、翻译作品的出版和发行等，而这些译作生产和译作发行环节主要在外文出版社和中国国际书店进行，是典型的国家机构翻译模式，呈现出集中的赞助机制下的由国家资助和支配的官方机构翻译的特点。对此，本书将在第三章详细论述。此外，国家意识形态及其制约下的主流诗学观，即社会主义现实主义，制约着中国文学翻译的选材和翻译策略。对这一点的探讨贯穿了本书第三章至第五章的内容。

第三节 理论假设

本节在上述翻译与民族国家建构和意识形态之间关系的理论探讨的基础上，提出本书的理论假设。在此之前有必要强调这种翻译活动的独特之处。1949 年至 1966 年期间的中国文学对外翻译活动在以下几个方面不同于主流翻译趋势：第一，这是一个新生的多民族国家自身组织和从事的翻译活动，其意图和需求源自源语社会的关怀，而不是来自目标语社会；第二，翻译的路径主要是由母语译为外语，即由中文译为英语或其他外语，而不是相反；第三，中国文学外译活动根植于两极对立的冷战国际大背景，中国文学英译活动更是牵扯出彼时错综复杂的国际关系，这一时期中国文学对外翻译的组织者对上述情况并非一无所知，而是在很大程度上认识到中国在当时国际政治中所处的位置，因此在翻译选材、翻译方法的选择、翻译策略的取舍、译者的选择、译作的出版与发行等环节考虑了上述因素的影响，这些考虑也无不与本土的多民族国家建构和意识形态紧密地交织在一起。基于这一认识，本书提出以下理论假设。

首先，在特定历史语境下，身处边缘的民族国家在其身份形成之际或之初，特别是类似这一时期的中国，在刚刚建立一种新的社会制度，并处于相对孤立甚至受到打压的情况下，会主动发起并从事自身文学的对外翻译，以求在世界发出自己的声音，实现自我文化身份和民族国家身份的确认。

其次，在这种情况下，翻译的动力源自本土内部需求，亦由本土组织策划和翻译，因此从这一意义上说，这是一种自我翻译的现象，“发明”民族国家、“发明”自我的手段。

再次，待译文本以及翻译策略的选择在很大程度上会受制于源语社会的主流意识形态和主流诗学，因此对外翻译的过程实际上也是目标语文化对本土作品经典化的过程。

最后，由官方组织的对外文学翻译不仅仅是塑造本国文学的形象及其所代表的国家形象的手段，更是民族国家建构的一部分。

以下各章将立足于这些理论假设，对1949年至1966年期间中国文学外译活动展开深入而系统的探讨。

【注释】

①此处综述只关注从民族国家建构的视角来研究“十七年”文学的文献，但这并不代表笔者忽略研究“十七年”文学的其他途径，只是民族国家建构视角是主导性的，并与这一时期代表官方的外文出版社从事的中国文学对外翻译关系最为紧密。

②该文题目的中译采用张景华的译文，参见张景华：《翻译伦理：韦努蒂翻译思想研究》(上海：上海交通大学出版社，2009)，第3页。

③该公司出版的“翻译论丛”(Topics in Translation) 包括《翻译、权力与颠覆》(*Translation, Power, Subversion*, 1996)、《文化建构》(*Constructing Cultures: Essays on Literary Translation*, 1998)、《当代翻译研究》[*Contemporary Translation Theories* (*Revised 2nd Edition*), 2001] 等翻译研究丛书，在翻译研究领域影响深远。

④此处受到倪伟的著作《“民族”想象与国家统制——1928—1948年南京政府的文艺政策及文学运动》的启发。该书从文学与现代民族国家建设之间的关系出发，讨论20世纪20年代末至40年代末南京政府的文艺政策与文学组织活动。

第三章
CHAPTER 3

作为政治行为的中国文学对外翻译

1949 年至 1966 年期间的中国文学对外翻译活动，伴随着中华人民共和国的成立出现，并在冷战格局确立之后的国际政治环境中开始。此时，冷战不只是作为一种国际背景存在，还作为一种思维方式支配着新生多民族国家的社会主义实践，当然也包括中国文学对外翻译活动。本章首先从社会主义阵营与资本主义阵营对峙的国际冷战格局，以及中华人民共和国成立这一历史性事件入手，探讨中国政府设立外文出版社进行中国文学的对外翻译的社会历史背景，及其所具有的政治文化意义。然后论述对外翻译被赋予的政治文化日程是如何规约这一翻译活动的，这一点主要从三方面进行论述：国家对外文出版社组织的对外翻译活动的赞助与制约、外交与文学对外翻译活动的互动关系、文学运动对文学对外翻译活动的影响和制约作用。

第一节 国家新使命

1949 年 10 月 1 日，中华人民共和国的成立宣告了一个主权多民族国家的独立，同时也昭示着长达一个世纪之久的外国殖民入侵的终结和内战纷争战火的停熄。民族的解放给这个饱受战争肆掠的国家带来无限生机。然而，战争的重创给共和国新领导人留下一系列棘手的问题："社会和政体四分五裂，公共秩序和风气已经败坏，被战争破坏的经济遭受严重的通货膨胀和失业的折磨，中国根本的经济和军事落后性给社会精英争取国家富强的目标造成了巨大的障碍"（麦克法夸尔等，1990：67）。这里我们看到的显然只是冰山一角。与这个历史遗留的社会内部残局同样棘手的，是试图破坏和颠覆这个新生共和国的国际力量。"二战"以后，以美国、苏联为首的两大政治阵营，各自坚守资本主义、社会主义意识形态，形成两极对峙的世界冷战格局。1947 年，美国外交及战略家肯楠（George F. Kennan）提出围堵政策（Containment Policy），主张作为自由世界领导者的美国应该联合理念相近、利害攸关的国家，在欧亚大陆边缘构筑战线，围堵苏联共产主义的扩张（单德兴，2009：120）。作为世界上仅次于苏联的第二大社会主义国家，中华人民共和国的成立，引起了以美国为首的资本主义世界普遍的恐慌。中华人民共和国被看作共产主义全球阴谋的一个重要组成部分，因此不可避免地被卷入冷战之中。自中华人民共和国成立起的二十多年内，以美国为首的西方资本主义国家采取政治上不承认、经济上封锁、军事上围堵等策略遏制中国。

然而，这场冷战"不仅是国际政治权力的斗争，也是两种不同信仰系统、制度、生活方式在世界各地争取民心的斗争（battle for the mind）"（赵绮娜，2001：81）。"凡有利于敌消我长的策略都在考虑之列，其中重要的一环是思想与文化的竞争"（单德兴，2009：120）。针对新生的中华人民共和国，美国设立了主要以中国香港和中国台湾为基地的文化外交网络和机构，以遏制中华人民共和国社会主义文化的影响。香港以其独特的地理位置，首先成为美国"全面遏制和演变中国的前哨阵地"[①]（赵稀方，2006：87）。美国新闻处（USIS-Hong Kong），是美国在香港所设立的至关重要的机构，"担负着宣传心理战等重要使命"，执行独特的"国家计划"，其主要目标有三："破坏中国共产党在中国大陆的力量和支持的资源，给反共产党分子以希望和鼓励"；诱使"东南亚华人支持美国和自由世界政策和措施，在他们之中制造反共情绪和行动"；得到"香港对于美国和自由世界政策和措施的日益增加的理解和支持"（同上）。美国新闻处先后创立救济总会（后改为亚洲基金会）、孟氏基金会、友联研究所等情报机构，并创办一系列报纸、杂志，成立亚洲出版社、友联出版社、今日世界出版社、自由出版社等出版机构，出版或翻译大量“反共作品”，以此对抗中国共产党领导的共和国政府。其中出版“反共著作”数量较庞大的是亚洲出版社，它一连出版发行了两百种左右的“反共小说”，以及大量的反共性质的报告文学、社科、人物传记、翻译以及连环画等（赵稀方，2006：88 -89；黄继持等，1998：2 -3）。在翻译方面，1952年美国新闻处设立的今日世界社和今日世界出版社，广邀名家参与翻译美国文学，宣扬美国文化及价值观。而针对中华人民共和国政府最具代表性之一的翻译活动，是赞助张爱玲出版翻译以土地改革、“三反”“五反”和“抗美援朝”战争为背景的中、英文小说《秧歌》（*The Rice-Sprout Song: A Novel of Modern China*，后自译成中文），《赤地之恋》（*Naked Earth: A Novel about China*，后自译成英文）（均于1954年在香港出版），以及赞助其翻译台湾作家陈纪滢出版的“反共小说”《荻村传》（*Fool in the Reeds*，1959）等（单德兴，2009：118 -143）。

除中国香港地区外，中国台湾地区也被纳入美国“围堵政策”之范围。1949年，美国承认并援助要从台湾“反攻大陆”的蒋介石国民党政权，并向台湾推销美国文化，以各种文化交流方式（如教育交换等），“增进台湾人民以及东南亚华人对美国反共政策之信心……”（赵绮娜，2001：84）。而与美国这一政策密切相关的，便是其全力支持和协助出版台湾作家作品的英译选集[②]，以向世界表明只承认台湾的所谓“中华民国政府”是中国唯一合法政府的“一个中国政策”（Kenneth S. H. Liu，2006：496），以此来否定由中国共产党领导的共和国政府的合法性。

面对艰难、复杂的国际环境，中华人民共和国成立后不仅肩负着国内艰巨的重建工作，而且还肩负着在严峻的国际政治文化冲突中捍卫国家利益的民族使命。通过广播、电影、报刊、艺术和书籍等快速和慢速媒体[③]，传递中国政府的声音，宣扬中华人民共和国的政策法规、政治思想、社会现状，塑造中国在国际上的良好形象，争取国际舆论的同情与支持，这一做法由此被提上日程。而对外翻译中国文学作品更是以一种较为隐蔽的、相对容易为人所接受的方式，向外展现新中国形象，确立中国共产党领导的中华人民共和国政府的合法地位，为自身的社会主义建设创造良好的国际环境。这既是对彼时剑拔弩张的国际关系的积极回应与反击，也是对多民族国家身份的一种自我确认与宣传。

第二节 国家权力话语对对外翻译的赞助与制约

一、翻译的政治定位

在1949年至1966年中西对垒中屹立的中华人民共和国，翻译被赋予了至关重要的文化政治意义。1954年，茅盾在全国文学翻译工作会议上指出："在进一步缓和国际紧张局势以及实现亚洲及世界各国的集体安全、和平共处的伟大事业中，国与国间的文化交流是一个重要的因素，而文学翻译工作，是文化交流中重要的一环"（茅盾，1954：4）。包括文学翻译在内的中外文学交流，在这里被看成是国与国之间文化交流的重要环节，其目的主要是为新生的共和国建设创造一个和平的国际环境，以维护国家利益。金人在官方刊物《翻译通报》的一篇题为《论翻译工作的思想性》的文章中，则直接表明"翻译工作是一个政治任务。而且从来的翻译工作都是一个政治任务。不过有时是有意识地使之为政治服务，有时是无意识地为政治服了务"（1951：9）。

对翻译的政治定位，身为国家领导人的陈毅的看法最具代表性。1962年，陈毅在与北京外国语学院学生的谈话中提到："不要把外语工作看得太简单，不要把外语工作看作技术工作，外语本身就是政治斗争的工具。掌握了外语可以把外国人的长处介绍到中国来提高我们中国的经济和文化。掌握了外语可以把我们中国的革命斗争经验介绍出去，扩大我们的革命影响，加强对帝国主义的打击。外语工作是政治而又带理论性的工作，从事外语工作要有很高的文化程度。文化程度不高，外语也是学不好的，做不了一个很好的翻译人员。"（《外语教学与研究》编者，1962：4－5）很显然，时任国家国务院副总理和外交部部长的陈毅把外语工作，主要是翻译工作，看成一种政治工作，同时也明确了对外翻译的目的，即把“中国的革命斗争经验介绍出去，扩大我们的革命影响，加强对帝国主义的打击”。同样，文学作品的对外翻译也不可避免地担负着政治功用。1959 年 6 月 9 日陈毅在对《中国文学》（英文版）编辑部人员的讲话中，就提到《中国文学》的定位，即艺术多一点还是政治多一点的问题。在陈毅看来，《中国文学》是文学杂志，“艺术是高明的政治，是最强的意识形态。它用感人的艺术形象，叫你落在我的政治圈套中。”“艺术性愈浓，愈能达到政治目的；艺术性愈低，愈不能达到政治目的。”（周东元、亓文公，1999：160－161）这无疑是冷战思维下的中国官方对对外（文学）翻译所寄予的最高期望与政治定位。

事实上，早在抗日战争期间，中国共产党就已经意识到对外（文学）翻译的重要性。这一时期包括中国文学在内的对外翻译成为向世界宣传中国共产党参与抗战的政策，以求赢得广泛支持的有效途径。当时作家茅盾认为，“同时促进中苏作家与中西作家的友谊，以及把我们的作品介绍到苏联和西班牙去，也是我们当前必要的工作”（转引自何洋，2007：150）。英文版《中国文学》创刊者之一的叶君健，曾于 1938 年在周恩来、郭沫若领导的武汉国民政府军事委员政治部第三厅从事国际宣传工作。为了配合抗日，叶君健受爱泼斯坦的委托，最早用英文翻译了毛泽东的《论持久战》的主要章节，向全世界介绍中国共产党的革命主张。同年叶君健参加发起成立中华全国文艺界抗敌协会，并在香港主编该会的英文刊物《中国作家》（*Chinese Writers*, 1939），对外译介中国抗日文学作品，让世界了解中国抗日的情况，以获取国际社会的同情，支持中国抗日（叶君健，1989：106－107；苏光文，1994：414－426；叶念先，2001：187）。中国共产党于 1941 年在延安创办《中国通讯》（1941 年 3—12 月），于 1945 年在上海创办英文对外宣传刊物《新华周刊》（*New China Weekly*），这个杂志刚出了三期，就被国民党当局强行查封了。于是，共产党转战香港，于 1946 年 12 月另创英文半月刊《中国文摘》（*China Digest*），继续向世界报道正在展开的中国的解放战争（张彦，2009：8－9），该刊于 1950 年 2 月停刊。1949 年由中国共产党执政的中华人民共和国成立后，（文学）对外翻译成了新生国家对外宣传的重要组成部分。

二、对外翻译的赞助机构——作为国家对外宣传机构的外文出版社

对外翻译所承载的政治文化使命必然要求将对外翻译出版工作纳入国家政治体制，使其成为国家文化生产的一部分。这一时期负责外文图书翻译出版的专门机构是外文出版社[④]。作为国家对外宣传机构，外文出版社的官方背景自然不言而喻。外文出版社的前身是与中华人民共和国同时成立的中央人民政府新闻总署国际新闻局，“它主管对外宣传新闻报道和出版工作，是为打破帝国主义对新中国的封锁，向世界人民介绍人民共和国而设立的”（周东元、亓文公，1999：1）。1952 年 7 月，为了加强外国文字的对外宣传工作，经过政务院（国务院前身）批准，国际新闻局改组为外文出版社。在 1952 年 7 月中央人民政府出版总署发布的《关于中央一级各出版社的专业分工及其领导关系的规定（草案)》，规定外文出版社是“国家对外宣传的外文书刊统一的出版机构”，并规定了其任务为“广泛地并多方面地介绍新中国的建设成就，中国共产党与中央人民政府的政策，中国革命和建设经验”（戴延年，陈日浓，1999：24），同时也明确了领导关系，即外文出版社“除政治上，也就是编辑工作的领导，由中国共产党中央宣传部（简称中宣部）直接领导外，其他一切行政管理和出版、经营业务，全由出版总署负责领导”（同上：51－52）。至此，外文出版社正式成为国家出版企业机构，与人民文学出版社、人民美术出版社等平行，统一接受出版总署的领导。但与其他出版社的重要区别在于，该社的出版工作是“党的整个宣传工作的一部分，是我国整体外交的重要组成部分”（杨正泉，1999：1）。1954 年 12 月 1 日出版总署被撤销，全国出版事业的管理工作均由文化部出版事业管理局负责，外文出版社在行政上改由该局领导，业务方针仍由中宣部领导。1956 年 10 月 22 日起外文出版社的业务方针转由中共中央对外联络部（简称中联部）领导。1958 年 7 月 24 日，外文出版社的行政领导关系由文化部移交对外文化联络委员会（简称“对外文委”），成为其下直属的企业单位。1963 年 5 月，为了取得“上级更直接、具体的领导，以便及时了解和正确掌握对

外方针、政策、策略和国际斗争形势”（周东元、亓文公，1999：227），外文出版社改为直属国务院的一个行政单位，名称改为外文出版发行事业局（简称外文局），并建立党组，收发必要的文电。该局在业务方针上受国务院外事办公室直接领导，并在政治理论书籍的出版发行工作方面，受中宣部和中联部的领导⑤。从以上外文出版社几次行政领导和业务关系的变更，我们可以清楚地看到各大权威的国家机构对其的宰制。这一点似乎在任何其他出版机构都是绝无仅有的，也从侧面表明了外文出版社在中国政府中所占的重要地位。

作为负责国家对外宣传的专门出版机构，外文出版社除了出版多种外文图书外，还负责出版四大外文期刊，以建构图书和期刊两大类的强大的对外宣传网络。四大期刊各有明确的分工。第一份期刊是 1950 年 1 月创刊的《人民中国》（*People's China*），为全面介绍共和国政府政策和人民生活的半时事性对外宣传刊物。该刊创刊时仅有英文版，1951 年增出俄文版半月刊，1953 年又增出日文版月刊。后因俄文《友好报》和英文《北京周报》等相继创刊，《人民中国》俄文版和英文版在 1957 年年底停刊。从 1958 年起，以日文版为基础，增出印度尼西亚文版，同年 10 月又增出法文版，3 种文字版本均为月刊。第二份期刊是 1950 年创刊的《人民画报》（*China Pictorial*），主要以图片和文字形式宣传报道中国经济和文化建设的成就。其创刊时只有中文版，后陆续增出其他文字版。到 1958 年，为配合国际国内政治斗争的需要，该刊共有汉、蒙、藏、维吾尔、朝鲜、俄、英、德、法、日、越南、印度尼西亚、印地、西班牙、阿拉伯、缅甸 16 种文字版本。第三份期刊是《北京周报》（*Peking Review*），于 1958 年 3 月 4 日创刊，有英、法、日、德、西班牙文版，着重报道中国的政治、经济、文化、社会等方面的发展和动向，阐述中国共产党的方针和政策以及中国对国际问题的立场、观点。

第四份期刊，也就是这一时期译载中国文学作品的综合性刊物，即 1951 年创刊的英文版《中国文学》（*Chinese Literature*），其法文版于 1964 年创刊。与外文出版社一样，《中国文学》也是为了对外宣传中华人民共和国，重塑中华人民共和国形象而创办的⑥。中国文学出版社原副总编辑、编审吴旸在谈到《中国文学》创办动机时提到，身居英国的叶君健在1949年中华人民共和国成立后回到祖国，不满国外有关中国的书籍，认为国外读者只能看到赛珍珠的《大地》所描述的贫穷落后的中国，以及林语堂笔下悠闲和古色古香的中国形象，而不能读到反映新的中国、新的中国人民的作品。因此，叶君健向时任文化部副部长周扬和文化部对外文化联络事务局副局长洪深提议创办《中国文学》。在周扬等人的支持下，《中国文学》创刊号发行于1951年10月1日，成为“文化部对新中国第三个国庆节的献礼”（吴旸，1999：490）。在创办初期，《中国文学》不定期出版，选题较为随意。1952年前，《中国文学》为年刊；1953年改为半年刊；1954年改为季刊；1958年改为双月刊；1959年1月起改为月刊。1953年下半年《中国文学》正式并入外文出版社，开始系统地译介中国文学。在业务上，《中国文学》由中国作家协会（简称作协）直接领导，是其对外刊物。《中国文学》作为当时中国社会唯一一份专门译介中国文学作品的期刊，在成为国外读者了解中国文学及其动态的最主要的“窗口”的同时，也意味着它在国家政治体制内扮演着重要角色，从时任文化部部长的茅盾担任主编的安排[7]，以及时任国务院副总理和外交部部长的陈毅曾于1959年和1963年两次对《中国文学》所作出的讲话指示来看，这份期刊的重要政治地位可见一斑。

1949年至1966年期间，“党在上层建筑、意识形态领域实行一元化领导，掌管着媒介系统，文艺作品的生产、流通被纳入体制化的轨道之中，它有一套严格的发稿制度、出版制度”（陈伟军，2009：25）。与在出版总署领导下的其他国营出版社一样，外文出版社的翻译出版是在有组织、有计划的领导下逐步实现的。1952年9月中国出版总署借鉴苏联的经验，发出了《关于执行〈关于公营出版社编辑机构及工作制度的规定〉的指示》，要求保证国家出版物的政治质量和技术质量，公营出版社必须严格遵守以下规定：一是设立以总编辑为首的编辑部并组成包括社外专家的编委会；二是作出全年的选题、编辑、发稿、出书计划，并拟订每季每月的计划；三是向著作人约稿应订立合同；四是一切期刊、丛书的出版必须有编辑计划，并经过出版行政机关审查批准；五是每一书稿从采用到印制成书，应实行编辑初审、编辑主任复审、总编辑终审和社长批准的编审制度，以及编辑加工、设计、校对、印发后校读等基本程序；六是编辑对每一书稿都应负政治上与技术上的责任。这也是中华人民共和国第一次明确提出出版社对书稿应实行“三审制”（刘杲，石峰，1999：20 - 21）。

遵照这一指示，外文出版社从 1953 年起依照国内外政治形势和任务制订出每年的方针任务、图书选题计划、出版计划和期刊的半年编辑计划[⑧]。为加强政治思想领导，1958 年 10 月，外文出版社成立党委，对全社的工作实行一元化领导（周东元、亓文公，1999：84 - 85），经常讨论党的方针政策、出版社的方针任务、组稿和出书选题计划、重要书稿的审查和行政上的重大措施等。此外，国务院、对外文委、中联部、中宣部，以及毛泽东、周恩来、陈毅等国家领导人，时常以讲话和会议的方式对外文出版社的图书和期刊出版工作作出要求和指示，以确保外文书籍在思想政治方面与国家意识形态保持一致。强有力的监管体系和出版的组织化、计划化，促使外文出版社对外翻译出版的繁荣发展。1949 年至 1966 年间，外文出版社共使用 22 种外文出版了 4108 种图书[⑨]。

三、中国文学的翻译、出版与发行

外文出版社出版的外文文学书刊在图书的选材、编辑加工修改、翻译、审稿、定稿、出版和发行都有严格的程序和规范。首先，选材[⑩]。图书编辑室对现成的古典和现代文学作品均有选题计划，而对于 1949 年至 1966 年期间创作的文学作品，则在 50 年代后期才有所规划。图书编辑部的编辑人员[⑪]一般参照人民文学出版社的出版规划，并通过阅读文学史著作以及主流文学出版社和文学期刊发表的作品及相关评论，如《人民文学》《文艺报》《文学评论》等，初步草拟出每年的选题书目，然后以书信或电话联系的方式报送文化部、中宣部、作协、主要的出版社（如人民文学出版社、中国青年出版社、上海文艺出版社等），以及文学研究机构（如北京大学现代文学教研室、复旦大学现代文学教研室、山东大学现代文学教研室、中国社会科学院文学研究所古典文学组等）的专业人士和著名作家，如茅盾、冯沅君、巴金、郭沫若、游国恩、王瑶、冯至、何其芳、李长之、朱光潜等，向他们征集意见，最后制订每年的选题出版计划。

在选题这一阶段，还有一个不可忽略的环节，那就是原作版本的选择。这一时期，对外翻译中国文学作品所依据的源文本，绝大多数都是新近的修改本[12]。修改本主要由两大群体负责：古典文学和部分现代文学作品，因原作家已逝世，修改本主要由出版社统一负责；而仍健在的现代作家及当代作家大都会依照不断变化的文学规范，修改自身的作品。据金宏宇（2004）考察，在二十世纪五六十年代，由作者自觉修改作品的做法形成一个高潮。然而，这一时期小说家们修改自己旧作的主要动因，并非仅仅追求文学艺术上的精益求精，而更多的是为了迎合一种新的文学规范，表现新的国家意识形态。50 年代初，在毛泽东的《在延安文艺座谈会上的讲话》和一些相关国家政策的指引下，文学形成统一的规范，如为政治服务、写工农兵人物、乐观取向、赞歌格调等，许多现当代作家为此都做出了一种迎合性的修改，修改的主要内容集中在性、爱情、革命、政治等内容上。如茅盾在 1954 年出版的《子夜》修改本对工农和革命者形象做了修改，即改掉了一些有损工人和农民形象的贬义的修辞和骂语、删改了对革命者的性描写等；丁玲在《太阳照在桑干河上》的 1952 年修改本对涉及土地改革政策的描述做了修正等；杨沫在《青春之歌》的 1960 年版本更是严格依照文学的“工农兵”方向，对作为知识分子的女主人公林道静的小资产阶级感情问题和工农结合问题以及入党后的作用问题，进行了大刀阔斧的修改。外文出版社选用这些经过修改的版本作为翻译的中文底本，尽可能地贴近中华人民共和国的国家意识形态，确保这一时期翻译的文学作品能以符合官方期待或主流意识形态的形象对外展示。

接着中文编辑部的编辑人员会针对所选原本中不适合对外宣传的内容加以必要的删改、加工。这是一种文化自我过滤的行为，以避免有损中华人民共和国形象的负面信息流传出去。这些不适合对外宣传的内容大致有以下两类。一是“过分荒淫与恐怖的字句”[13]，这主要针对作为文化遗产的古典文学和现代文学作品而言。如收录在外文出版社出版选编的《唐代传奇选》中的《虬髯客传》，编辑人员就将原作中的虬髯客挖人心肝，并送给李靖一同下酒的描写删去。属于类似情况的还有对现代文学作品的编辑加工。在翻译巴金的《家》前，外文出版社负责中文底本的责任编辑就曾建议作者删去原作中不利于宣传的内容，如“在地上吐痰、缠小脚等”（巴金，1986：18）。尽管巴金对此颇有不满，但他还是按照外文出版社的建议，对上述内容进行了“整章的”大面积删略[14]（同上）。二是“歪曲英雄人物和劳动人民形象”的内容，主要针对当代文学作品而言。如《小城春秋》中中国共产党革命者四敏、何剑平与丁秀敏之间三角恋爱的情节，因有损害革命英雄的高大形象之嫌，在英译本中被删得不留一丝痕迹。《暴风骤雨》上卷第七章所描写的土改妇女工作队搜查地主老婆藏在自身私处的金子的情节，也因“不文明”的缘故，在英译本中被删略。有关《暴风骤雨》英译本中的自我过滤情况将在第五章详细分析。

然后，经过编辑加工的中文底本被送往各种语种的编译部组织翻译。关于具体的翻译工作，外文出版社制定了明确的翻译原则，即“信达雅”。在1954年外文出版社制定的“翻译守则”[15]中提到，“信”是忠实，即忠实于原文的思想和政策；忠实于原句的意思和精神；忠实于事实，数字和时间；忠实于语气和风格。在翻译中不能改变或增减原文的意思与事实。“达”就是通顺，即词能达意，亦即是说这种民族语言的读者不费过多的思索和推敲能够看懂译文，能正确了解原意。“雅”就是优美，即文字通俗、易懂、简洁、明了、流畅，词汇丰富、大众化。外文出版社之后制定的有关规定也基本沿用了这一翻译守则。1964年2月8日外文局制定的《外文出版发行事业局工作条例（三稿）》第六章“外文书刊的翻译工作”，规定翻译人员必须遵守以下翻译标准：译文必须忠实于原文，必须是流畅的外文，还必须译什么像什么。具体说来，译者必须遵循以下原则：（1）译文必须忠实于原文，这是指忠实于原文的意思和精神，也就是把中文的内容，用外文忠实地表达出来；（2）译文必须是流畅的外文，这是指现代通用的外文，也就是当今世界上同文的民族能够互相了解的语文；（3）译文必须译什么像什么。可见，“忠实原文”是外文出版社所遵循的最重要原则。然而我们也必须留意到，在外文出版社内，“原文”事实上已不再是“原文”，而是经过政治意识形态严格选择并改写过的“源文”，因此，“忠实原文”的原则实际上等同于忠实于源语社会的政治意识形态。这一点将在

第五章深入探讨。

外文出版社的翻译人员主要由两大人群组成，第一类是中国本土译者，而这类译者又分为两大类，一是供职于外文出版社的中国本土译者，这些译者大部分是外语专业出身，如燕京大学（现北京大学）英语专业毕业的喻璠琴，主要从事篇幅短小的作品的翻译工作。《中国文学》上译载的短篇小说大多由中国本土译者翻译。在外文出版社供职的中国译者中，最值得一提的是著名翻译家杨宪益。这一时期几乎所有的古典文学作品都出自杨宪益及其英裔夫人戴乃迭（Gladys Yang）之手。此外，鲁迅作品的英译也是由杨氏夫妇完成的。杨宪益抗日战争末期参加过梁实秋在重庆主持的国立编译馆的对外翻译工作，在此期间他翻译了《老残游记》《离骚》《阿 Q 正传》等。1949 年后，杨宪益来到外文出版社，与夫人戴乃迭一道合作从事中国古典文学的对外翻译工作。另外，由于外文出版社的社内翻译人员人数有限，水平亦有限，因此需要约请“社会力量”参与翻译，如当时在北京外国语学院（北京外国语大学前身）任教的许孟雄就获邀翻译了周立波的《暴风骤雨》和茅盾的《子夜》；同样，在北京外国语学院任教的王佐良受邀翻译了曹禺的话剧《雷雨》。作为“社会力量”的译者通常学贯中西，有的在中华人民共和国成立前便积极参与中国共产党的对外宣传工作。如早在抗日战争期间，许孟雄辞去重庆中央大学教授的职务，主动参与到抗日斗争，加入由周恩来领导的共产党对外宣传小组，负责翻译毛泽东的《论持久战》等多篇著作，成为第一个把毛泽东著作译成英文的人。《论持久战》的英译文还得到美国记者兼作家斯诺（Edgar Snow）的高度赞赏。同时，许孟雄还翻译了大量有关抗战的通讯报道，刊登在美国《亚细亚月刊》上，为国外人士了解中国及抗日战争做出一定贡献（顾骁楠，2013：44 -45）。第二类译者是受聘于外文出版社的外国译者，也就是当时被称为“外国专家”，以及获邀参与翻译的“国际友好人士”（Peace Champions）的翻译人员。这些久居中国的“外国专家”或“国际友人”往往对中华人民共和国有着高度的认同感，如当时主要翻译当代战争题材小说的美裔译者沙博理（Sidney Shapiro）。他是“二战”结束后，1947 年来华的美国人，曾受聘于对外文化联络局，为《中国文学》担任翻译工作。1953 年进入外文出版社，1963 年正式加入中国国籍（沙博理，2006：96－123）。在“二战”服兵役和中国解放战争期间，沙博理与中国共产党结下了深厚的友谊，并长期居住在北京。也正因为参加过战争的缘故，这一时期的大部分战争题材作品均由其翻译[16]。另外，有相当一部分“外国专家”或“国际友人”早期就与中国共产党的活动有着密切联系。担任亚洲及太平洋区域和平联络委员会委员的新西兰人士路易·艾黎（Rewi Alley），在中华人民共和国成立前，曾与马海德、史沫特莱一道参加由英国巴林博士发起的上海第一个由外籍人士组成的“马列主义小组”，并与中国共产党建立联系。1938年艾黎参加中国的抗日战争，积极参与工业合作活动。1949年以后艾黎定居北京，从事对外宣传中国的写作和翻译工作（Alley，2003）。外文出版社聘用或者邀请这些“外国专家”和“国际友人”[17]参与翻译，一方面能保证目标文本的地道和流畅，以达到更好的宣传效果，另一方面，他们还充当着重要的象征角色，即“象征着中外关系的平等，以及对中国革命的国际支持”，从而向中国人，更重要的是向外国人，尤其向美国人证明“中国并没有被孤立，仍旧是‘朋友遍天下’（毛泽东语）”（Brady，2003：75－76）。同时，更是对美国政府不承认中国共产党执政的又一抗击[18]。如此一来，这些来自英语世界的译者在其翻译作品上的署名，就不仅仅是译者作用于译作的简单凭证，更是当时中国文化政治外交的一种至关重要的工具。事实上，类似艾黎这样的“国际友人”也充当着实际外交大使的角色（*de facto* ambassador），时常接待外国访客，展开中国与其他国家之间的“民间外交”（Brady，2003：77－78）。

中国译者译出初稿后，通常交由目标语本土人士，如上述所提的“外国专家”进行润色，以使目标文本的语言尽量符合目标语的表达习惯。然后进入校对阶段，校对人员由有经验的中国本土翻译人员（如曾校译过《暴风骤雨》《阿诗玛》和《春蚕集》译本的张培基）对照英汉文进行校对，检查译文与中文稿有无出入，有无语法、文字、事实和技术方面的错误。这一环节既是为了避免中方翻译人员出现语法及理解等方面的差错，也是为了防止外语本土译者出于个人观点而在内容上“做手脚”。校对完的译文交由外文出版社旗下的外文印刷厂排版印刷并再次校订出版[19]。图书印刷完毕后最终通过中国国际书店总店[20]（以下简称“国际书店”）向海外销售。

1949年后，外文出版社的前身国际新闻局即向全世界发行外文出版刊物，具体负责发行工作的是国际新闻局出版发行处的发行科，以对外发行为主，对内发行为次。发行科在成立初期受人手和出版物数量的限制，主要靠香港转运站向国外发行，采取经由书店直接订阅、赠送和交换的方式。英文刊物的发行重点是东南亚殖民地国家和英美等资本主义国家。1950年发行网已推广至50个国家、50个地区，印度、美国和英国位居前三，苏联、捷克、波兰和罗马尼亚的销量在前十，最大的同行是印度孟买人民出版社。（周东元、亓文公，1999：33－34）

1952年国际新闻局改组为外文出版社后，外文书刊对外发行工作全部移交国际书店。国际书店于1949年12月1日在北京成立。自成立初期到1955年，国际书店业务以进口苏联书刊并在国内发行为主。1955年至1958年9月，国际书店逐渐将进口书刊的国内发行业务转交给国内发行单位，继而成为国家唯一的负责图书进出口业务的外贸机构（中国国际图书贸易总公司史料编写组，1989a：4）。国际书店的国外发行网由各种类型的书刊出口批发商、零售商、代销户（包括一些友好团体组织）和读者（订户）组成，其中又以国外左派书店为主体。国际书店与一些国外（地区）的书刊发行机构建立直接贸易关系，贸易合作方多为亚非拉国家和西方国家的左派团体、各国共产党以及属于国际共产主义运动组织的党派所开办的书店（后来通常被称为“红色书店”），如英国共产党员汤姆斯·罗素[21]1953年创办的柯烈茨书店（Collets）、英国共产党所创办的中央书店（Central Books Ltd.）、美国共产党在纽约开办的出版物和产品进口公司（Imported Publications and Products）。自承接对外书刊的出口工作后，国际书店积极出访并派出常驻代表，开拓书刊发行渠道，书刊发行地区的订购数量有较大的增加。到1957年底，国际书店已和50多个国家的370家书商建立起稳定的代销关系，中国书刊发行到世界60多个国家和地区，1957年书刊发行量达到2000万册，比1951年增加24倍（同上：7）。除了贸易发行外，国际书店还通过非贸易，即赠送和交换的方式进入目标语社会，以“补充贸易发行的不足，并为贸易发行打开新的出路”（周东元、亓文公，1999：81），扩大译作和对外宣传的影响力（转译或翻印等）。但总体而言，20世纪50年代国际书店能够坚持专门从事贸易性对外发行工作，尽量避免“政治发行”等非贸易方式（中国国际图书贸易总公司史料编写组，1989b：16 – 17）。

此外，为了取得更好的对外宣传效果，外文出版社还经常随书发放读者意见问卷，以了解目标语文化读者对中国文学作品的看法和阅读兴趣[22]；同样，《中国文学》也经常随刊发送广告，邀请目标语读者推荐愿意接受该刊的人，以期扩大外译作品的影响力[23]。然而，尽管外文出版社和国际书店希望其出版的外文书籍能在全球发行，但受当时国际关系和政治形势所限，外文出版社出版的图书大部分销往亚非拉国家，其中以销往印度[24]的发行量为最。因此，在很大程度上，外文版作品所能产生的影响也限于这些与中华人民共和国意识形态接近或与中华人民共和国关系较为友好的国家和地区。此外，外文图书的发行亦受不断变化的国际关系和中国外交政策等影响。如20世纪50年代后期和60年代初期中国与印度关系恶化、中国共产党与苏共分歧的公开化、“大跃进”运动等，都反映到出版对外贸易上。国际书店不顾国外的实际，发行上过多地注重非贸易方式，盲目地向国外大量发货，招致一些国家的疑惧，反而使中国出版物在苏联和部分社会主义国家，在西亚、东南亚、北非、拉美及部分欧洲国家的出口遇到了极大的困难。1958年，阿联（叙利亚部分）、黎巴嫩、印度尼西亚等限制或禁止中国书刊进口；1959年，法国、印度限制或禁止中国书刊进口；1960年，国际书店与苏联全苏国际图书公司的“互相出口对方刊物”的协议被取消，德意志民主共和国（以下简称“东德”）退订外文出版社出版的图书；1962年中印边境自卫反击战爆发后，中国对印度的书刊出口全部中断（《新中国对外文化交流史略》编委会，1999：487）；此外，1965年印度尼西亚发生“九三〇”事件，苏哈托领导的军方将苏加诺推翻，同时展开了规模空前的排华与大屠杀，外文局因此大量压缩印度尼西亚文版《北京周报》和《人民中国》的赠送数量，以及停发各种英文版杂志（戴延年、陈日浓，1999：203）。

可见，外文出版社所从事的中国文学对外翻译活动，是一个经过层层过滤和选择的过程。所有处于对外翻译生产线上的出版社、编辑、作家、中外译者等各司其职，在外文出版社的组织与监督下，依照新生国家的意识形态标准，对中国文学作品进行挑选、翻译、出版、发行等，充分体现出由国家机构支持的翻译项目的浓厚政治色彩。

四、编、译者主体性的削弱

在这一时期对外翻译体制化的逐步形成过程中，参与翻译的编、译者被纳入国家体制机构之中，成为“单位人”，受制于其所属的外文出版社，编、译者的主体性被极大地削弱。

在调查1949年到1978年中国翻译文学史上译者主体性状况时，王友贵（2007）曾指出，当时的原作选择模式大体有三种。一种是由赞助人，也就是出版社先期约请专家广泛推荐一批书目，经研究确定翻译选题，然后据此再寻觅、聘请合适的译者；二是由党政主管部门根据国内外政治形势或其他特别需要而指定书目，或提出原则性要求，由出版社和杂志社提出具体书目作品；三即传统的由译者自选自译，即译者提出选题设想或提交已完成的译稿，出版社和杂志社决定是否接受选题或译稿。在这三种模式当中，适用于对外宣传的重要组成部分的对外翻译，只有前面两种。或者说，这一时期对外翻译者基本没有选择原本的权力，译者的个人文学观或兴趣爱好往往要服从并让位于政治需要。例如，20世纪50年代初钱锺书加入英译毛泽东选集的工作，1964年参加英译毛泽东诗词的定稿工作，“都是在中央领导下的集体工作”（杨绛，2003：133）。

从这一时期从事文学英译的主要译者——杨宪益的经历，我们可以窥见译者不断被削弱的主体性状况。杨宪益博学多识，学贯中西，尤其在中国古典文学方面造诣高深，因此，除了担任翻译人员外，他还被外文出版社指定为古典文学专家。在古典文学的对外翻译选题上，杨宪益是被外文出版社征求意见的专家之一。20世纪50年代初期，杨宪益在选择何种古典文学进行对外翻译方面享有较大的自主权，因此，对于自己在外文出版社工作的最初几年，他感到很满意（杨宪益，2001：177－178）。然而，随着国内外政治形势的日趋紧张，尤其在“反右”运动和“大跃进”运动中，这种有限的自由也无法保证。杨宪益就曾回忆说这一时期自己的翻译选题是由不大懂得文学的编辑决定的，并嘲笑自己只是“翻译匠”而已：

> 我俩（与戴乃迭）实际上只是受雇的翻译匠而已，该翻译什么不由我们做主，而负责选定的往往是对中国文学所知不多的几位年轻的中国编辑，中选的作品又必须适应当时的政治气候和一时的口味……但有时候即使是古典诗歌的选择也要视其“意识形态”和政治内容而定，我们常常要为编辑们选出的诗和他们争论不休，经过长时期的商讨方能达成妥协……（杨宪益，2001：190）

由于原作选择权的丧失，在一些特殊时期，杨宪益时常听命于上层领导的指派，翻译一些应时之作。如为了配合京剧等地方戏出国，杨氏夫妇就曾翻译了京剧《打渔杀家》（*The Fisherman's Revenge*，1956）和《白蛇传》（*The White Snake: A Peking Opera*，1957）、川剧《柳荫记》（*Love under the Willows: Liang Shan-po and Chu Ying-tai*，1956）、评剧《秦香莲》（*The Forsaken Wife: A Chinese Folklore*，1958）以及粤剧《搜书院》（*The Runaway Maid: A Cantonese Opera*，1958）等地方戏曲剧本；为了宣传毛主席的“不怕鬼”思想，还翻译一些《不怕鬼的故事》（*Stories about Not Being Afraid of Ghosts*，1961）等（杨宪益，2003：79 - 80）。应时翻译的交稿时间要求紧，导致的结果往往是译者精力不足，极大地影响了翻译质量。如1958年“大跃进”运动开始，社会主义建设加快进行，“浮夸风”越刮越盛。在“鼓足干劲、力争上游、多快好省地建设社会主义”的总路线的指导下，《中国文学》杂志亦由季刊改版为双月刊，后来又改为月刊，翻译量一下子增加了许多。杨宪益和戴乃迭不得不开足马力，没日没夜地翻译，“快得像发了疯似的”（杨宪益，2001：191）。之后，杨宪益为当时没有更充裕的时间来翻译鲁迅的学术著作《中国小说史略》（*A Brief History of Chinese Fiction*，1959），影响了译作质量而感到遗憾（同上）。

即便有时候杨宪益基于个人兴趣和文学修养，翻译了一些自身喜爱的作品，但如果所选的作品与主流意识形态相冲突，或不适合对外宣传，其劳动成果也会化为乌有：

在我翻译宋、明小说时，我们必须到北京图书馆去复印那里收藏的一种明代版本，因为通行本是经过删节的。有一篇非常精美的小说，叫《蒋兴哥重会珍珠衫》。原来的版本里有几处很精致的性爱描写。尽管我们是根据未被删节的原本翻译的，但英译最终出版时，这篇小说还是在审稿中被删除了。同一本书中还有一篇小说涉及明朝时的日本海盗（倭寇）。我们编辑指令我们把这篇小说也删掉，他们担心否则会得罪日本朋友。还有一篇是宋代优秀的鬼故事《西山一窟鬼》。小说写得很精巧，充满幽默情趣，乃迭也翻译得很好，但是不巧得很，当时毛主席刚发表著名的谈话“我们不应当怕鬼”（意思是指外国帝国主义），于是这篇鬼故事只好删掉。我们在那些日子里从事翻译工作所遇到的麻烦真不少，上面所述仅仅是其中少数几个事例而已。（同上：190－200）

事实上，有时候即便是外文出版社的社长或中文编辑，在选题上也是相当受限的。外文出版社成立初期，担任社长的刘尊棋曾计划挑选150种中国古典小说和100种现代文学作品对外翻译，杨氏夫妇也正是受这一宏大翻译计划的吸引而加入外文出版社的。后来这一计划夭折。曾以“外国专家”身份在华工作多年的詹纳尔（W. J. F. Jenner）认为，外文出版社的编、译人员完全没有选择作品的权利，译作最后的面目也不由他们确定，做这些决定的是那些政治上的当权者（Lau，1995：223）。这一论断有过于绝对之嫌，但也在某种程度上反映了外文出版社编、译人员在特定情况下受制于某些政治因素的无奈境况。

与原作选择权息息相关的，是译者对原作的评价。一般情况下，译者会在译本序言或后记中表达个人对原作的理解或评论，以凸显自身的主体性。然而，我们发现，这一时期对外翻译的译者完全丧失对作品作出个人性评价的权利，所译出的译本中并没有附“译者序言”或“译者的话”之类的序言或后记，取而代之的是“出版者（编者）的话”，或由原作者和有关专家撰写的“序言”，而这些传达的往往是主流意识形态对作品的解读。译者完全处于一种“隐身”的状态，这一点是译者个体主体性被削弱的又一体现。这一时期译者主体作用不断被削弱的状况，主要是由文学对外翻译的性质所决定的。如前所述，官方对对外翻译的定位在于翻译的政治功用性，再加上体制、译作的集体生产方式等对译者主体的制约，强化了译者的从属地位，遮蔽了译者的主体作用，取而代之的是体制化或者集体主体性。

总而言之，中华人民共和国成立后，对外翻译成为国家对外宣传的重要组成部分，国家由此充当着这一翻译活动的赞助人，并委托外文出版社这一政府资助的对外宣传机构具体组织策划。翻译生产的各个环节均受制于这一机构，并取决于在意识形态尖锐对立的冷战背景下诞生的中华人民共和国致力于对外树立良好的国家形象的需要。同时我们也注意到，包括中国文学在内的对外翻译活动还牵涉到当时冷战时期不断变化的国际关系。对此，外文出版社在翻译出版中国文学作品时亦会做出一定反应或调整，这一点在这一时期国家外交政策与中国文学对外翻译的相互作用中得到充分的体现。

第三节 外交与中国文学对外翻译

作为对外宣传的组成部分，1949 年至 1966 年期间的中国文学对外翻译无不受到中国外交定位的影响和制约；反过来，中国文学对外翻译也发挥着不可忽视的政治文化外交的作用。

与一般翻译相反，对外翻译通常是从影响相对较小的语言进入其他语言，尤其是一个时期的“国际语言”。作品借助这一方式进入异域文化，可以扩大自身及其所代表的源语文化在目标语社会，甚至国际社会上的影响。1949 年前，中国国内的对外文学翻译亦符合这一规律（马士奎，2007：169，181）。但在 1949 年至 1966 年期间，包括文学在内的对外翻译的目标语呈现出多元化的态势（详见附录一），以英语为主，同时还包括法语、俄语、德语、西班牙语等西方世界相对重要的语言，以及各种社会主义、民主主义国家和友好国家的语言，如日语、朝鲜语、越南语、缅甸语、泰语、印度尼西亚语、印地语、乌尔都语等亚洲的国家语言，以及阿拉伯语和斯瓦希里语等非洲本土语言等。这种情况的出现与这一时期中国的外交政策息息相关。

面对中西两大意识形态阵营针锋相对的冷战格局，50年代初期中国在外交上“一方面，是同苏联和人民民主国家建立兄弟的友谊”，“另一方面，是反对帝国主义”（中华人民共和国外交部、中共中央文献研究室，1994：1－2）。50年代中后期，国际形势出现一系列新的重要变化。1953年斯大林去世后，尤其是1956年苏共第二十次代表大会之后，中苏在社会主义国家关系、国际共产主义运动以及对国际形势的判断等方面出现重大分歧，两国关系开始降温。与此同时，在美苏两大政治集团之外，以1955年万隆会议为标志，以不结盟、反帝反殖民相号召的第三世界力量崛起。新生的中国在外部环境变化的压力和挑战面前，开始逐渐调整国家的外交定位，把目光转向亚非拉第三世界，希望通过支持和参与亚非拉反帝反殖民主义运动，来摆脱苏联的控制和美国的封锁，寻找新的国际发展空间。

在上述外交策略的影响下，国家的对外宣传工作随之调整，以配合外交整体定位。1954年下半年，中宣部和文化部对外文出版社作出指示，强调“要大力加强亚非国家语文的出版工作”（戴延年、陈日浓，1999：48）。很快，1955年和1956年，外文出版社增加了缅甸文、泰文、越南文、印地文等新的语文出版工作。到1958年年底，外文出版社的图书编译部共设俄、英、法、德、西班牙、日、印度尼西亚、印地、越南、缅甸、泰、乌尔都、阿拉伯13种文种组[25]。而在文学翻译方面，由于意识形态的亲和关系，包括中国在内的社会主义国家、东欧民主主义国家和部分亚非拉国家，一般通过友好机构等途径或者文化合作协议，向对方推荐翻译书目，由此互译对方作品，中国文学作品亦得到这些国家的广泛译介[26]。因此，相对于其他社会政治方面的书籍，外文出版社将文学作品译成小语种的较少。对社会主义阵营国家以及第三世界的国家和地区而言，外文出版社出版的文学翻译作品主要起着补充作用，以确保这些国家能接触、阅读到更多的中国文学作品[27]。

然而，目标语的多样化并不影响英语这一国际语言在中国对外翻译中的重要地位。相反，这一时期的对外翻译，尤其是文学对外翻译，仍以译入英语为主，担负着至关重要的政治宣传任务。首先，由于中西方意识形态尖锐对立，英美等西方世界与中国的文化交流较之前急剧减少。体现在文学翻译方面，便是较少翻译中国文学作品，只是偶尔翻译出版一些与中华人民共和国社会政治现实和文艺观较为疏远甚至相背离的中国古典和现代文学作品，如这一时期备受批判的刘鹗的《老残游记》（*The Travels of Lao Ts'an*，1952），以及老舍主要在旅美期间所创作的《四世同堂》（*The Yellow Storm*，1951）、《牛天赐传》（*Heavensent*，1951）、《鼓书艺人》（*The Drum Singers*，1952）和《猫城记》（*City of Cats*，1964）等，而对于“十七年”文学作品，英语世界基本持否定的态度，更谈不上主动翻译了。此外，如上文所提，美国还赞助中国台湾地区翻译出版张爱玲等人的“反共小说”，并资助台湾文学作品英译，借以否认中国共产党执政的中华人民共和国政权的合法性。在这种情况下，由中方自己组织的中译英活动就尤显迫切和紧要，成为“向资本主义世界宣传的一项重要工作”（方矩成，1957：19）。其次，把中国文学翻译成作为国际语言的英语，势必能扩大中国文学和中国的影响，以达到更大的对外宣传力度。事实上，许多由外文出版社出版的英文版本书籍和刊物，往往成为其他语种作品，尤其是小语种国家转译的蓝本，其影响力不可低估。其中最为典型的例证，要数由外文出版社出版的毛泽东诗词的英译本。据叶君健回忆，南美洲的巴拉圭和地中海一角的希腊的毛泽东诗词译本绝大部分是根据外文出版社出版的英译本转译的（叶君健，1996：19）。另外，《中国文学》发表的作品和文章，也“时常被转译成其他国家或民族的文字。在保加利亚、阿尔巴尼亚、德意志民主共和国、印度、荷兰等国家，有一些翻译家把《中国文学》上发表的作品和文章转译出来，在他们本国刊物上发表，或编辑成册出版。印度塔密耳科学院编辑的《塔密耳大百科全书》中，关于中国文学艺术部分，采用了《中国文学》上的许多材料”（唐梅，1959：88）。

中国文学对外翻译在这一时期发挥了不可忽视的政治文化外交作用。而因杂志刊物类的及时性特点，《中国文学》尤其在国内或国际形势出现动荡和变化、需要做出迅速反应之时，更是扮演着“亲善大使”的重要角色[28]。20世纪50年代末和60年代初，亚非地区的民族独立解放运动风起云涌。对于这些殖民地国家和地区的政治局势，外文出版社和《中国文学》及时作出反应，出版和译载中国作家支持这些国家和地区的民族解放运动的作品。如

1958 年 7 月以卡塞姆将军为首的伊拉克军人推翻了英美控制下的费萨尔王朝的统治，建立了伊拉克共和国；同年黎巴嫩人民解放运动高涨，英美出兵干涉。外文出版社立即在 1958 年 12 月同时用英、法和阿拉伯三种语言翻译出版了茅盾等中国作家和艺术家所著的《支持阿拉伯兄弟的呼声》（*We Are with You, Arab Brothers!*）等一系列诗文和卡通漫画[29]，以支持当地人民的反帝和民族解放运动，谴责英美的干涉行为；同年《中国文学》第 5、6 期更是打破了不刊登政治类报道的惯例[30]，发行了 2 册政治文件附册，其中第 5 期包括《人民日报》刊登的关于反对英美国家在阿拉伯国家的军事干涉行为，支持黎巴嫩、伊拉克和阿拉伯人民的斗争的一系列声明、抗议、社论，以及作家应景创作的诗文作品，如《中华人民共和国政府反对武装干涉黎巴嫩的声明》《中华人民共和国政府对英国政府的抗议》《欢呼伊拉克人民的伟大胜利》（社论）、《全世界人民行动起来制止美国侵略》（社论）、《英美侵略者为找寻坟墓而合作》（社论）、茅盾的《我们全力支持阿拉伯人民的正义斗争》、刘白羽的《正义的火把在燃烧》、萧三的《打断侵略者的脊骨》和阮章竞的《伊拉克共和国万岁》，对中东等地的民族解放运动给予及时的声援。

1960 年 7 月至 1964 年 11 月，美国、比利时等国武装干涉刚果人的民族独立运动，引发了刚果人民反殖民的武装斗争。1960 年《中国文学》第 10 期设专栏《献给刚果人民的诗歌》（Poems for the People of Congo），登载了由杨宪益夫妇翻译、诗人闻捷所作的诗歌《战斗之歌》（Song of Battle: To Our Awakened Congolese Brothers）以及邹荻帆的《给刚果河的流波》（The Flowing Water of the Congo）；第 11 期登载了由杨宪益翻译的李野光的诗歌《早啊，非洲，新的非洲》（Good Morning, Africa, New Africa）《致阿尔及利亚》（We Support You, Algeria）。1961 年第 2 期《中国文学》开辟专栏《杰出的非洲人》（Eminent Africans），刊载杨朔的《生命在号召》（Life Beckons: In Memory of Felix Moumie），以悼念 1960 年在日内瓦遇刺身亡的喀麦隆民族解放运动领袖费利克斯·罗兰·穆米埃。同期还译载了刘白羽的《血写的书》（Books Written in Blood: On Reading "No Answer from Cell 7"）评论阿尔及利亚共产党员阿迈德·阿卡歇（Ahmed Akkache）在狱中所作的特写《七号牢房沉默了》。

除了亚非国家，中国政府还加强了与作为美国后院的拉丁美洲的关系[31]，支持拉美殖民地国家人民争取民族独立的斗争，努力开展与拉美国家的经济、文化往来，建立友好联系。1954 年，中国诗人艾青受智利邀请，途经布拉格、维也纳等城市，访问智利。《中国文学》1955 年第 4 期开辟专栏《南美洲的旅行》（Poems Written during My Recent Visit to Latin America），译载了艾青 1954 年途经南美洲期间所创作的部分诗歌。其中诗歌《他睡了》（He's Asleep）、《一个黑人姑娘在歌唱》（A Black Girl Sings）、《黑人居住的地方》（Where the Black Men Live），表达了诗人对殖民地人民的同情和鼓励，以及对殖民统治者不人道的种族歧视的揭露和谴责。此外，《在世界的这一边》（On this Side of the World），则记录了诗人受到南美洲人民热情亲切的欢迎，并歌颂中国人民英勇以及爱好和平的优良品质。

1959 年，兼任中国拉丁美洲和加勒比友好协会副会长的作家周而复率中国作家代表团出访墨西哥、古巴等国，进行文化交流。《中国文学》1960 年第 8 期登载其评论文章《中国和拉丁美洲文学之交》（Literary Ties between China and Latin America）。在这篇文章中，周而复追溯了中国从 20 世纪 20 年代《小说月报》介绍拉丁美洲文学开始，到中华人民共和国与拉丁美洲之间的文化交流，以及两国作家为民族独立和反欧美斗争所作的努力。次年，《中国文学》第 3 期还刊登了周而复访拉美期间所作的散文游记《航行在大西洋上》（On the Atlantic）以及作家李少春的《美洲之行》（A Trip to the American Continent，喻璠琴译）。

1959 年古巴推翻巴蒂斯塔亲美独裁统治，取得民族革命胜利。但由于反革命势力的阻挠、美国的侵略干涉、革命组织内部的分化等不利因素，革命政权面临着如何巩固和发展革命成果，彻底推进新阶段革命任务的迫切问题。1960 年 4 月中旬，西班牙和古巴两位著名诗人拉斐尔·阿尔贝蒂和纪廉在哈瓦那劳动人民宫联合举办了一个诗歌朗诵会。出席朗诵会的听众以自愿付款的方式购买入场券，所有的收入作为购买保卫古巴革命的“诗歌号”飞机的基金。两位诗人联合发表了一份号召书，呼吁全世界进步诗人举行诗歌联欢会，以便捐款购买“诗歌号”飞机保卫古巴革命。这条消息于当年的 4 月 19 日刊登在中国报纸上，立即得到中国诗人的响应。第二天，即 4 月 20

日的下午，中国一批诗人和作家在北京全国文联礼堂举行了“支持古巴人民诗歌文艺会”（庞炳庵，2006；Chinese Literature，1960：76）。对此，1960年《中国文学》第7期专设《献给古巴的诗》（Poetry for Cuba）栏目，译载中国诗人支援古巴革命的诗歌，如萧三的《古巴，我给你捎句话》（Cuba，I Salute You）、袁水拍的《加勒比海一枝花》（Flower of the Caribbean）以及郭小川的《为“诗歌号”送行》（We Send Off Avion de Poesia）；同期还开辟《欢呼人民的春天》（Hail the People's Spring）的栏目，刊登一组支援古巴、阿尔及利亚、刚果等拉丁美洲和非洲第三世界国家革命的诗歌和散文，如郭沫若的诗歌《反帝斗争的连锁反应》（The Chain Reaction of the Anti-imperialism Struggles，杨宪益译）以及由刘白羽创作的散文《鼓声像春雷一样震响》（Drums like Spring Thunder，沙博理译）。这一系列诗文的英译，一方面向全世界传达了中国对亚非拉国家和地区民族解放运动的支持，另一方面也对美国等殖民主义的侵略行为进行强烈的谴责。此外，1961年《中国文学》第3期开辟了专栏《为自由》（For Freedom），译载了郑歌的《火与剑》（Fire and Sword），以纪念拉美民族独立150周年和古巴革命胜利2周年。

毛泽东亲自促成编选、翻译《不怕鬼的故事》（陈晋，1996：106－114；王友贵，2007：40－41），是对外文学翻译用作国际国内政治斗争以及政治外交手段的另一典型实例。20世纪50年代末60年代初，中国政府处于遭受内外夹击的紧张时期。国内事务方面，“大跃进”、人民公社的过激做法遭受挫折，并招致党内外各方的批评，西藏发生叛乱，台海局势紧张，美国增兵支持台湾；国际关系方面，印度尼西亚发生大规模的反华排华运动，中印边界纠纷渐趋尖锐，苏联突然终止中苏经济技术合作协议，中苏关系几近破裂。面对尖锐的国内外矛盾，毛泽东把当时国内外的批评者、对手和敌人等形象地称为“鬼”或“半人半鬼”，并决定把中国古代小说和故事中“不怕鬼”的内容，编集成一本小册子，以表达“不怕鬼”的思想。这项任务落在了时任中国科学院文学研究所所长何其芳肩上。何其芳接到指示后迅速从晋以降的古代寓言、故事和笔记小说（如《夷坚志》《阅微草堂笔记》《子不语》《金壶七墨》《幽明录》和《聊斋志异》等）里挑选若干作品，编成一本名为《不怕鬼的故事》的小册子。1961年1月24日，何其芳把反复修改过的该册子的长序最后一次呈送给毛泽东，毛泽东当日审毕稿子后给何其芳写了一封回信：

> 此件看过，就照这样付印。付印前，请送清样给刘、周、邓、周扬、郭沫若五同志一阅，询问他们是否还有修改的意见。出书的时候，可将序文在《红旗》和《人民日报》上登载。另请着手翻成几种外文，先翻序，后翻书。序的英文稿先翻成，登在《北京周报》上。此书能在二月出版就好，可使目前正在全国进行整风运动的干部们阅读。以上请酌办。
>
> 毛泽东
>
> 一月廿四日（陈晋，1996：113）

很快，在毛泽东的指示下，由何其芳撰写、毛泽东修改以及刘少奇、周恩来、周扬和郭沫若等国家领导人和文坛领导人审阅的《不怕鬼的故事》的序，交由杨宪益夫妇翻译成英文，并刊登在 1961 年第四卷第 10 期的《北京周报》上。之后在 1961 年《中国文学》第 5 期刊载由杨宪益夫妇英译的《不怕鬼的故事》（节选）（*Stories about Not Being Afraid of Ghosts*）。同年，外文出版社发行了该小册子的多种外语单行本（英、法、德、俄、日、越南、阿拉伯和世界语），以宣扬毛泽东“不怕鬼”的思想。

从以上分析我们可以看到，在中西两极对立的冷战时期，1949 年至 1966 年期间包括翻译中国文学在内的对外翻译活动，担负着重要的政治文化外交使命。为配合国家的整体外交政策，外文出版社试图通过增加中国书刊译入语的种数，扩大中华人民共和国政府在亚非拉国家与地区的影响。外文出版社，尤其《中国文学》这一刊物通过对外翻译中国文学作品，支持亚非拉民族解放运动，以此扮演着“亲善大使”的重要角色。同时，这种翻译行为也是抗击美国等西方资本主义世界的直接表现。从这一点上看，这一时期的文学对外翻译活动，有助于彼时处于美、苏为首的两大阵营夹缝中努力求发展的中国表达自身作为第三世界国家的国际身份认同。

第四节 文学运动与中国文学对外翻译

1949 年至 1966 年期间，“文学与社会政治的关系密不可分”（洪子诚，2008：9）。政治意识形态对文学的控制很多时候是通过大大小小的文学运动甚至批判[32]实现的，“政治权力对于文学界矛盾、冲突的绝对控制、支配，和文学‘一体化’的目标，促使斗争有增无减；而冲突、论争的性质和方法，常演化成当代特有的大规模的批判运动”（洪子诚，2008：53）。同时期进行的对外文学翻译活动与本国文学同处一个文学大系统内，中国文坛的风云变化或多或少地反映在对外文学翻译上，这亦是政治意识形态影响、制约文学翻译的重要体现。

1957 年下半年中国文艺界开展“反右派”运动，以及对丁玲、冯雪峰“反党集团”的批判。在这场运动中一批作家被打成“右派分子”，如丁玲、秦兆阳、艾青、刘真、海默、萧乾、邵燕祥、谷峪、南丁、李南力、李文元、王蒙、刘宾雁、刘绍棠、陆文夫、李国文、宗璞、高晓声、邓友梅等。对于这一场轰动一时的文学批判运动，外文出版社紧跟形势，迅速作出反应。1958 年第 1 期《中国文学》译载了邵荃麟的《文艺界两条路线的大斗争》（The Struggle between Two Trends in Literature），第 2 期译载姚文元的《修正主义思想在文学中的表现》（Revisionist Idea in Literature），第 3 期译载周扬在 1958 年 2 月 28 日《人民日报》上发表的“反右派”斗争总结性文章《文艺战线上的一场大辩论》（A Great Debate on Literary Front）。而上述“右派分子”的作品，如王蒙的《组织部新来的青年人》、刘宾雁的《在桥梁工地上》、宗璞的《红豆》、邓友梅的《在悬崖上》等，自然失去了对外翻译的机会。

1960 年 6 月，外文出版社开展反官僚主义运动和“书刊检查”，对外文出版社出版的四大刊物和图书进行政治检查[33]。之前已经出版的“右派分子”文学作品译作被外文出版社作停售处理，如冯雪峰的《雪峰寓言》

(*Fables*, 1953)、丁玲的《太阳照在桑干河上》(*The Sun Shines over the Sankan River*, 1954）和秦兆阳的《农村散记》（*Villages Sketches*, 1957）等。此外，一些作品译文集，也因其收入“右派分子”的作品而殃及自身，遭到停售，如收入谷峪的《新事新办》(New Times, New Methods）和秦兆阳的《祭灶》(Sacrifice to the Kitchen God）的短篇故事集《登记及其他故事》(*Registration and Other Stories*, 1954)、收入海默的《联合收割机的威力》(*The newlyweds*)的故事集《不是冬天是春天——中国农业互助合作短篇小说选》(*Not Winter but Spring and Other Stories on Mutual Aid and Co-operation in Chinese Agriculture*, 1956)、收入南丁的《检验工叶英》(Not Up to Standard）和李南力的《罗才打虎》（Lo Tsai the Tiger-hunter）的故事集《夜归及其他故事》（*Homeward Journey and Other Stories*, 1957)、收入海默的《联合收割机的威力》(The Newlyweds）的《黎明的河边及其他故事》(*Dawn on the River and Other Stories*, 1957）等等[34]。1954 年版的《鲁迅故事选集》(*Selected Stories of Lu Hsun*) 在 1960 年扩展重版时，书后由“右派分子”冯雪峰所撰写的《鲁迅生平介绍》(Lu Hsun: His Life and Thoughts)，也被叶以群的《鲁迅的生平与小说》(Lu Hsun's Life and His Short Stories）所替代。

在这一场“书刊检查”运动中，大批编辑和翻译人员被蒙上政治罪名，有的甚至被打成“反革命分子”。曾在外文出版社担任责任编辑的陈次园和杨宪益即是一例。由山东大学教授陆侃如、冯沅君所著的《中国古典文学简史》，模仿《联共党史》的写法，在每一章的结尾都详细引用毛主席语录，以证明中国文学的发展和毛主席的有关论点是一致的。出于对外国读者阅读习惯和接受能力的考虑，杨宪益夫妇与责任编辑陈次园在编辑翻译这部文学史著作时，删掉了毛泽东语录等内容，两人因此被追究政治责任。出身“地主”家庭的陈次园被指“暴露了地主阶级本性，仇视毛泽东思想”，而且“有意识地窜改无产阶级的编辑出版方向”，结果陈次园被定为“反革命分子”，并下放劳动，强制改造思想；杨宪益也险些被“逮捕”(邹霆，2001：286)。

当然，这一时期的文学批判运动并不是永不停歇的，频繁的运动之间不时会出现短暂的间歇，给文坛带来短暂的宽松氛围，这种宽松的环境同样也影响着文学外译活动。1956—1957年堪称中国文坛的“百花时代”[35]。此时，随着政治意识形态的放松，中国文学创作迎来了短暂的“春天”，作家和文学评论家言说的空间也较之前扩大，中国文学对外翻译工作者也不例外。1957年4月15日，《文艺报》外国文学部就特别邀请了一些外文出版社从事翻译工作的外国专家，谈论各自对中国文学作品的看法和意见。在座谈会上，各国专家就中国文学作品，尤其是当代文学作品以及文学评论等方面各抒己见，对中国文学提出大胆的批评。如东德作家杜尔克认为中国作品里常常有的仅仅是情节上的错综复杂，却缺乏矛盾的深入和展开。他认为公式化的基本内容就是否定生活中存在着真正的矛盾。他说，在一些作品里，冲突是一种外在的、附加于作品的东西，不成为作品本身的一部分。书中人物只有一些政治对话，缺少内心活动。这种不揭露真正矛盾的作品的形成，可能有两种原因：一是作者根本看不到真正的矛盾，二是看见了却不敢去写，不敢表现，怕人家批评为“黯淡”。杜尔克还认为有些作品缺少中国气派、中国味道，仿佛成为中国作品只是因为提到炕和蒲扇之类的东西；有的作品若把名字换掉，竟会不知是哪国的。诗人谢内则认为中国当代文学作品不能真实地反映现实生活。而戴乃迭认为有些中国古典文学批评过于公式化和概念化，贴上了一些“人民性”“现实性”等标签，对作者、读者都没有什么帮助。外文出版社英文部专家魏路诗高度赞扬了刘宾雁的《在桥梁工地上》，认为该作品是一篇突破了公式化的作品；王愿坚的短篇小说《党费》亦很动人，充分写出了在革命战争时期人物性格的形成和发展；但有些诸如《姐妹俩》的独幕剧就简直像给人上政治课，有些情节十分不可信。沙博理认为中国当代文学过于啰嗦，如他本人当时正翻译的《保卫延安》，有的地方就犯了啰嗦的毛病，书中描写战争的场面不下十余次，却没有新的不同的东西；有些地方作者自己跑出来讲话；有些地方太过火，显得有些做作（宗璞，1957；李岫等，2001：575－576）。文坛较为宽松的环境给这些外国译者在具体翻译工作中带来一定的自由。如沙博理在翻译《保卫延安》的过程中，就删去了一些他认为过于啰嗦的战争场面。

除了“百花时期”，1961年至1962年也是中国共产党对文学观念和政策的调整期[36]。这一时期，中国文坛的文艺斗争运动暂时停歇下来，那些在历次运动中“受到批判的文学主张、创作倾向、艺术方法等得到了有限的生存空间”（洪子诚，2008：58）。这种包容的趋势也使对外文学翻译的选材范围有所扩大。1961 年 11 月，时任《中国文学》主编的茅盾召集在北京的叶圣陶、吴组缃、刘白羽、冯至等作家，讨论对外选稿的尺度问题，并认为《中国文学》的选稿范围可以适当扩大，“除介绍思想内容积极的作品外，一些艺术性强、无害的作品也可以选登”，其中他特意提及了现代作家沈从文的作品（戴延年、陈日浓，1999：131 – 132）。在茅盾等人的努力下，1962 年《中国文学》第 10 和 11 期上刊载了由戴乃迭翻译的《边城》(*The Border Town*)。此外，萧红的一些“无害”的作品，如《呼兰河传》中描写冯歪子嘴悲惨命运的第七章（Harelip Feng, an Excerpt from the Hulan River）也在这一时期出现在《中国文学》里，并附上茅盾专门为《呼兰河传》写的序言。

需要进一步指出的是，1949 年至 1966 年期间的文坛文学规范放松或规范发生多样性的情况，相对于这一时期频繁多变的文学批判运动而言，是相当有限而短暂的。同时，文学作品的对外翻译相对于文学创作而言，亦具有一定的滞后性，也就是选译已发表的作品，而且往往是要在这些作品发表一段时间，并形成主导性评定后才被介绍、翻译。所以，意识形态较为宽松时期出现的一些作品，如“百花时期”的“干预小说”《组织部新来的青年人》《在桥梁工地上》和《本报内部消息》等，尽管发表后立即引起广泛关注，赢得官方一定程度上的赞扬[37]，但随着之后文学规范的收紧，很快被主流意识形态排斥甚至批判，自然就不可能被对外翻译、介绍了。总体来看，对外翻译的作品在意识形态上趋于保守，体现了新生的民族国家在整合自身文化、建构同质化的国家文学形象的努力。有关这一点，下一章将做深入、系统的探讨与分析。

综上所述，1949 年至 1966 年期间出现的中国文学对外翻译活动，是中西两大阵营对抗的冷战与中华人民共和国建立的产物，承担着对外介绍一个崭新中国，树立中华人民共和国良好形象，以此彰显新生多民族国家身份的重要文化政治使命。此时，国家成为这一翻译活动的最高赞助人，而作为国家对外宣传机构的外文出版社则负责翻译活动的具体策划，翻译的各个环节在外文出版社的监管和掌控之中，始终均受制于中国自身建设的需要。作为国家对外宣传的重要组成部分，对外文学翻译活动既是当时中国政治外交政策的直接反映，也积极配合了中国政治文化外交的开展，有助于当时中国作为第三世界国家的国际定位的形成；同时，国内的文学政治运动或多或少地影响并制约着中国文学对外翻译活动，体现了国家意识形态主导下的新生多民族国家形象自塑过程中强烈的民族意识。

【注释】

①美国选择香港作为反共基地的具体原因，参见单德兴：《翻译与脉络》（台北：书林出版有限公司，2009），第121－122页。

②20世纪60年代初，在台湾担任美国驻台总领事馆新闻处（简称美新处）处长（1958—1962）的麦卡锡（Dick Richard M. McCarthy），全力支持和协助出版台湾作家作品的英文选集，以向世人表明美国政府只承认台湾国民党政府。在美新处赞助下的台湾 Heritage Press 于1962年翻译并出版了吴鲁芹编的 *New Chinese Stories: Twelve Short Stories by Contemporary Chinese Writers* 和 *New Chinese Writing*；陈秀美（陈若曦）自写自译的短篇小说集 *Spirit Calling: Five Stories of Taiwan*；聂华苓创作并与侯健合译的 *The Purse: Four Stories of China*；由林海音创作，殷张兰熙翻译的 *Green Seaweed and Salted Eggs*；聂华苓编的 *Eight Stories by Chinese Women*；殷张兰熙编的 *New Voices: Stories and Poems by Young Chinese Writers*。参见高天恩《*The Chinese Pen* 创刊与台湾文学外译》，载联合报副刊编辑、杨牧等著的《台湾新文学发展重大事件论文集》（台南：台湾文学馆，2004）第320－323页；Kenneth S. H. Liu，"Translating and Cultural Exportation: A Case Study of Huang Chunming's Short Stories". in Theo Hermans (ed.). *Translating Others* (Vol 2). (Manchester, UK; Kinderhook, NY: St. Jerome Publishing, 2006) p.495－496。

③公共外交，也就是争取外国民心的工作。依照其争取对象与方式不同，分为两种：一种是新闻外交或是宣传性的，主要利用快速媒体，如广播、电影、报纸等，适时且快速地散播信息。另一种是文化外交，这种外交是透过慢速媒体，如艺术、书籍，教师、学者、学生等交换活动，来影响外

国精英分子对自身的观感。见赵绮娜：《美国政府在台湾的教育与文化交流活动（一九五一至一九七〇）》，《欧美研究》，2001年第31卷第1期，第80页。

④20世纪50年代初期，文化部的对外文化联络局（对外文化联络委员会前身）曾以“文化出版社”（Culture Press）的名义出版过四部解放区文学作品：草明的《原动力》（*The Moving Force*，1950）、李之华的《反“翻把”斗争》（*Struggle Against Counter-Struggle*，1950）、石言的《柳堡的故事》（*It Happened at Willow Castle*，1951）和赵树理的《李有才板话》（*Rhymes of Li Yu-tsai and Other Stories*，1951）。但“文化出版社”并没有真正建制。外文出版社成立后，于1954年重新出版了赵树理的《李有才板话》。

⑤以上有关外文出版社的资料主要参照周东元、亓文公（编）的《中国外文局五十年史料选编（1）》和戴延年等（编）的《中国外文局五十年大事记》。

⑥部分由外文出版社出版的英文书籍的封三印有《中国文学》的宣传广告，标题就是“Know China Through Its Literature—Read CHINESE LITERATURE，a literary journal in English”。

⑦事实上，《中国文学》受其上级领导部门中国作家协会的领导，尤其是中国作协的党组和书记处在对《中国文学》的运作方面，可以直接作出建议或指示。如1958年中国作协党组书记邵荃麟和书记处书记严文井就曾对《中国文学》的编辑提过意见。茅盾虽然也可以说是左翼革命作家，也参加过共产党，但是他有过一段“脱党”的历史，所以他在此期间不是党员，而是“党外人士”，因此并不掌握实权。但即便如此，茅盾也会在一些特殊时期影响《中国文学》的选材，详见下文分析。

⑧《中国外文局五十年史料选编（1）》就摘录了《外文出版社一九五三年工作计划（草案）》《外文出版社一九五四年方针任务》《一九五六年外文出版社的规划纲要（草案）》《外文出版社一九五九年在图书期刊方面的出版工作规划（草案）》《外文出版社一九五九年工作规划》《一九六〇年工作规划（草案）》《对外文委党组〈关于一九六一年外文书刊出版规划和编辑方针（草案）〉》《外文出版社一九六二年综合规划要点》《外文书刊出版

发行工作一九六四年至一九六五年两年规划（草案）》等。在选题方面，据笔者收集的资料表明，外文出版社于1954年、1957年和1958年曾制订《古典文学、五四文学对外翻译书目》，1963年又在这个基础上分别制订了对外的《中国优秀古典文学作品出版规划（草案）》《现代文学作品出版规划（草案）》《1961—1964年外文图书出版社图书选题计划》。

⑨该资料统计来自《中国外文局五十年大事记》。外文出版社每年出版情况详见附录一。其中，“17年来外文出版社先后用18种文字出版毛主席著作447种共1108万册，并通过国际书店向全世界159个国家和地区发行394万册，对外赠送和国内发行330万册”。参见戴延年、陈日浓（编）：《中国外文局五十年大事记》（北京：新星出版社，1999），第224页。另据马祖毅等的统计，外文出版社“从1949年10月到‘文革’前的1965年，17年间共用43种外文出版了图书3000余种（包括少量中文繁体字图书）”。参见马祖毅，任荣珍：《汉籍外译史》（武汉：湖北教育出版社，1997），第705页。

⑩这一部分信息由外文出版社前中文编辑人员廖旭和提供。

⑪据廖旭和介绍，中文编辑人员一般是主修中国文学专业的大学毕业生，如《中国文学》原中文编辑陈善祥就是广东中山大学的中文系出身。这一信息得到沙博理的回忆录《我的中国》证实，“我们的编辑人员通常是主修中国文学的”。参见沙博理：《我的中国》（北京：中国画报出版社，2006），第114页。

⑫当时几乎所有的外文出版社出版作品的英译本都没有说明译本所依据的原作版本，据笔者考察，仅有1960年出版的曹禺的戏剧《日出》（*Sunrise*），有一“出版者的话”（Publisher's Note），指出该译本是从1957年中国戏剧出版社出版的《日出》（第一版）译出，而该版本也是经过作者曹禺修改的。

⑬见外文出版社内部资料“中国古典文学文库编辑凡例”。

⑭据笔者考察，1972年由美国纽约Anchor Books出版的沙译译本（*The Family*）中，Olga Lang把绝大部分删略的内容补齐。

⑮该资料以及下文提及的《外文出版发行事业局工作条例（三稿）》均由廖旭和提供。

⑯该信息由《中国文学》的原译者喻璠琴提供。

⑰据《中国外文局五十年大事记》，“到 1956 年底，外文出版社聘有苏联籍专家 4 人，11 个其他国籍的专家 20 人。他（她）们在业务上主要担负各种外文译稿的文字改稿、润色工作，并对外文书刊的编辑工作提出意见和建议；培养提高中国干部的外文水平”。见戴延年、陈日浓（编）：《中国外文局五十年大事记》（北京：新星出版社，1999），第 62 页。但事实上，有些外国专家有时还单独承担中国文学对外翻译的任务。

⑱这一观察受到 Herbert Passin 所著的 *China's Cultural Diplomacy* 的启发。在 Passin 看来，20 世纪 50 年代往来于中国的每一位外国访客都是中华人民共和国可夸耀的成就，一种被认可的标志，一个通往被接受和尊重的里程碑，是对美国不承认中国政权政策的另一打击。见 Passin, Herbert. *China's Cultural Diplomacy* (New York: F. A. Praeger, 1963), p. 8。

⑲以上资料由外文出版社英文编辑室原主任梁良兴提供。

⑳国际书店正式成立于 1949 年 12 月 1 日，成立初期既负责进口外国书籍，又负责中外文书籍的出口。1964 年，国际书店成为专营中外文书刊出口的对外发行机构。外文出版社的前身国际新闻局出版的外文书刊和小册子均由国际书店发行。参见周东元（编）：《中国外文局五十年回忆录》（北京：新星出版社，1999），第 558 页。

㉑罗素曾在 1953 年代表英国共产党的劳伦斯·魏沙特出版社前来中国，与中国外文出版社洽谈出版《毛泽东选集》（1—3 卷）英文版。参见刘杲、石峰主编：《新中国出版五十年纪事》（北京：新华出版社，1999），第 27 – 28 页。

㉒外文出版社随书发放的读者意见问卷如下：

Dear Reader,

We will be greatly obliged if you will fill in the attached questionnaire and mail it back to us. Any further comment you may care to make either on this questionnaire or by separate letter will be greatly appreciated as a help to us in improving our publications.

English Section

Foreign Languages Press

Title of book you have read: ________________

1. What is your general impression of this book?

2. Do you find its contents interesting? Any suggestions?

3. Is the language clear and easy to read?

4. Do you have any comments on the binding, format or printing?

5. What kind of books do you have a preference for?

Other comments or suggestions:

㉓《中国文学》会附有这样的邀请信:

We shall be glad to send a sample of CHINESE LITERATURE to any friends you recommend. Please fill in their names and address...

㉔印度是最早承认中华人民共和国的非社会主义阵营的国家之一，从中华人民共和国成立到1958年年底，是中国和印度关系最为友好融洽的时期。第一个承认中华人民共和国的非社会主义阵营国家是缅甸，第二个是印度，但印度在1950年4月与中华人民共和国正式建交，比缅甸早两个月。因此，20世纪50年代初，“在与中国的文化关系上，印度或许是最受中国喜爱的非社会主义国家”。见 Passin, Herbert. *China's Cultural Diplomacy* (New York: F. A. Praeger, 1963)，第22页。然而，50年代中后期，随着印度在第三世界的影响力增强，美国开始注意拉近和印度的关系，印度也有意向美国表示友好。参见张忠祥:《尼赫鲁外交研究》(北京:中国社会科学出版社，2002)，第200-201页。另据《外文出版社1953年至1954年图书编译出版工作总结》，“据国外代销店反映，以6本英文书的销量为例，销在东南亚国家的占65%，而销在英国的只占7.7%，澳大利亚占5.5%”。参见周东元、亓文公:《中国外文局五十年史料选编(1)》(北京:新星出版社，1999)，第112页。

㉕见1958年11月内部资料《外文出版社工作概要》，第1-2页。

㉖详见马祖毅、任荣珍著的《汉籍外译史》和中华人民共和国对外文化联络局主编的《中国对外文化交流概览(1949—1991)》。

㉗据廖旭和介绍，外文出版社对国外翻译中国文学作品的情况有所掌握。如果某个国家翻译了某部中国文学作品，外文出版社一般不会重复该选题。例如，老舍的《骆驼祥子》早在1945年由Evan King翻译，并在英美两国出版，因此外文出版社在1949—1966年期间并没有出版该作的英译本。

㉘创刊于1953年7月的《译文》月刊同样扮演着“亲善大使”的角色。详见王友贵的《共和国首30年外国文学期刊在特别环境下的作用》，载于《中华读书报》2006年4月5日第19版。

㉙ 与之相关的是由中国人民外交学会编的《支持阿拉伯人民争取民族独立的斗争（文件选编）》[*China Supports the Arab People's Struggle for National Independence* (*a Selection of Important Documents*)]，也于1958年由外文出版社翻译出版。

㉚外文出版社旗下的外文期刊各有分工，《中国文学》一般不刊登政治类文件。1959年4月7日对外文化联络委员会向国务院外事办公室提交的《关于外文出版社出版的四种外文刊物编辑方针的请示报告》中，也提到《中国文学》“一般不宜刊载配合外交斗争的政治性文件”。参见周东元、亓文公：《中国外文局五十年史料选编（1）》（北京：新星出版社，1999），第159页。

㉛除了1960年与古巴建交外，中国与其他拉美国家没有建立外交关系，但这并没有阻挡中国与之发展其他管道的联系。毛泽东曾明确表示：“只要拉美国家愿意同中国建立外交关系，我们一律欢迎。不建立外交关系，做生意也好；不做生意，一般往来也好。”参见中华人民共和国外交部、中共中央文献研究室编：《毛泽东外交文选》（北京：中央文献出版社，1994），第338页。

㉜较大的几次全国性批判运动有：对电影《武训传》的批判（1950—1951）、对萧也牧等的创作的批评、对俞平伯《红楼梦研究》和对胡适的批判（1954—1955）、对胡风“反革命集团”的批判（1955）、文艺界的“反右派”运动和对丁玲、冯雪峰“反党集团”的批判（1957）。

㉝据廖旭和回忆，这次检查主要针对社会和政治类书籍和文章，也涉及部分文艺著作。这一回忆得到《中国外文局五十年大事记》证实。据《中国

外文局五十年大事记》记载，“书刊检查”共查阅中文书稿408部、外文图书326种。其中发现“中文书稿内容有错误，编辑作了删改”和由“右派分子”编写的书稿共114部，决定对其中“错误性质较严重的外文图书不宜继续发行，拟作停售处理”的有18部。见戴延年、陈日浓（编）：《中国外文局五十年大事记》（北京：新星出版社，1999），第112页。

㉞主要参考外文出版社内部资料《对已停售的‘右派分子’编著的文艺书稿和画册的处理意见》。1962年，外文出版社按照文化部和中宣部的通报和通知，对上述的大部分的“右派分子”作品恢复发行。见戴延年、陈日浓（编）:《中国外文局五十年大事记》（北京：新星出版社，1999），第139页。

㉟这一提法参见洪子诚的《1956：百花时代》（1998），该书主要研究发生在1956年至1957年上半年的中国文学现象，认为这一时期“在文学领域出现了一系列的变革，出现了带有新异色彩的理论主张和创作。此期间的文学运动和文学创作，曾被人称为‘百花文学’。仿照这一称谓，我们可以将所要评述的这个历史时间，称之为‘百花时代’。”

㊱在1961年到1962年，文艺界在周恩来的亲自主持下，召开工作会议，为知识分子摘掉了“资产阶级”的帽子，并给一批文艺工作者平了反，提出“现实主义深化”和“写中间人物”等理论主张，1962年4月30日，中共中央批准中宣部定稿的《关于当前文学艺术工作若干问题的意见（草案)》（简称“文艺八条”），由文化部党组、全国文联党组下发各地文化艺术单位执行，端正了文艺指导思想，努力将文学纳入正常的轨道。

㊲如就王蒙的《组织部新来的青年人》，《文艺学习》开设谈论专栏。另外，1957年初，毛泽东也多次对这篇小说发表看法。如2月16日，毛泽东在中南海颐年堂与文学界主要负责人谈话时说到，王蒙小说揭露官僚主义，很好，但揭露得不够深刻。王蒙有片面性，对正面的积极的力量写得不够，正面人物林震写得无力，而反面人物很生动。王蒙的小说有小资产阶级思想，经验也还不够，但他是新生事物，要保护。参见洪子诚：《大陆当代文学史（上编)》(台北：秀威信息科技股份有限公司，2008)，第208页。

第四章
CHAPTER 4

英译中国文学作品与新中国形象建构

前面一章提到，英语是外文出版社对外翻译中国文学的最主要语言，而且把英语作为目标语的这一选择本身蕴含着极为重要的政治意图。因此，1949 年至 1966 年期间的中国文学英译活动不仅最能代表这一时期中国文学对外翻译的整体面貌，而且能集中体现意识形态所发挥的作用。本章首先采用量化统计的方法，再现这一时期中国文学英译的整体状况与变化过程，继而分析并讨论翻译文学作品在文类和诗学上的总体特征；然后从翻译选择、题材和功用等方面，分别阐明古典、现代和当代文学的择译与多民族国家建构之间的关联，从宏观层面展现这一时期英译中国文学的图景以及由此建构的新中国形象。

第一节 中国文学作品英译总论

这一节主要对英译中国文学作品作一宏观分析。考察的范围包括 1949 年 10 月到 1966 年 5 月期间由外文出版社出版的英译中国文学作品。尽管外文出版社于 1952 年才正式成立，但 1949 年到外文出版社成立前的两年多时间内，国际新闻局曾以“外文出版社”的名义出版英、法、俄、印度尼西亚、德、阿拉伯等各种外文图书，可以说它是“无名有实”的翻译出版机构。因此，国际新闻局出版的英文版图书也在考察范围内。

上一章提到，外文出版社旗下的《中国文学》是专门刊载中国文学英译作品的刊物，但因其受篇幅所限，所译载的多为文学作品节选和短篇故事，较为零散。而在此基础上，外文出版社之后汇集一部分作品，并补遗或修改，以单行本的形式出版发行。考虑到单行本的“定本”性质，我们只对外文出版社出版的单行本进行统计，不包括重印本①。此外，外文出版社自身官方色彩浓厚，为了消除部分国外读者的反感情绪，以取得更好的宣传效果，在出版艾黎这类“国际友人”翻译的书籍时，如《历代和平诗选》（*Peace Through the Ages*，1954）、《人民的呼声》（*The People Speak Out*，1954）、《人民歌唱》（*The People Sing*，1958）、《反抗之歌》（*Poems of Revolt*，1962）、《郎琼布》（*Not a Dog: An Ancient Tai Ballad*，1962）、《胡笳十八拍》（*The Eighteen Laments*，1963），则以1979年才正式建制的“新世界出版社”（New World Press）②或译者个人的名义出版，因此在做统计时，这一部分译本也包括在内。

据统计，1949年至1966年期间外文出版社翻译出版的英文版中国文学作品共计171部之多③，每年出版的情况如图1所示。

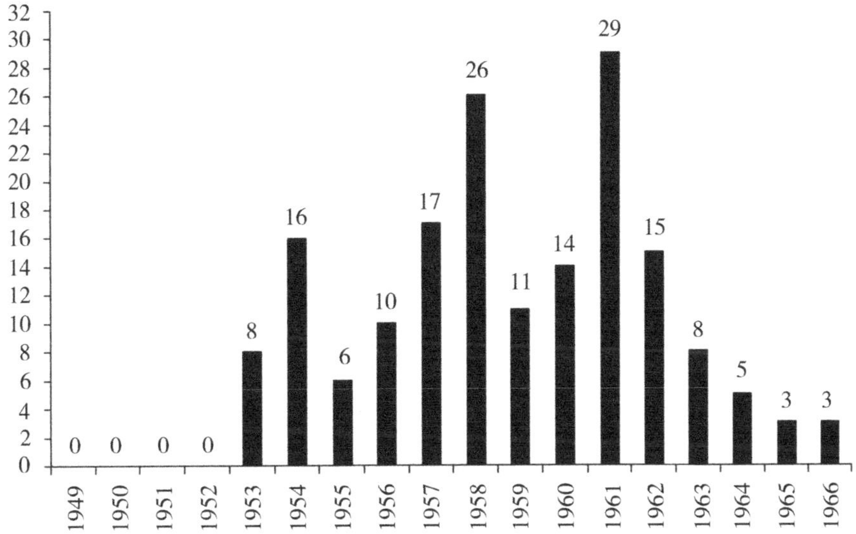

图1　外文出版社出版的英译中国文学作品部数（单位：部）

从图1可以看出，1949年至1966年期间外文出版社出版的英译中国文学作品主要集中在50年代中期到60年代初期。1949年后到外文出版社成立前的两年多时间内，国际新闻局以“外文出版社”的名义出版英、法、俄、印度尼西亚、德、阿拉伯等59种外文图书，出版的图书基本为国家领导人的著作以及国家政策法规类的非文学作品，如毛泽东的《论人民民主专政》（英、法、印度尼西亚、阿拉伯文版）、朱德等著的《三年解放战争》（英文版）、刘少奇的《论共产党人的修养》（英文版）、《论党内斗争》（英文版），以及《人民政协文献》（英、法、俄文版）、《土地改革法》《工会法》等（戴延年、陈日浓，1999：20），而文学作品完全缺席。表面上看，这种情况的出现是中国文学对外翻译出版机制尚未建立或者尚未完善而导致的，但究其原因，还是在于这一时期政治先行的意识形态所起的关键作用。1952年，国际新闻局正式改组为外文出版社后，有组织的对外文学翻译开始步入正轨。随着外文出版社体制化进程的不断推进，对外翻译的文学作品数量逐步增多，到了“大跃进”运动开始的1958年[④]，英译作品的数量更是创下历史新高，达到了26部之多。1960年针对主要由于“大跃进”运动、“反右倾”运动造成的国民经济的严重困难，国家在农业、工业、科学、教育、文化等各方面，进行政策调整。文学方面，“文艺十条”，尤其“文艺八条”的制定，令文学规范有所放松[⑤]，对外文学翻译也迎来了短暂的繁荣，1961年出版的文学作品达到29部。然而，1960年初期宽松的大环境持续时间很短暂。1962年9月召开党的八届十中全会以后，阶级斗争的话语铺天盖地。随着“文化大革命”的逐步逼近，50年代所推崇的，以及所创作的文学经典大都受到批判甚至被完全否定[⑥]，可供翻译的，或者说能得到政治意识形态首肯的文学作品大大减少，在这个大背景下，对外翻译文学的数量亦随之急剧萎缩。

这一时期外文出版社翻译出版的171部文学作品单行本中，古典文学作品有17部，现代文学作品有20部，而当代文学作品[⑦]则有134部，占近78.36%，可见对外文学翻译的重点是当代文学作品[⑧]。可以肯定，当代文学作品的翻译贯穿着这一时期。图2是当代文学作品、现代文学作品和古典文学作品每年的翻译出版情况。

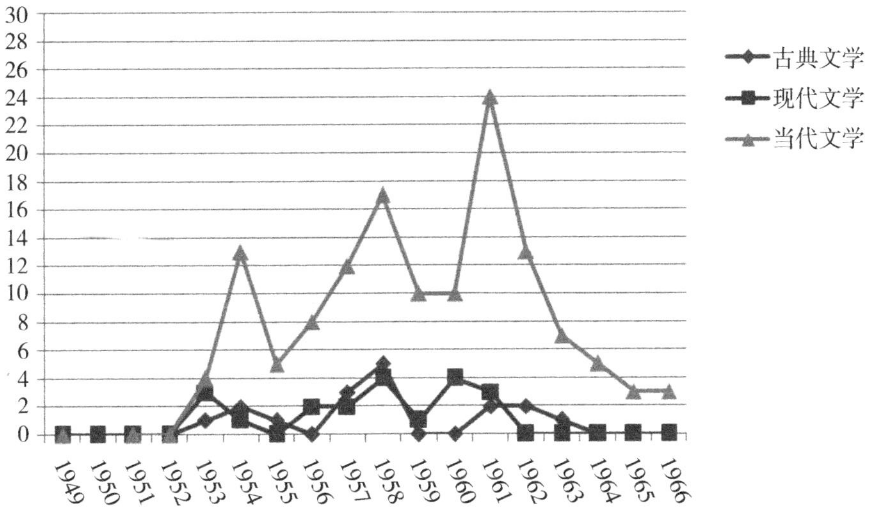

图 2　外文出版社出版的英译中国古典、现代和当代作品总数（单位：部）

从图 2 可见，外文出版社在出版当代文学译作方面的努力是始终如一的，反观古典和现代文学作品，则在 60 年代逐渐消失在对外翻译的版图中。除了重版外，1963 年不再新出现代文学作品英译本，1964 年之后更是完全停止了古典和现代文学作品[9]的翻译出版。这一趋势主要与中国国内的越来越“左”的政治形势相关[10]。事实上，外文出版社翻译出版古典和现代文学的举动是“醉翁之意不在酒”。有关部门希望通过翻译古典和现代文学，吸引国外读者阅读这些翻译作品，以此引起国外读者对当代文学的关注和兴趣，进而阅读反映新中国革命和社会主义建设的当代文学作品[11]。这实际上也折射出当时中国盛行的“厚今薄古”和“古为今用”思想[12]。

中国文学的概念包含广泛，既包括古典文学，也包括现、当代文学，既包括小说、诗歌、散文、寓言等类别的文本，也包括儿童文学、民间文学等类别的文本。外文出版社对中国文学的翻译出版则是有侧重点的。在 171 部文学作品中，按体裁大致又可以分为小说、戏剧、革命回忆录（自传）、诗歌、寓言、杂文、散文特写、儿童文学、民间文学。其中小说 69 部、戏剧 29 部、革命回忆录（自传）21 部、诗歌 14 部、寓言 4 部、杂文 3 部、散文特写 3 部、儿童文学 20 部、民间文学 8 部。各种体裁的构成情况如图 3 所示。

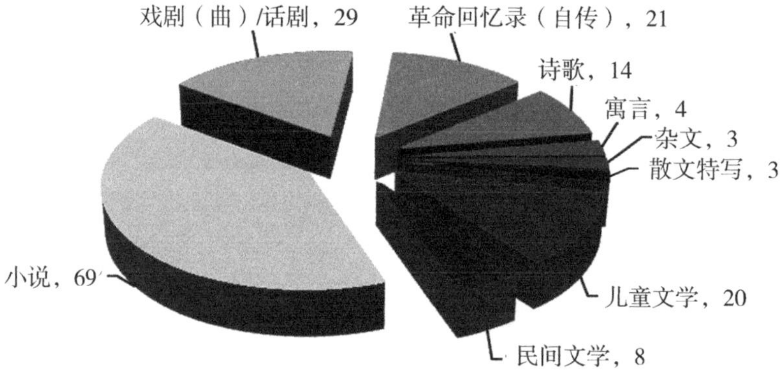

图3　外文出版社出版的英译中国文学作品文类及数量

如图3所示，外文出版社出版的小说在数量上占绝对优势，无疑是对外翻译的重点。而在69部小说中，古典作品有6部，现代小说有10部，其他53部均为当代小说，占当代文学作品数量的76.81%，说明外文出版社重点翻译出版当代小说作品。

总的来说，这一时期外文出版社出版的英译中国文学作品有以下三个鲜明的特点。首先，当代文学作品在数量上占有绝对的优势，尤其当代小说是对外翻译的重点。第一章已提到，当代小说这一文类在反映新中国的社会政治现实、建构多民族国家形象方面发挥着极为重要的作用。选择当代小说作为对外翻译的重点，体现了外文出版社致力于向国外介绍反映共产党领导的社会主义革命和社会主义建设的当代文学作品，让世界了解中华人民共和国的由来和现状，以塑造中华人民共和国的崭新形象。事实上，外文出版社一直努力保持同步翻译当代文学作品，尤其是“十七年”作家的作品。很多当时在文坛有所反响的作品刚刚问世不久，外文出版社就及时组织人员进行翻译[13]，发挥了国家机构在调度资源方面的优势，将一部分最新的文学讯息迅速地传播到国外。

其次，外文出版社翻译出版的文学作品尽管有所侧重，但体裁比较广泛，涵盖了中国文学的大部分文类，注重向外展现中国文学的“多姿多彩”[14]，体现了中国政府力图在国际上塑造文化大国形象的自觉意识，以纠正西方社会对其的偏见。对于自己在西方世界眼中的形象，官方一直有着清醒的认识。早在共产党与国民党内战期间，毛泽东就曾提到“共产党是一个穷党，又是被国民党广泛地无孔不入地宣传为杀人放火，奸淫抢掠，不要历史，不要文化，不要祖国，不孝父母，不敬师长，不讲道理，共产共妻，人海战术，总之是一群青面獠牙，十恶不赦的人”（毛泽东，1975b：319）。在1963年主持国务院外事办公室讨论《中国文学》的工作会议上，陈毅也指出“人家造谣说我们中国人不讲人情，消灭文化，教条主义，没有自由，不能随便发表意见，是个大兵营。看了《中国文学》，里面有画，有诗，有真正的马列主义，他们就觉得我们不是兵营”（周东元、亓文公，1999：314）。可见，当时国家领导人对西方世界眼中的新中国形象有着相当的认识，并试图通过对外介绍、翻译中国文学作品，修正并塑造自身的全新形象。

最后，外文出版社出版的作品以现实主义题材为主，作品所反映的内容大都与中国古代、近代和现代历史，斗争和生活密切相关。读者在阅读过程中能窥探出中国的历史和社会现实发展的影子。外文出版社之所以侧重翻译现实主义作品，原因主要与这一时期中国文坛备受尊崇的“社会主义现实主义”诗学密切相关。“社会主义现实主义”是1932年全苏联作家同盟组织委员会第一次大会提出来的文艺原则。这一原则在20世纪30年代传入中国后[15]，逐渐被认定为文学典范准则，在1953年9月召开的中国文学艺术工作者第二次代表大会，“社会主义现实主义”被正式确立为新中国文艺创作和批评的“最高准则”（周扬，1985：248）。在社会主义现实主义诗学的规约下，1949年至1966年期间的主流文学创作和文学评论都以之为准绳，这一时期对外文学翻译亦不例外，向外输出的文学作品基本被认为是社会主义现实主义作品，或者至少是现实主义作品。此外，外文出版社进行对外文学翻译活动的目的，即借助文学的手段展现新中国形象，也决定了现实主义作品，尤其是现实主义小说在对外翻译中的比重。

以下各节分别对英译中国古典、现代与当代文学作品的选择，题材[16]与功用进行分析，以揭示中国文学作品择译与多民族国家建构之间的关联，及其所建构出来的新中国形象。

第二节
古典文学作品的英译

这一时期古典文学作品的翻译多与国内外的纪念活动有关。1953 年《中国文学》第 2 期选译了战国时期诗人屈原的《离骚》(*Li Sao*),同时翻译刊登了郭沫若的评论文章《伟大的爱国诗人屈原》(Chu Yuan: Great Patriotic Poet)。译者杨宪益说:“翻译、介绍屈原,那是因为当时人们视他为超越民族、国家的文化典型加以纪念的”(Yang Xianyi,1981:4)。1953 年是屈原逝世 2230 周年,而社会主义阵营的世界和平理事会通过决议确定屈原为当年纪念的世界四大文化名人之一[17]。“这一世界范围的纪念活动一方面使人重新认识作为伟大诗人、正直的政治家和爱国者的屈原的个人价值,另一方面也让中国政府重新思考作为文化的中国在世界上的地位影响,以及传统文化在现代国家扮演的角色问题”(戴燕,2002:123)。为了呼应世界保卫和平大会的决议,争取国际地位,中国文化部决定由郭沫若、游国恩、郑振铎、文怀沙等人组成“屈原研究小组”,并将屈原的作品整理成集,以白话文的形式出版发行。同年,除了《中国文学》即时跟踪报道这一在社会主义阵营范围内的纪念盛典,译载《离骚》,外文出版社也迅速出版了《离骚及屈原其他诗作》的单行本(*Li Sao and Other Poems of Chu Yuan*,1953)。此后,外文出版社开始了有组织、有计划的古典文学对外翻译。1949 年至 1966 年期间外文出版社出版的古典文学英译本基本涵盖了中国历史上重要朝代的作品,如《汉魏六朝小说选》(*The Man Who Sold a Ghost: Chinese Tales of the 3rd–6th Centuries*,1958),唐朝的《唐代传奇选》(*The Dragon King's Daughter: Ten Tang Dynasty Stories*,1954)、《杜甫诗选》(*Tu Fu: Selected Poems*,1962),宋、元、明三朝的《宋明平话选》(*The Courtesan's Jewel Box: Chinese Stories of the Xth-XVIIth Centuries*,1957)、元朝的《关汉卿杂剧选》(*Selected Plays of Guan Hanqing*,1958)、清朝的《长生殿》(*The Palace of Eternal Youth*,1955)和《儒林外史》(*The Scholars*,1957)等。

翻译古典文学对于中华人民共和国这一新生的多民族国家而言，具有至关重要的意义。一方面，外文出版社希望通过翻译古典文学作品，“无可辩驳地证明：只有新中国是最珍视自己的民族文化遗产的”[18]，“同时也有力地说明了中国共产党一贯尊重民族文化传统的政策。”[19]这种“珍视”和“尊重”，具体到翻译杂剧家关汉卿的《关汉卿杂剧选》，便是关汉卿及其作品在“旧社会”不受重视，但在“由人民当家作主”的新中国，其作品得以重见天日，也能得到广泛演出（Wang Chi-ssu，1958：17）。可见，翻译古典文学是体现中国共产党开明及其执政的新中国重视自身传统，且优于“旧中国”的一种重要象征。

另一方面，翻译古典文学同时也响应了现代民族国家对自身历史合法性的诉求，并“向外国读者展示中国古典文学悠久而丰富的传统”（王宏志，1999：50）。一个新建立的现代民族国家，需通过历史叙事才可能被想象出来。“任何民族国家都必须有历史，否则无法成为‘想象的共同体’，或者说没有历史的民族国家，乃是没有肚脐的民族国家”（McCrone，1998：59；沈松侨，2000：83）。中华人民共和国作为新生的现代多民族国家，在权力结构等立国基础方面与过去的君主朝代以及辛亥革命创立的中华民国有别，因此被称为“新中国”。尽管如此，当其要诉求新国家中的国民同属于一共同体之正当性时，仍然要从过去历史中寻找材料。毛泽东就曾提到：“今天的中国是历史的中国之一发展”（毛泽东，1975b：319）。同样，文学是文化的一部分，是民族精神的反映。当文学，尤其是1949年以后的中国文学，与一个有着地域边界的民族国家联系起来之时，势必“要立足一个新的历史起点，这个起点最不同于‘五四’的地方，是它不需要以批判与摧毁象征国家政权、制度的传统文学为己任，而是要树立足以代表一个新生的共和国的文学形象”（戴燕，2002：118）。这样一个国家文学形象，以及由此代表的多民族国家形象的树立，需要以回溯的方式，在代表传统的古典文学中寻找自身历史的源头。翻译古典文学便体现出官方借助翻译这一手段，向外展现新中国及其文化传统，彰显中华人民共和国作为具有历史合法性的多民族国家的努力。

然而，正如在第二章我们已简略提到，“传统”并不是一个简单的现象。

霍布斯鲍姆（Eric Hobsbawm）在论文集《传统的发明》（*The Invention of Tradition*）的序言中，提出了“被发明的传统”（invented tradition）这一理念。所谓“被发明的传统”意指，那些表面看来或者声称是古老的“传统”，其起源的时间往往是相当晚近的，而且有时是被发明出来的。无论潜在还是非潜在，“传统”是根据被认可的规则而被统括的一套惯例，借由反复操作以灌输特定的行为价值和规范，并且必然暗示着自古而今之连贯性的一套仪式性、象征性特质。即使这样的“传统”时常言及历史的过去，但所谓“被发明的传统”与过去历史的连续性常常是人工接合的。它们在相当程度上服务于创造和强化民族国家的认同，“被发明的传统”也“常常成为斗争的真实象征”（Hobsbawm & Ranger，1983：1 - 2）。由是观之，中国古典文学这一“传统”或“历史”并不是先验的存在，不是凝固不变的，其本身也是在不断的生成中，是后人根据时代的需要来“发明”或重塑的结果。事实上，在 1949 年之前，英语世界对中国的古典文学表现出持久的兴趣和关注，介绍并翻译了一定数量的中国古典文学作品[20]。中华人民共和国成立后，中国政府重新整理并出版古典文学作品，而外文出版社对外介绍、翻译这些成果，旨在“使国外读者重新认识中国的文化传统”[21]，这无不体现了代表官方的外文出版社“重构”作为中国文学传统和遗产的古典文学所做出的努力。

1949 年至 1966 年期间我国对古典文学的基本态度是毛泽东所提的“取其精华，去其糟粕”（毛泽东，1975a：202 - 203；吴晓玲等，1959：16），而古典文学要成为“精华”，在思想倾向上，“人民性”是一个重要标准；在创作方法上，则是以“现实主义”作为主要标尺，而这两个标准基本上是重合的。具体来说，所谓“人民性”在当时的理解，“就是看能不能体现人民的利益，对从前统治者的黑暗的揭露、同情人民的疾苦等等”（洪子诚，2002：85，248）。在此基础上，体现“人民性”的文学大体上就被划为“现实主义”作品，反之则为“反现实主义”的作品（戴燕，2002：144）。外文出版社对选择哪一些古典文学作品进行对外翻译，亦是按照这两大标准进行的。于是，在古典文学英译的版图上，我们看到了屈原、杜甫、关汉卿等的一部分作品，如“表达爱国和爱人民”的屈原诗作《离骚》（Chu Yuan，

1953：1－2)；“歌颂人民群众诚实和坚韧，揭露和谴责统治阶级奢侈糜烂的生活”的杜甫的“最优秀”现实主义诗歌《兵车行》《丽人行》《前出塞九首》《后出塞五首》《北征》《洗兵车》《新婚别》《垂老别》《无家别》《新安吏》《石壕吏》《潼关吏》等，以及时刻“惦念人民疾苦的”风景诗《春望》《登楼》《秋兴八首》（选译三首）和《登岳阳楼》等（Feng Chih，1962：iii-v)；“反映人民憎恨被压迫”的《干将莫邪》《韩凭夫妇》《来季德》以及“追求婚姻自由”的《吴王小女》（Foreword，1958：iii-iv)；“影射豪霸”的神怪故事《任氏传》，“谴责封建的、不自由的婚姻制度，歌颂人民打破旧的封建礼俗的束缚、争取基于爱情的自由婚姻”的爱情传奇故事《霍小玉传》《李娃传》和《无双传》，“影射唐代官场黑暗腐败，揭露唐代官僚显贵的营营逐逐的内心世界”的《南轲太守传》以及“为人民除暴安良，解除痛苦”的武侠和剑侠传奇《虬髯客传》和《昆仑奴传》（Foreword，1954：vi-x)；“表现封建统治阶级内部矛盾、皇宫恣意奢靡以及统治阶级奢侈和人民大众贫困的对比”的《长生殿》（Tu Pien-Pu，1955：319)；“揭露元朝吏治腐败和社会动荡不安”，“人民反抗统治者的不屈精神”的《窦娥冤》，“反映黑暗统治导致家庭破裂等悲剧”的《鲁斋郎》，以及“揭露封建统治阶级贪污腐败”的《哭孝存》等（Wang Chi-ssu，1958：9－13)；“揭露清朝统治下的封建社会和政法制度丑恶，以及批判士大夫阶层”和“科举制度”的清代讽刺小说——《儒林外史》等（Wu Tsu-hsiang，1957：15）。上述外文出版社编者对古典文学作品的选择和解读，显示了英译古典文学作品的功用，即建构作为社会主义新中国的他者形象——“黑暗的封建旧社会”，以及由此导致的“人民的反抗”，进而成为新中国革命叙事所竭力证明的无产阶级（劳动人民）专政政权其来有自。

外文出版社着重选译古典文学的现实主义作品，而不是其他文类作品，无不体现了作为国家外宣机构组织的对外翻译活动的浓厚政治色彩。具体说来，外文出版社选择古典文学翻译出版的目的，并不在于文学自身，而是意图借助古典文学的传播，展现中国的历史图景，因此也就不可能充分展现古典文学丰富的文学特性。这一点不仅能在上文所分析的外文出版社选择何种古典文学作品以及对选译作品的解读这两大方面体现出来，而且还能进一步体现在外文出版社在翻译文本内部所作的取舍上。例如，作为中国语体小说前身的话本，有着自身独特的形式和语言。话本每在开头引用许多与正文不相干的诗词，随后又在说到主体故事之前，先说一个小故事，其内容与主体故事相仿，或有其联系之处，再引出正文，术语称其为“入话”。实际上，这些全是“说话”的一种需要，是等待听众齐集时消磨时间的办法。此外，在进行故事叙说时，又时常加入韵文、俚语、赋和诗词等，以便于叙述或描写景物与人物；在结尾时更有散场的交代。对于这些话本的独特手法，外文出版社往往是有选择性地对外翻译和介绍。在编辑英译本《宋明平话选》的过程中，编者就“删去了一些与主要故事情节无关或者需要大量注释的诗行和介绍性佚事”（Yen Tun-yi，1957：10）。清朝戏剧《长生殿》中每一出戏均以唐朝不同诗人的四句诗行结尾，以总结该出剧的剧情。这种手法是此类戏剧所特有的，但在外文出版社看来却是“没有实质内容，只显示了原剧作家的博学，因此，在《长生殿》英译本中，这些诗行也一一被删略”（Tu Pien-pu，1955：322）。同样，在编辑《汉魏六朝小说选》时，外文出版社也只是“选择那些有故事情节的小说，删掉一些有关边远地区、当地物产和习俗的记载，以及名人名句”（Foreword，1958：V）。除此之外，为了“帮助国外读者对汉魏六朝时期的中国社会生活有一直接的、形象的认识”，外文出版社还精心“挑选了一些三世纪到六世纪艺术作品的影印本作为插图”，“以展现那个时代的背景和精神”（同上）。可见，古典文学的社会现实性始终是外文出版社的关注所在。

第三节 现代文学作品的英译

如果说古典文学与中国当代的政治形势相对疏远的话，那么现代文学则“与中国当代政治、文学的关联紧密”（洪子诚，2008：29）。“中国现代文学发展的历程，可以说跟中国共产党从成立到建国的历程几乎是同步的，而不少参与建党建国历程的人——诸如陈独秀、瞿秋白、茅盾、丁玲、郭沫若等——都同时是现代文学的参与者，且产生了重要的影响；相反来说，现代文学也成为左翼作家对建党建国作出积极贡献的工具”（王宏志，1997：50－51）。因此，为了确立执政党共产党在历史上的合法性，凸显其对新民主主义革命的伟大、英明、正确的领导，这一时期，不管是官方文学机构、出版社和报刊，如作协、人民文学出版社、文艺报等，还是有关现代文学史的著作，如王瑶的《中国新文学史稿》（1954）、丁易的《中国现代文学史略》（1955）和刘绶松的《中国新文学史初稿》（1956），基本采用毛泽东在《新民主主义论》中的观点，认为“五四”新文化成果是在共产主义知识分子的领导下取得的。对外翻译现代文学作品，一方面是中华人民共和国成立后中国共产党确立其思想文化秩序[22]的外在和直接体现，另一方面，外文出版社也希望借此“启发殖民地人民的民主革命思想，进一步促进我国和各国人民之间的友好和文化交流”[23]。

一、鲁迅作品的英译

1949年至1966年期间，不管是在现代文学作品翻译版图，还是在整个中国文学作品翻译版图中，鲁迅作品都可称得上是最为浓重的一笔，其作品的外译数量是中国其他作家远不能企及的。

这一时期外文出版社最早出版的鲁迅作品译作是1953年由杨宪益、戴乃迭翻译的《阿Q正传》英译本（*The True Story of Ah Q*）。次年，外文出版社又英译出版了《鲁迅短篇小说选集》（*Selected Stories of Lu Hsun*）。1956年至1960年四卷英文版《鲁迅作品选集》（*Selected Works of Lu Hsun*）陆续推出，这不仅是“用英语系统介绍鲁迅作品的首次尝试”（Lyell，1990：xlii），而且也是迄今为止最为系统、最为全面的鲁迅作品英译选集。《鲁迅作品选集》收入鲁迅从1918年到1936年创作的文学作品，第一卷收录的是鲁迅的小说、散文诗和回忆录作品。小说部分共翻译了选自小说集《呐喊》（包括《呐喊·序言》《狂人日记》《孔乙己》《药》《明天》《一件小事》《风波》《故乡》《阿Q正传》《社戏》10篇）、《彷徨》（包括《祝福》《在酒楼上》《幸福的家庭》《肥皂》《伤逝》《孤独者》《离婚》7篇）和《故事新编》

（包括《奔月》和《铸剑》2 篇）的 19 篇作品；散文诗歌为选自《野草》的 19 首散文诗，回忆录部分为选自《朝花夕拾》和《且介亭杂文末编》的 10 篇作品。杂文是《鲁迅作品选集》的重点，《鲁迅作品选集》的余下三卷按创作时间顺序选编了鲁迅在 1918 年到 1936 年期间所创作的部分杂文。除四卷《鲁迅作品选集》外，《鲁迅作品选集》第一卷内的小说的翻译，重新集结成《鲁迅短篇小说选》（*Selected Stories of Lu Hsun*）也于 1960 年出版；1961 年，《故事新编》（*Old Tales Retold*）的 8 篇小说全部得到翻译，并以单行本的形式出版。除了鲁迅的文学作品外，鲁迅研究中国小说史的著作《中国小说史略》（*A Brief History of Chinese Fiction*）也于 1959 年得到翻译出版。此外，上述大部分鲁迅作品的英译亦在这一时期得到重版，体现了鲁迅及其作品在中国的稳定地位，如《阿 Q 正传》分别于 1955 年、1960 年、1964 年重版再印；四卷《鲁迅作品选集》在 1964 年再版；1954 年出版的《鲁迅短篇小说选集》，于 1960 年内容得到扩展后再版，1963 年出版第三版。

这一时期如此系统地翻译鲁迅作品，主要与鲁迅这一时期在中国的特殊地位有关，而其中国家领导人毛泽东对鲁迅的评价起着最为关键的作用[24]。早在 1937 年，毛泽东在鲁迅逝世周年大会上给予了鲁迅至高无上的评价，认为尽管鲁迅“并不是共产党组织中的一人，然而他的思想、行动、著作，都是马克思主义的”，因此是“现代中国的圣人”（毛泽东，1993：43）。之后，毛泽东在 1940 年的《新民主主义论》中对鲁迅的评价更是到了几乎神化的境界，如：“鲁迅是中国文化革命的主将，他不但是伟大的文学家，而且是伟大的思想家和伟大的革命家”，鲁迅是“最正确、最勇敢、最坚决、最忠实、最热忱的空前的民族英雄”，“鲁迅的方向，就是中华民族新文化的方向”等（毛泽东，1975a：191）。毛泽东的这些观点一直左右甚至支配着此后大半个世纪中国对鲁迅及其作品的理解和评价。[25]1949 年后，鲁迅及其作品得到中国政府的极力推崇。1950 年由中央人民政府出版总署代表鲁迅家属向各私营书店收回鲁迅著作版权，建立鲁迅著作编刊社，任命冯雪峰为社长兼总编辑，主持编辑、注释、校订工作，并在北京人民文学出版社内专门成立“鲁迅著作编辑室”。1956 年至 1958 年第一次附有注释的十卷本《鲁迅全集》全部出齐；50 年代以后，全国各所大学的图书馆和中文系资料室纷纷辟出“鲁迅专柜”，供广大师生查阅和研究，各种研究鲁迅的专题课与选修课，如“鲁迅研究”“鲁迅思想研究”“鲁迅作品研究”亦大量涌现（程光纬，2004：85－86，96－98）。翻译鲁迅作品可视为这一巨大的“鲁迅热潮”的重要一环——1956年鲁迅逝世二十周年之际，外文出版社与人民文学出版社分别同时推出英译本《鲁迅作品选集》和《鲁迅全集》，这不能说是一种纯粹的巧合之举。四卷英文版的《鲁迅作品选集》装帧考究，统一为32开全绸布面精装，封面是灰绿色，书名为烫赤金；封二分别配有鲁迅50岁时的照片，鲁迅与儿子周海婴的合照，鲁迅、许广平和周海婴的合照；第四卷的封三还附有鲁迅生平及其创作年表。这一切无不显示出鲁迅的尊贵地位。

在外文出版社翻译出版鲁迅作品之前，英语世界对鲁迅作品早已有所译介。鲁迅文学作品的英译最早可以追溯到20世纪20年代中期由美国华侨梁社乾（George Kin Leung）翻译的《阿Q正传》，译文在1926年由上海商务印书馆出版。同年，在法国留学的四川留学生敬隐渔将《阿Q正传》翻译成法文发表在罗曼·罗兰主编的杂志《欧罗巴》第五、六期上。1929年，敬隐渔又翻译了《孔乙己》《故乡》，连同之前翻译的《阿Q正传》一起被收入《中国现代短篇小说家作品选》，并在巴黎出版。1930年，英国的米尔斯（E. H. F. Mills）将这一作品的法文版转译成英文在伦敦出版。1931年，美国又出版了该书，改名为《阿Q的悲剧及其他》（*The Tragedy of Ah Qui and Other Modern Chinese Stories*）。这是迄今所知的最早在美国出版的鲁迅作品。20世纪30年代，翻译鲁迅小说的是在华工作的美国记者伊罗生（Harold R. Isaacs）和斯诺（Edgar Snow）。1934年伊罗生准备编选翻译现代中国作家短篇小说集《草鞋脚》（*Straw Sandals: Chinese Short Stories, 1918—1933*），收入他翻译的《风波》《伤逝》两篇小说，但该短篇小说集迟至1974年才得以重新选编出版。美国作家、记者斯诺是第一位翻译鲁迅作品的美国人，1936年由他编译的《活的中国：现代短篇小说集》（*Living China: Modern Chinese Short Stories*）在纽约出版，收入《孔乙己》《药》《一件小事》《祝福》《风筝》和《离婚》6篇小说。1941年，美国哥伦比亚大学出版社出版了王际真（Wang Chi-Chen）翻译的《阿Q正传及其他》（*Ah Q and Others:*

Selected Stories of Lusin)，收录《故乡》《肥皂》《离婚》《在酒楼上》等11篇短篇小说。1943年，美国又出版了王际真翻译的《中国现代小说选》(*Contemporary Chinese Stories*)，收入鲁迅的短篇小说《端午节》和《示众》(沙枫，1976：1 –2；张杰，2001：281 –286)。

与上述来自英语世界的译者相比，外文出版社翻译出版的鲁迅作品可算是最为全面和系统的[26]。但尽管如此，外文出版社对于选择何种鲁迅作品来翻译还是有所侧重的。在1949年至1966年期间外文出版社出版的各种鲁迅作品英译本中，我们可以清楚地看到鲁迅的杂文明显是对外翻译的重点。四卷英文版《鲁迅作品选集》的后三卷收入的都是清一色的杂文作品，共247篇，其中第二卷收入《坟》《热风》《华盖集》《华盖集续编》《而已集》以及《三闲集》中写于1918年至1927年的70篇杂文，第三卷收入《三闲集》《二心集》《伪自由书》《南腔北调集》《准风月谈》中写于1928年至1933年间的96篇杂文，第四卷收入《花边文集》《且介亭杂文》《且介亭杂文二集》《且介亭杂文末编》中写于1934年至1936年间的75篇杂文。这表明外文出版社意图构建以杂文为主导的鲁迅作品形象。若仅就数量而言（共700多篇），杂文在鲁迅文学创作当中显然占据最重要的地位，所以杂文成为对外翻译的重点对象，似乎很容易理解；但倘若考虑鲁迅杂文（尤其是其后期创作的杂文）中明显的政治和论战内容，如《鲁迅作品选集》第三卷收入的《"丧家的""资本家的乏走狗"》（Homeless，Senseless Watchdog of the Capitalists）批判梁实秋关于文学没有阶级性的观点、第四卷收入鲁迅表明支持毛泽东所领导的中国共产党的《答托洛斯基派的信》（Reply to a Letter from the Trotskyites），等等，《鲁迅作品选集》给予鲁迅杂文的特殊地位，就显得别具政治意味了。这一政治意味在《鲁迅作品选集》第一卷的"编者说明"（Editor's Note）中颇为含糊地表达为，"作为杂文家的鲁迅要比小说家的鲁迅更伟大"（Lu Hsun，1956）。而紧接着由冯雪峰所撰写的序文《鲁迅的文学道路》（Lu Hsun: His Life and Works），一针见血地把"作为杂文家的鲁迅"的"伟大"之处道明：

在这里（即杂文，笔者注）进行了不计其数的大小战役，打击了不计其数的敌人，从帝国主义者、军阀、国民党反动派、复古主义者、帮凶的反动文人，一直到“革命小贩”，包括着一切“现在”和“将来”的“屠杀者”，一切“死的说教者”。(Feng Hsueh-Feng，1956：xix；冯雪峰，1956：116)

可见，鲁迅在英译的四卷《鲁迅作品选集》中的形象与其说是“文学家”，还不如说是“革命家”。而且鲁迅“革命家”的作用并不只限于对各种“敌人”的“打击”，还体现在其对未来中国革命道路的导向：

鲁迅的注意面这样广，战线伸得这样长，为的就是要证明和打通中国人民的一条“生命的路”；明白的说，就是当时人民在进行的彻底的民主革命和将要进行的社会主义革命。(Feng Hsueh-Feng，1956：xix；冯雪峰，1956：116)

显然，鲁迅在这里成为连接五四时期的“民主革命”和之后的“社会主义革命”的桥梁，为共产党领导的革命铺平了道路。按照这一种思路，英文版《鲁迅作品选集》的余下三卷中的“编者说明”一方面详细叙述了鲁迅从五四运动和第一次国内革命期间抨击封建陋习、伦理、封建家族制度，抨击崇尚这些思想和制度的复古主义者、军阀和官僚以及为北方军阀和国民党“卖命”的胡适、陈源之流的欧化绅士，到第二次国内革命期间揭露蒋介石国民党政府的不抵抗政策及其文化围剿的“反动行径”，以及批判以林语堂为代表的“献媚”作家等；另一方面，却对20世纪20年代后期（1928—1929）创造社、太阳社共产主义作家强烈抨击鲁迅及其作品的落伍与对革命批判的不彻底[27]，以及鲁迅和他们之间的激烈笔战，轻描淡写、一笔带过，并声称这场论争为后来革命文学的统一战线作了铺垫（Lu Hsun，1957：3－6；Lu Hsun，1959：3－6；Lu Hsun，1960：3－6）。

对鲁迅的“革命家”定位也影响了其小说作品的翻译。这一时期外文出版社对翻译《故事新编》的重视程度明显高于鲁迅之前创作的两个小说集《呐喊》和《彷徨》。尽管在1954年出版的英文版《鲁迅短篇小说选集》只收入了《故事新编》中的一篇故事《铸剑》，在此基础上，1956年出版的《鲁迅作品选集》第一卷又收入了另一篇故事《奔月》，但到了1961年，《故事新编》中的8篇故事全部得到翻译，并单独以单行本（*Old Tales Retold*）出版。而鲁迅前期创作的两部小说集《呐喊》和《彷徨》都等到1981年才能享受到同等"待遇"。与《呐喊》和《彷徨》这两部以现实生活为题材的小说集不同，《故事新编》写法特殊，是鲁迅1922年至1935年根据古代神话、传说和传奇改写的故事集。对于这一特殊的写作形式，国内外学术界至今一直存在不同的见解[28]，但这一时期的中国主流文学评论界一般将其视为鲁迅的借古讽今之作，有的甚至还将其等同于"杂文"，认为这些故事是作者"假借'历史小说'的'形式'在反动统治阶级的残酷的压迫下，向黑暗势力举起自己的投枪"（袁良骏，1992：189）。类似的解读在《故事新编》英译本的"引言"（Introduction）中有更为详尽的表述：

> 这八篇小说，特别是1934年至1935年间写的五篇：《非攻》《理水》《采薇》《出关》《起死》，都是借着"历史小说"的形式，无情地攻击和揭露国民党反动政府的黑暗统治，以及那时国民党反动统治的走狗，买办资产阶级的"名流""学者"。同时，这些小说也精心地描绘了劳动人民的勇敢、勤劳的形象，赞美了中国人民坚韧的战斗精神和斗争意志。[29]（Lu Hsun，1961）

我们知道，鲁迅在1930年加入"中国左翼作家联盟"（以下简称"左联"），积极支持左翼文艺运动，此后更是创作了大量被共产党早期领导人之一的瞿秋白称为"战斗的'阜利通'（feuilleton）"的杂文，猛烈抨击国民党政府，而也正是此时，"共产主义者的鲁迅"成了毛泽东所称的"中国文化革命的伟人"（王宏志，1994：37 -38）。大约在同时期创作的《故事新编》，在"攻击国民党反动政府"这一点上，与杂文这一"投枪"和"匕首"的作用是一致的。《故事新编》得到外文出版社的重视，也就不难理解了。

对于翻译鲁迅早期的小说集《呐喊》和《彷徨》中的部分作品，外文出版社同样也是基于鲁迅的"革命家"定位。1954年出版《鲁迅短篇小说集》的出版说明（Publisher's Note），就认为鲁迅的作品清晰地记载着鲁迅由“革命民主主义者”向“共产主义者”的转变，其早期的小说创作“显示着伟大的革命民主主义者和现实主义大师的特点”（Lu Hsun，1954：3）。冯雪峰在第一卷《鲁迅作品选集》的序言中强调，在《狂人日记》《孔乙己》《药》《故乡》《阿Q正传》和《祝福》中，鲁迅为这些小说的主人公狂人、孔乙己、华老栓、单四嫂、闰土、阿Q、祥林嫂的悲惨命运“提出了最强烈的控诉和抗争，把重重叠叠地压在他们身上的封建主义和帝国主义的压迫势力给以最深刻的解剖、最尖锐的揭露和最强烈的打击，同时最痛切地表达出他们的愿望、要求和潜在力量。他展示的‘疗救’的道路，只有改造社会，只有革命”（Feng Hsueh-Feng，1956：xi-xii；冯雪峰，1956：113）。很明显，这样的论述与上文对鲁迅杂文的理解毫无二致，鲁迅在其小说作品的英译本中，仍然是五四新文化运动中“反封建反帝”、引领中国革命的“伟大的革命家”。

总而言之，1949年至1966年期间外文出版社系统地翻译出版鲁迅作品，是中国政治革命领袖把鲁迅塑造成为中国革命的意识形态或文化的权威的重要环节。在政治意识形态的规约下，鲁迅的杂文以及小说作品得到大力译介。通过意识形态的阐释，这些英译作品一致塑造出一个在“民主主义——共产主义”道路上前进的“革命家”鲁迅的形象。

二、其他现代作品的英译

除了鲁迅，这一时期被翻译的现代作家的作品还包括郭沫若的《屈原》（*Chu Yuan: A Play in Five Acts*，1953）、《〈女神〉诗选》（*Selected Poems from The Goddesses*，1958），茅盾的《春蚕及其他故事》（*Spring Silkworms and Other Stories*，1956）、《子夜》（*Midnight*，1957），巴金的《家》（*Family*，1958），曹禺的《雷雨》（*Thunderstorm*，1958）、《日出》（*Sunrise: A Play in Four Acts*，1960），叶圣陶的《倪焕之》（*Schoolmaster Ni Huan-chih*，1958）、《稻草人：叶圣陶童话选》（*The Scarecrow: Stories for Children*，1961），叶紫的《丰收：故事选》（*Harvest: A Selection of Short Stories*，1960），以及贺宜的

《野旋的童话》(*Yeh-hsuan's Fables*, 1961)。

从选译的作者来看，郭沫若、茅盾、叶紫和贺宜均为左翼作家，而巴金、曹禺和叶圣陶尽管不是左翼作家，但他们在文学上的成就自不待言，与共产党的关系都比较亲近，在1949年至1966年期间被视为“进步的革命的文艺运动”的参与者，是“革命文艺家”（转引自陈改玲，2006：33）。此外，中华人民共和国成立后，除了鲁迅和叶紫已逝世外，郭沫若、茅盾、巴金等几位“五四”期间大师级的作家均在国家部门担任领导职位。如郭沫若历任全国文联主席、全国人大常委会副委员长等职位，茅盾历任全国文联副主席、文化部部长、作协主席，并任全国政协副主席，巴金担任全国文联常委，继而又任中华人民共和国政务院文化教育委员会委员等职。尽管这些作家在自己的职位上缺乏实际的决策权力，但却是国内外颇具影响力的文化人物。作为国家文艺机构的领导人，他们频繁参与国际上的文化交流活动，以及在国内主持接待外国文化代表团，翻译其作品无疑能进一步提高他们自身及其所代表的中华人民共和国在国际上的威望。

从选译的作品来看，除了郭沫若的《女神》是五四时期的作品，叶圣陶的《稻草人》为20世纪20年代初期的作品外，其余都归属于1928年发端的“三十年代文学”。这一时期的文学因其复杂的社会背景，成为中国现代文学发展的新阶段，其中起着关键作用的是1930年中国共产党在上海指挥成立的“左联”，其在文艺界有组织、有计划地发动大规模的左翼文化运动。这一时期“以‘左联’为核心的左翼小说，由幼稚而进入相对的成熟，形成了革命现实主义的主流”（钱理群等，1987：295）。这一时期外文出版社翻译的《春蚕集》《子夜》和《丰收》，便是左联时期的革命文学代表作，其内容倾向性强烈，无一例外地记录了中国民族革命，以及中国人民在中国共产党的领导下反抗国内外（阶级）敌人的斗争。茅盾加入左联后所创作的《子夜》，通过描写中国民族资产阶级的状况和工人群众的斗争，旨在“证明中国并没有走资本主义发展的道路，中国在帝国主义的压迫下，是更加殖民化了……中国民族资产阶级的前途是非常暗淡的，不，简直是完全无望的”（Mao Dun，1957：6－7）。该小说在1933年初版后，即成为当年的畅销书，并获得左联的高度评价。瞿秋白站在无产阶级文学的立场上，以表现社会、表现革命时代的社会状况为标准，称《子夜》的出版是“中国文艺界的大事件”，《子夜》是“中国第一部写实主义成功的长篇小说”（瞿秋白，1982：71）。在这一时期《子夜》更是被打造成革命文学经典，其中以20世纪50年代出版的现代文学史对其的评价最具代表性。王瑶在《中国新文学史稿（上册）》中，指出《子夜》是“《呐喊》以后最成功的作品”（1954：225）；丁易的《中国现代文学史略》将其视为“革命文学的巨著”（1955：299）；刘绶松的《中国新文学史初稿（上卷）》也认为《子夜》“是继鲁迅《阿Q正传》之后出现的一部杰出的现实主义巨著”（1956：351）。外文出版社选择翻译《子夜》，可以说是不二之选，也可视为这一小说经典化过程的延续。

《春蚕及其他故事》收入茅盾从1932年到1943年创作的《春蚕》（Spring Silkworms）、《秋收》（Autumn Harvest）、《残冬》（Winter Ruin）、《小巫》（Epitome）、《林家铺子》（The Shop of the Lin Family）、《大鼻子的故事》（Big Nose）、《儿子开会去了》（Second Generation）、《赵先生想不通》（The Bewilderment of Mr. Chao）、《一个真正的中国人》（A True Chinese Patriot）、《委屈》（Frustration）、《第一个半天的工作》（First Morning at the Office）、《大泽乡》（Great Marsh District）等13篇故事。这些作品被认为“真实地生动地反映出了三十年代的中国历史社会，特别是第二次革命战争时期中国革命从低潮走向高涨的大转变的十年间国民党统治地区内中国社会的真实面貌，像农村破产、商业萧条、人民觉醒、抗日民族统一战线的提出到发展等都在作者的笔下得到真实的反映”（Mao Dun，1956）。《丰收：故事选》收入叶紫的6篇短篇故事，其中《丰收》（Harvest）以“1927年大革命失败后在全国普遍展开的农民抗租斗争为主题”。其续集《火》（Fire），讲述“抗租运动终于掀起来了，并且由于地主和反动派的武装镇压而演成了‘像爆发了的火山’一样的暴动；暴动胜利后，群众跑去同当时转战在湖南一带的红军汇合了”。《电网外》（Outside the Barbed Wired Entanglement）“通过一个安分、保守、不以青年人参加革命为然的老农民王伯伯在1930年长沙附近红军和白军的战斗中遭遇，画出了红军如何爱护老百姓、白军匪怎样杀人放火的无比鲜明的对照图。这位王伯伯同时也是帝国主义兵舰参加镇压中国人民的目睹者，但最后他也终于放开大步，朝着他的儿子和别的青年们比他早已先到的地方走去”（Yeh Tzu，1960）。从这些作品的选译与英译本序言的内容介绍，我们不难看出外文出版社为中国共产党领导的社会主义革命寻找历史支撑的努力。

除了上述左翼作家的革命文学外，这一时期外文出版社翻译出版的《家》《雷雨》《日出》《倪焕之》等现代文学作品，并不属于革命文学的行列，但却是“三十年代”的现实主义作品。它们在 1949 年至 1966 年期间被定位为主要以描写封建大家族和资产阶级生活的糜烂、没落为主题的进步作品。外文出版社翻译出版这些现实主义文学作品，使其服务于新中国的功用，还能体现在原作作者为自己作品英译本所写的序言上。这些序言大致有一个共同点，即原作作者均强调自己作品所描写的苦难生活已成为过去，从而指引读者关注新中国的巨大变化。如叶圣陶为《倪焕之》英译本写的序言指出：“外国读者如果大略知道我国的现代史实，一定会了解就在我有生以来的六十多年间，我国的变革之大，之快，是史无前例的。就今天来说，半封建半殖民地的古国已经变成朝气蓬勃的社会主义共和国，六万万人已经组成一个坚强无比的集体，发挥出来的巨大力量令人难以置信，好比原子核被击破了的时候”（Yeh Sheng-tao，1958）；英译本《稻草人：叶圣陶童话选》的序言中指出，“……写《鸟言兽语》的是在墨索里尼发动战争侵略阿比西尼亚的时候。写《火车头的经历》是在日本帝国主义侵略我们中国，我们中国人民谁都要起来抵抗，可是反动的国民党政府不许人民起来抵抗的时候。对于可敬的外国读者，这样点明一下就够了，不需要旁的说明。但是还有必须特别说明的，我在童话里所写的我国的现实，到一九四九年，在全国范围内开始改变了。伟大的中国共产党领导全国人民进行深刻的革命，跟不合理的制度斗争，跟严酷无情的自然斗争，到现在才只有十年工夫，我国的面貌已经跟从前截然不同”（Yeh Sheng-tao，1961）。曹禺在英译本《雷雨》的序言中指出，“这个戏原是我在二十三年前写的，它的生命还能留在现在，这是我意想不到的事情。二十年前看过这个戏的朋友又看了今天的演出以后，他告诉我：‘这次看《雷雨》，使我忽然觉得我们过去所生活的社会原来是那样的黑暗。当初我看到它的时候，分明觉得那里面所描写的生活对我是很熟悉、很平常的。但是今天，我却觉得这段生活离我那么远，简直已是隔世了。’原来《雷雨》是一个描写当时现实的剧本。如今苦痛的时代已经过去，这个戏仅存留下它的历史的现实意义。每想到这一点，我的心上便不由得浮起一种快乐兴奋的感情，因为我写《雷雨》的时候最深切的愿望，今天已经实现了”[30]（Cao Yu，1958）。这些由作者所写的引导目标语读者阅读译本时抛开“黑暗”、充满“苦痛”的旧中国、放眼“截然不同”的新中国的序言，一方面折射出中华人民共和国成立后现代作家热切向往并服务于新中国的心态，另一方面也说明了其作品在新中国的现实意义，即作为反映“黑暗旧中国”的史料，以凸显光明的新中国。

第四节 当代文学作品的英译

1949年至1966年对外文学翻译的重点是当代文学作品。1942年5月毛泽东发表《在延安文艺座谈会上的讲话》，确定了“工农兵”这一“文艺新方向”，并在延安解放区内实践这一新的文艺方针。随着新中国建立后文学一体化的推进，延安文学所代表的“工农兵”方向，被确定为“十七年”文学的方向（洪子诚，2008：26）。在国家意识形态的规约下，以反映抗日战争、解放战争，歌颂新生政权，描写延安时期和中华人民共和国成立后的农村改革、农村新风貌，以及以描写工业生产和工人为主的创作蓬勃发展，构成了国家文学的主要内容。外文出版社对当代文学作品的选译，比较充分地反映出当代文学的面貌和发展，借以展现新中国社会主义改革和建设。也正是在这一意义上，相对于英译古典和现代作品，英译当代文学作品更为直接、更为紧密地与新中国形象塑造、新生多民族国家建构联系在一起。

一、革命战争题材作品的英译

当代英译文学作品中最引人注目的，是一大批革命战争题材作品，如反映第二次国内革命战争的长篇小说有高云览的《小城春秋》（*Annals of a*

Provincial Town, 1959)、梁斌的《红旗谱》(*Keep the Red Flag Flying*, 1961)、杨沫的《青春之歌》(*The Song of Youth*, 1964),短篇小说有王愿坚的《党费》(Membership Dues, 1957)、《七根火柴》(Seven Matches, 1961)和《三人行》(Three Men on the March, 1961),陈其通的话剧《万水千山》(*The Long March*, 1956)等;反映抗日战争的长篇小说有徐光耀的《平原烈火》(*The Plains are Ablaze*, 1955),袁静、孔厥的《新儿女英雄传》(*Daughters and Sons*, 1958),刘知侠的《铁道游击队》(*The Railway Guerrillas*, 1966),以及胡可的话剧《在战斗里成长》(*Steeled in Battles*, 1955)等;反映解放战争的中长篇小说有柳青的《铜墙铁壁》(*Wall of Bronze*, 1954)、刘白羽的《火光在前》(*Flames Ahead*, 1954)、陈登科的《活人塘》(*Living Hell*, 1955)、杜鹏程的《保卫延安》(*Defend Yenan*, 1958)、吴强的《红日》(*Red Sun*, 1961)、马加的《开不败的花朵》(*Unfading Flowers*, 1961)、曲波的《林海雪原》(*Tracks in the Snowy Forest*, 1962),短篇小说有刘白羽的《无敌三勇士》(Three Invincible Fighters, 1953)、《政治委员》(The Political Commissar, 1953)和《战火纷飞》(Raging Fires of Battle, 1953),峻青的《黎明的河边》(Dawn on the River, 1957)以及茹志鹃的《百合花》(Lilies, 1960)等。

革命战争题材作品成为对外翻译的主要对象,最重要的原因是它们承载着这一时期国家意识形态的期望和寄托。1949年后,“新生的政权理所当然地要求文学为政治服务,要求作家们用中国共产党的历史观点来反映中共现代战争史,并通过艺术形象向读者宣传、普及有关新政权从形成到建立的历史知识”(陈思和,1999:55)。早在1949年7月中华人民共和国即将成立之际召开的全国第一次文代会上,当时文坛的主要领导人之一的周扬就首先高度地肯定了那些反映中华人民共和国成立前抗日战争和人民解放战争的成功的作品,并大力倡导作家创作表现解放战争和抗日战争的作品。[31]在此后的第二次、第三次文代会中,革命战争题材作品亦得到周扬与主流文艺界的极力推崇。在官方的积极倡导下,大量革命战争题材的作品应运而生,成为20世纪五六十年代中国文学创作的主流之一,这些作品在对外文学输出中自然也就成为首选。

如贝林顿(Geoffrey Bennington)所言,“在民族国家的核心处,我们无疑可以找到一堆叙事：这些叙事包括民族国家起源的故事、建国先祖的神话，以及民族国家英雄的谱系”[32]（1990：121），革命战争小说的繁荣与备受关注，与中国新生政权对自身历史的叙述的迫切需要密切相关。革命战争小说的战争题材，如抗日战争和三次国内革命战争，在民族独立和新中国建立的过程中发挥了重要作用，而作为战争领导者的中国共产党，以正义与道义的一方，更是完成了从成立到发展再到夺取政权的宏大叙事。换言之，这些革命战争小说的叙事动机，一方面是要通过再现历史来表现历史主体的丰功伟绩，另一方面是“以对历史‘本质’的规范性叙述，为新的社会、新的政权的合法性、真理性作出证明，以具象的方式，推动对历史的既定叙述的合法化”（洪子诚，2008：157）。对外翻译这些革命题材作品的目的，则在于向外阐明和展现由中国共产党领导的新中国政权的由来，以确立共和国政府在国际社会，尤其在与其对立的英美世界中的合法地位。对于这一点，原作作者为其作品的译本所撰写的序言中有充分体现。如《红日》英译本由作者梁斌撰写的序言中，便提到自己对国外读者的期望：“如果《红日》的外国读者们，能够从《红日》一书对十年前的中国人民解放战争有所了解，并能意识到今天人民中国的光辉气象从何而来，并且多么来之不易，我将感到极大的快慰”（Wu Chiang，1961）。《红旗谱》英译本的序言也有类似表述：“《红旗谱》这部小说描写了过去三十年中国农民的生活和斗争。由于自己的政治与文学修养都还不够，这部小说难免存在不少缺点，但亲爱的国外读者们如能在这部书里对中国革命的长期性和艰巨性有所体会，也正是这种长期性与艰巨性使得中国人民成功地向建设社会主义的道路迈进。如果有读者的情况与书中主人翁们有部分际遇相似，从而在这书中得到鼓舞和启示，那么我将感到万分的欣慰”（Liang Bin，1961）。《青春之歌》中杨沫为英译本所写的序言也提到：“如果国外的朋友们能够从这本小说中了解一点中国革命的胜利是怎样得来的；了解一点中国人民——尤其是中国青年曾经怎样前仆后继地斗争过，那么我就非常高兴、非常感激了”（Yang Mo，1964：2）。[33]从这些序言中，我们可以清楚地看到革命战争题材作品外译所担负的政治功能。

除“虚构的”文学作品外，这一时期外文出版社还翻译出版了20部纪实性的革命回忆录和英雄模范人物传记，如魏巍等的《胜利追赶着时间——

抗美援朝故事选》(*Racing towards Victory: Stories from the Korean Front*, 1954),梁星的《刘胡兰小传》(*Liu Hu-lan: Story of a Girl Revolutionary*, 1953),吴运铎的《把一切献给党》(*Son of the Working Class: The Autobiography of Wu Yun-to*, 1956),柯兰、赵自的《破晓之前》(*Before the Dawn*, 1958),杨成武等的《长征的故事》(*Stories of the Long March*, 1958),陈昌奉的《跟随毛主席长征》(*On the Long March with Chairman Mao*, 1959),李天佑的《抗日战争的故事》(*Saga of Resistance to Japanese Invasion*, 1959),左林的《董存瑞的故事》(*Tung Tsun-Jui: The Making of a Hero*, 1959)以及《中国人民志愿军英雄传》(*Stories of the Chinese People's Volunteers*, 1960)等。这些作品与革命战争题材的作品一起,"以具象手段,来确立现代中国历史的权威叙述"(洪子诚,2008:234)。《抗美援朝故事选》的编辑意图是"想通过文艺作品中英雄人物和事迹,来说明朝鲜战争(笔者按:抗美援朝战争)的性质,说明中国人民志愿军高度的爱国主义与国际主义精神,说明他们取得胜利的原因"(图书编辑部,1954:5)。同时,"纪实体"的革命回忆录和人物传记,又有着"虚构"创作"难以替代的直接性"(洪子诚,2008:234),成为向外展现中国共产党革命历程的最直接的方式。这一点能充分体现在该类作品译作的副文本上。革命回忆录和人物传记译作的封面大都带有"革命"寓意的红色,译本内附地图和照片等纪实性资料。如陈昌奉的《跟随毛主席长征》英译本为精装红绸布封面,封二附有标识中国红军长征路线的地图;《民族的怒吼——"一二·九"学生运动回忆》英译本则附上1935年12月9日、16日北京大中学生抗日救国示威游行的数张照片;《刘胡兰小传》英译本封面是红色背景上屹立着紧握拳头、昂然挺立、目光坚定的刘胡兰的石像;《董存瑞的故事》英译本亦是红色封面,中央为高举炸药包、视死如归的董存瑞的画像。这些副文本的信息很好地彰显出革命回忆录和革命英雄人物传记作品的主题以及特点,真实地展现出中国的革命历史。

二、农村题材作品的英译

如果说革命战争题材作品的翻译是为新中国谋求历史合法地位的话,那么翻译农村题材作品，则旨在阐释新中国现实的合理性，展现中国的农村政策，如土地改革运动（以下简称“土改运动”）和合作化运动，及其影响下的社会主义农村的新风貌和作为社会主义新人的农民形象。

这一时期首先对外翻译的农村题材作品是反映解放战争时期解放区农村土改运动的作品，如丁玲的《太阳照在桑干河上》（*The Sun Shines Over The Sankan River*，1954）、周立波的《暴风骤雨》（*The Hurricane*，1955），反映解放区农村农民斗争和生活的赵树理作品集《李有才板话及其他故事》（*Rhymes of Li Yu-tsai* and *Other Stories*，1954）、《李家庄的变迁》（*Changes In Li Village*，1953）和《登记》（*Registration*，1954），以及解放区时期集体创作，如贺敬之、丁毅等执笔的歌剧《白毛女》（*The White-haired Girl*，1954）等。这些作品均为20世纪40年代解放区内实践毛泽东《在延安文艺座谈会上的讲话》精神的重要代表作。其中《太阳照在桑干河上》《白毛女》和《暴风骤雨》这三部作品，于1952年分别获1951年度苏联“斯大林文学奖”二、三等奖，广泛流传于社会主义阵营国家和东欧人民民主国家[34]，而把这些被公认为社会主义文学的代表作翻译成英文，对在英语世界树立新中国乃至社会主义国家的文学形象的重要性不言而喻。作家赵树理早在20世纪40年代的解放区乃至全中国内享有盛誉[35]，其作品更是被推崇为发挥“旗帜”作用的“赵树理方向”（转引自洪子诚，2008：146），因而这一时期赵树理的作品是作为“毛泽东文艺思想在创作实践的一个胜利”（Chou Yang，1954：155；周扬，1984a：498）被介绍、翻译出去的。这些解放区的农村题材作品一致展现了中国农民在共产党领导下实现了翻身做主人的生活。

此外，反映农村合作社运动（包括“大跃进”运动和人民公社运动）的小说是这一时期农村题材作品英译的重点，主要包括中长篇小说，如欧阳山的《高干大》（*Uncle Kao*，1957）和《前程似锦》（*The Bright Future*，1958）、赵树理的《三里湾》（*Sanliwan*，1957）、刘澍德的《桥》（*We Crossed the Bridge Together*，1963）、柳青的《创业史》（*The Builders*，1964）、周立波的《山乡巨变》（*Great Changes in a Mountain Village*，1961），短篇小说有秦兆阳的《农村散记》（*Village Sketches*，1957）、马烽的《三年早知道》（*I Knew All Along*，1961）、王汶石的短篇故事集《风雪之夜》（*The Night of the Snowstorm*, 1961)、李准的故事集《不能走那条路及其他故事》(*Not That Road and Other Stories*, 1962)、康濯的故事集《太阳初升的时候》(*When the Sun Comes up*, 1961),以及明显带有“大跃进”运动的“浮夸风”特征的诗歌集《红旗歌谣》(*Songs of the Red Flag*, 1961)等。这些作品无不围绕着农村合作化过程中的冲突展开,以证明农村合作化运动的合理性和正确性。如赵树理的《三里湾》描写了农村合作社在解放生产力、增加农民集体财富方面的优越性,以说明合作化的历史潮流无法阻挡。李准的短篇故事《不能走那条路》描写分得土地的“翻身农民”出现的“两极分化”,以证明当时开展的集体化运动是唯一正确的道路(洪子诚,2008:138)。康濯的故事集《太阳初升的时候》收入了作者所创作的 6 篇作品,“从各方面反映了农业互助合作运动和人民公社化时期中国地方农村所经历的巨大变化,特别是农民生活情况和精神面貌的巨大变化”,旨在“歌颂党对农民的领导和关怀;歌颂那些辛勤劳动,关心集体利益、热心为群众服务的社会主义新人。同时,也批判个别农民,在农业合作社运动中所表现的自私自利和保守的资本主义倾向,并欢欣鼓舞地描写他们的进步”(Kang Cho, 1961)。此外,故事集的标题和封面设计寓意丰富,“‘太阳初升的时候’被选为标题,并不是因为这个故事有什么特殊的意义,而是因为中国 5 亿农民已经走上了合作化的道路,并在人民公社过上了幸福的生活。作为标题,‘太阳初升的时候’代表了中国农村的新阶段和将来的美好图景”(Kang Cho, 1961)。该故事集的封面设计,即一片绿油油的田地上冉冉升起了黎明的太阳,亦很好地象征着中国农村一派欣欣向荣的景象。

三、工业题材作品的英译

1949 年至 1966 年对外翻译的反映中国工业建设的文学作品主要有艾芜的长篇小说《百炼成钢》(*Steeled and Tempered*, 1961)及短篇小说《新的家》(*A New Home*, 1955)和《夜归》(*Homeward Journey*, 1957)、周而复的长篇小说《上海的早晨》(*Morning in Shanghai*, 1962)、杜鹏程的中篇小说《在和平的日子里》(*In Days of Peace*, 1962)、李季的诗歌《玉门诗抄》

(*Songs from the Yumen Oilfields*, 1954)、夏衍的话剧《考验》 (*The Test*, 1956)、崔德志等的话剧《纱厂的星期六下午》 (*Saturday Afternoon at the Mill*, 1957) 等。这些作品多以描写工人的劳动、生活和工厂、矿山建设工地的矛盾斗争为主，展现作为领导阶级的工人的崇高品质，其中《百炼成钢》以中华人民共和国成立之初国民经济恢复时期的社会为背景，描写了某钢铁厂九号平炉三位炉长之间的关系，塑造了以秦德贵为代表的第一代工人的形象，歌颂其劳动热情和公而忘私的高贵品质。

值得注意的是，这一时期外文出版社还翻译了一些工人作家的作品，主要以短篇小说为主，如唐克新的《车间里的春天》(Spring in the Workshop, 1957)、南丁的《检验工叶英》(Not Up to Standard, 1957) 和胡万春的专集《特殊性格的人》(*Man of a Special Cut*, 1963) 等。“工人作家”是这一时期较为特殊的称谓，特指从工人队伍中涌现出来的业余作者。这些工人作家大多是在中华人民共和国成立初期开展的“工人写”“写工人”的工人文艺运动中培养出来的，他们经过文化学习掌握了写作的基本技能，成为通讯报道或文娱活动的积极分子，尔后逐渐步入文学创作领域（李迎春，2006：58－66)。在二十世纪五六十年代，工人作家的创作被认为是新中国文学中新生力量成长的标志，是工人阶级在政治上和文化上翻身的证明，因此工人作家的创作一直受到格外重视和精心呵护。对外翻译工人作家的作品，可达到一个重要的目的，即大力宣传工人阶级不仅在政治上成了主人，而且还在文艺创作中发挥了重要作用。工人作家胡万春作品的英文专集《特殊性格的人》是其中一个典型例子。外文出版社为胡万春这位工人阶级出身的作家出作品译文选集，具有双重目的。一方面，在英文序言里，编者极为详尽地介绍了中华人民共和国（党）对这位只受了4年教育的工人的大力培养、其个人经历和文学创作，向外传达中华人民共和国的工人阶级不仅成为国家主人翁，而且还能接受良好的教育，继而成为作家的重要信息；另一方面，我们也留意到，这一小说集收入的均为胡万春1955年参加中国共产党全国重工业联合会的干部学习后所写的作品。这些短篇小说出自这位钢铁工人出身的作家之手，描写中国钢铁工业的建设和工人的生活，给读者一种真实感。编者借这一本短篇小说集，期待读者能“看到工人阶级崇高的品质、他们建设社会主义社会的无私的英雄主义精神，以及工人阶级崇高的生活”（Hu Wan-chun, 1963：V）。该小说集塑造的钢铁工人的正面形象，还借用视觉手段得到了强化。小说集封面以特写的镜头，描绘了一名钢铁工人身穿工作服，手执扳手，眼神坚定地望着前方，与该小说集所要表现的工人的高大形象互相呼应。

四、其他作品的英译

除了以上三大题材的作品外，1949 年至 1966 年外文出版社还翻译了一批儿童文学作品，主要集中在两大题材：一是革命战争题材，二是少先队校园内外生活题材。加强革命传统教育，表现英雄主义、集体主义、理想主义、爱国主义是这两类作品的关注点。前者包括：王路遥等的《小星星及其他故事》（*Little Star and Other Stories*, 1958）、袁静的《小黑马的故事》（*The Story of Little Black Horse*, 1959）、杨朔的《雪花飘飘》（*Snowflakes*, 1961）和徐光耀的《小兵张嘎》（*Little Soldier Chang Ka*, 1964）。后者有萧平的《海滨的孩子》（*At the Seaside*, 1957），张天翼的《大林和小林》（*Big Lin and Little Lin*, 1958）、《宝葫芦的秘密》（*The Magic Gourd* , 1959）和《大灰狼》（*The Big Grey Wolf: A Play for Children*, 1961），胡奇的《五彩路》（*The Rainbow Road*, 1959），严文井的《唐小西在“下一次开船港”》（*Next-Time Port*, 1958），邱勋的《微山湖上》（*On Weishan Lake*, 1962）等。外文出版社翻译出版这些儿童文学作品，期望“国外的小朋友对中国的小朋友有更深更好的了解”（Wang Lu-yao et al.,1958）。

此外，这一时期外文出版社还翻译出版了一些具有地方特色的传统戏曲，如京剧《打渔杀家》（*The Fisherman's Revenge*, 1956）和《白蛇传》（*The White Snake: A Peking Opera*, 1957）、川剧《柳荫记》（*Love under the Willows: Liang Shan-po and Chu Ying-tai*, 1956）、昆剧《十五贯》（*Fifteen Strings of Cash: A Kunchu Opera*, 1957）、评剧《秦香莲》（*The Forsaken Wife: A Chinese Folklore*, 1958）和粤剧《搜书院》（*The Runaway Maid: A Cantonese Opera*, 1958）。这些剧作均是 1949 年至 1957 年对传统戏曲进行改造的“旧剧改革”运动的产物，集中体现了 1949 年至 1966 年期间文艺为政治服务的

文艺观，具有浓厚的配合政治的色彩。其中《十五贯》的改造是最为典型的例子。1955 年初掀起批判胡风的运动，6 月由此又引发旨在肃清暗藏在党政机关内部的反革命分子的政治运动（简称“肃反运动”）。在“肃反”后期，毛泽东提出“不能搞主观主义”的定案原则（张舟子，2007：5）。《十五贯》的改造应运而生，而改造的一个重点，便是“突出了原著中反对主观主义与不关心人民生命的官僚统治的主题思想”（Chang Keng，1957：6）。通过翻译这些戏曲，外文出版社期望展示中国政府在“百花齐放”的方针下大力整理和改造传统戏曲的成果，以及中国悠久的传统戏曲文化。

除了整理和改造传统戏曲外，中国政府还挖掘、整理和出版少数民族文学和民间文学，以促进民族团结。而外文出版社通过翻译出版少数民族文学作品，旨在向外说明“所有的少数民族人民是新中国这一大家庭的平等成员，而他们的民族文化也得到尊重与欣赏”（the Yunnan People's Cultural Troupe，1957）。在这一方面，外文出版社翻译出版的有蒙古族剧作家超克图纳仁的《金鹰》（*Golden Eagle: A Four-act Historical Drama*，1961），该剧本表现了蒙古族人民反抗暴力统治和斗争的不屈意志；彝族作家李乔的《醒了的土地》（*Awakened Land*，1962），描写金沙江沿岸的彝族人民克服历史遗留下来的民族隔阂，为改变千百年来被贫困和落后统治着的山区而艰苦斗争的故事；云南彝族撒尼人的民间叙事长诗《阿诗玛》（*Ashma*，1957）、傣族叙事长诗《朗琼布》（*Not A Dog: An Ancient Tai Ballad*，1962），以及六集《民间故事集》（*Folk Tales from China*，1957，1958，1960，1965），内收藏、彝、苗、壮等少数民族文学，译本内均附有民族色彩浓厚的插图。这些少数民族的民间文学的翻译作品对展现新中国多民族大统一的形象无疑具有很好的宣传作用。

“构成民族国家本质内容的，是国家的统一性和国家文化的同构型”（王联，2002：234）。这一时期外文出版社出版的英译中国文学作品，在选题、主题和诗学方面塑造了一个多民族国家高度同质化的国家文学形象，并借此建构出一个统一的、合法化的多民族国家形象。在这一多民族国家形象建构过程中，国家意识形态及其规约下的社会主义现实主义诗学始终发挥着关键的作用。在翻译中国古典文学方面，现实主义的作品，尤其现实主义小说作品是翻译的重点。在现代文学作品方面，左翼革命文学是翻译的重点。现代文学作品的英译版图中，鲁迅作品，尤其是其杂文作品占据着重要的地位，塑造了鲁迅作为一个连接民主革命和社会主义革命的“革命家”形象。英译古典文学作品与现代文学作品，充分体现了官方对新生多民族国家的“传统”的重塑和打造。最为重要的是当代文学作品的翻译。当代文学作品不仅在英译数量上占有绝对的优势，而且为了塑造新生的多民族国家形象，其在多民族国家建构中充当极为关键的角色，其中革命战争题材小说和农村题材小说的英译发挥的作用尤为突出，展示出“新中国”合法的革命历史以及合理的社会现实。总而言之，1949 年至 1966 年期间外文出版社出版的英译中国古典、现代和当代文学作品，经过国家意识形态与社会主义现实主义诗学的选择、重新组合以及重新诠释，完成了新生多民族国家从其“过去”走向“现在”的官方叙述与建构。

【注释】

①当然，并不是说重印（再版）或重译现象并不重要，如在皮姆看来，旧译本的再版通常会巩固该译本的正确性（validity），而重译则代表对原译正确性的强烈质疑。参见 Pym，Anthony. *Method In Translation History* (Manchester，UK：St. Jerome Publishing，1998a)，第 83 页。而对于源语社会组织的翻译而言，旧译作的重印（再版）或重译标志着原作者及其作品、作品译作在源语社会享有相对稳定的地位，如鲁迅作品的译作就在这一时期重版过好几次，详见下文分析。

②1979 年 6 月《关于进一步开展新世界出版社工作的建议（要点）》中提到新世界出版社在 1966 年以前就“曾出版过相当数量外国人写的书。‘新世界’的工作实际上是外文出版社同志兼做的，当时考虑这些书的作者是外国人，不宜于用外文出版社的名义出版，改用‘新世界’比较合适”。该文件就恢复和加强“新世界”的工作，提出一系列建议。见周东元、亓文公(编)：《中国外文局五十年史料选编（1）》，1999：464 - 465。

③这一资料的统计数字由笔者查阅香港各高校图书馆，尤其是香港浸会大学图书馆的藏书，以及北京国家图书馆的藏书所得。此外，还参考了外文出版社的内部资料《外文图书出版社文艺书出版情况（当代文学）》与《外

文出版社编译出版的中国文学作品目录（1952—1978）》，以及前人所编的《当代中国长篇和短篇小说（1949—1974）》《当代中国小说英译及评论目录》《当代中国小说：研究和鉴赏指南》。

④此时，外文出版社旗下的期刊也开始“大跃进”。1959 年，《中国文学》就由双月刊改为月刊，并筹备出版法文和阿拉伯文版，1964 年出版法文版，但阿拉伯文版一直未能出版。此外，1959 年《人民画报》由月刊改为半月刊。《北京周报》的篇幅增加和报道面扩大。

⑤1961 年 6 月，中央宣传部在北京召开全国文艺工作座谈会，根据周恩来提出的认真总结经验，研究文艺规律的要求，讨论《关于当前文学艺术工作的意见》一文的草案（即“文艺十条”），与会者联系实际进行了认真研讨。8 月下旬，又将此文发各地征求意见。在听取各方面意见后，于 1962 年 4 月由中宣部修改为《关于当前文学艺术工作若干问题的意见（草案）》（简称“文艺八条”），经周恩来审阅定稿，由文化部党组、全国文联党组下发各地文化艺术单位执行，端正了文艺指导思想，努力将文学纳入正常的轨道。具体内容是：一、进一步贯彻执行“百花齐放、百家争鸣”的方针；二、努力提高创作质量；三、批判地继承民族文化遗产和吸收外国文化；四、正确开展各种文艺批评；五、保证创作时间，注意劳逸结合；六、培养优秀人才，奖励优秀人才；七、加强团结，继续改造；八、改进领导方法与领导作风。这个文件是为纠正“左”的错误而制订的，它总结了经验教训，反映了社会主义文艺的发展规律，对繁荣和发展社会主义文艺起了重要的指导作用。参见陈顺馨：《1962：夹缝中的生存》（济南：山东教育出版社，2002），第 13 – 18 页。

⑥1962 年秋，毛泽东提出“千万不要忘记阶级斗争”的口号，随后的一年，中国在思想文化界开展了广泛的（涉及哲学、经济学、史学、文学艺术等）批判运动。1963 年和 1964 年，毛泽东就 50 年代以来的文艺状况作出了两次影响深刻的“批示”。一是 1963 年 12 月 12 日在中宣部编印的《文艺情况汇报》上作的批示，即关于艺术工作方面存在的问题给彭真、刘仁的批示，毛泽东认为“戏剧、曲艺、音乐、美术、舞蹈、电影、诗和文学”等各种艺术形式“问题不少，人数很多，社会主义改造在许多部门中，至今收效甚微，许多部门至今还是‘死人’统治着”，“许多共产党人热心提倡封建

主义和资本主义艺术却不热心提倡社会主义的艺术”。二是在1964年6月27日对中宣部编印的《关于全国文联和各协会整风情况的报告（草案)》作的批示。在这一批示中毛泽东批评全国文联和各协会，以及“他们所掌握的刊物的大多数”，“15年来基本上（不是一切人）不执行党的政策，做官当老爷，不去接近工农兵，不去反映社会主义革命和建设。最近几年，竟然跌到了修正主义的边缘。如不认真改造，势必在将来某一天，要变成像匈牙利裴多菲俱乐部那样的团体”。见谢冕、洪子诚：《中国当代文学史料选：1949—1975》（北京：北京大学出版社，1995），第599 - 600页。另外，1967年由首都红代会中国人民大学三红文学兵团、人民文学出版社《文艺战鼓》编辑部合编的《60部小说毒在哪里?》，列举了60部当代“毒草”小说，其中包括了大部分50年代创作的经典之作，如《保卫延安》《青春之歌》《小城春秋》《红旗谱》《太阳照在桑干河上》《红日》《暴风骤雨》《三里湾》《李双双小传》《山乡巨变》等。

⑦对于中国现、当代文学的划分问题，近年来有较多争议。但按目前最为通行的划分方式，“现代文学”指的是“五四”新文化运动前后到20世纪40年代末期的文学，而“当代文学”则指的是20世纪50年代以后的文学。但由于以解放区文学为代表的左翼文学的创作直接受毛泽东1942年5月《在延安文艺座谈会上的讲话》的影响，与之后的“十七年”文学联系紧密，是“‘当代文学’的构成的最主要资源”（洪子诚，1998：44)；此外，在文学制度方面，“不得不承认，延安文学创建了现代中国文学的新秩序，并成为当代文学构造的雏形。它对新文学进行了重新设计，制定了新的文学政策，整合文化队伍，创办非同人化的文学社团，出版文学刊物，改造作家思想，提升文学批评的政治功能等，这一切都或多或少地延续到了1949年以后中国文学制度的生成。”（王本朝，2007：1）也就是说，新中国的文学在一个比较长的历史时段里是延安文艺的延续（陈思和，1985)。因此，有学者认为现代文学和当代文学的界限不应是1949年中华人民共和国的成立，而是1942年延安文艺座谈会的召开（陈晓明，2009：5；樊星，2010：1)。本书同意这一观点。而事实上，在1949年至1966年期间外文出版社翻译出版的七集《新中国短篇小说集》，亦把解放区文学作品和1949年后所创作的

作品视为一个整体，即“新中国”的作品。限于本书考察的时间范围，本书所指的当代文学包括1942年《在延安文艺座谈会上的讲话》影响下的延安文学和“十七年”文学。

⑧《中国文学》也以译载当代文学作品为主。事实上，有关《中国文学》上古典、现代和当代文学的译载比例是有明确规定的。1957年《中国文学》编辑部计划1958年《中国文学》上的当代作品约占50%；古典、“五四”以来的现代作品占20%~25%；论文、文艺述评、文艺动态、新书报道占20%~25%。1959年对外文委副主任张致祥向《中国文学》提出指示，当代作品应占40%~50%，“五四”、古典作品占30%~35%（其中“五四”作品又略多），文艺评论和报道占20%左右。1963年7月，《中国文学》编辑部又提出当代作品占31%，“五四”时期作品占25%，古典占15%，文艺评论占25%（戴延年等，1999：75，93，165）。

⑨《中国文学》亦有这一趋势，1965年起《中国文学》停止译载“五四”以来的现代文学作品。

⑩据外文出版社内部资料《文艺编辑室一九六四年工作总结》，文艺编辑室1964年的选题计划中，古典和现代文学作品的选题较多，经国务院外事办公室批示，编辑部大量压缩了这两部分文学作品的选题，并从1965年起不再刊发古典和“五四”作品的新选题，增加反映现实斗争、配合当时国际阶级斗争的选题，非文学类作品，如“反修”文件数量等大幅度增加。

⑪中宣部副部长林默涵在1962年3月对《中国文学》的意见，指出翻译古典和现代文学作品，是“吸引他们（国外读者），使他们看到当代文学”（戴延年等，1999：141；周东元、亓文公，1999：215）。

⑫当然，最能体现这两种思想的是1966—1976年时期鲁迅作品译作的翻印和古典文学的翻译。鲁迅一直被视为斗争和批评意识最强的作家，在“破旧立新”的1966—1976年期间，更是如此。因此这一时期，鲁迅几乎是唯一继续享有“合法”地位的“30年代”作家，其作品的译作自然得到大量的出版。古典文学方面，为向外界传递“批林批孔”和“评法批儒”运动的信息，一批被定位为“法家”的古代文人如曹操、刘禹锡、李贺、柳宗元、王安石和陈亮等人的作品先后在《中国文学》登载。参见马士奎：《中

国当代文学翻译研究（1966—1976)》(北京：中央民族大学出版社，2007)，第 188 –190 页。

⑬在内部资料《外文图书出版社文艺书出版情况（当代文学)》中，我们发现，当代文学作品出版的时间和外文出版社图书编辑部的中文发稿时间几近同步或者相差甚小。

⑭1957 年图书选题方针是："选材范围，务求广泛。适当注意民间文学和少数民族文学、专门论著、人物传记、游记、书简、日记、鼓词、地方剧等各种文学形式，以表现我国文学的多彩多姿。"参见外文出版社内部资料《1957 年外文出版社的图书选题方针》。

⑮"社会主义现实主义"在中国的传播、接受和转化，可参见陈顺馨的著作《社会主义现实主义理论在中国的接受与转化》，安徽教育出版社，2000 年。

⑯ 在中华人民共和国成立后相当长的一段时间里，文学的内容或者题材是一个极其重要的"原则的问题"，对"当代文学"更是如此，因为其"直接参与了对于'革命历史'的建构，也作为现实秩序的合理性和真理性的证明"(洪子诚，1998：46)。分析外文出版社出版的英译作品的题材由此显得十分必要和重要了。

⑰其他三位分别是波兰的天文学家尼古劳斯·哥白尼、法国的文学家弗朗沙·拉伯雷、古巴的作家和民族运动领袖何塞·马蒂（吴荣勤，1953)。

⑱1957 年制订的《外文出版社古典文学选题长期计划》中附有这样的说明："系统地编译、出版古典文学作品，向全世界发行，同时也能无可辩驳地证明：只有新中国是最珍视自己的民族文化遗产的。"

⑲1958 年 11 月《外文出版社中国古典文学文库 (50 种书目)》(内部资料）中，附有说明："中国古典文学名著是为世界读者所喜爱与重视的，这一事实从国外读者对我社已出版的古典文学译本的来信，国外报刊的译介和国外转译的情况中，可以得到证明。随着我国国际地位的不断提高，随着世界人士研究中国的兴趣的日益增长，系统地出版一套'中国古典文学文库'不但符合客观需要，有利于促进各国人民对我国人民的了解，同时也有力地说明了中国共产党一贯尊重民族文化传统的政策。"

⑳详见黄鸣奋：《英语世界中国古典文学之传播》，上海：学林出版社，1997。

㉑1957 年《中国文学》编辑计划中重申了三条方针，其中第三条为“介绍我国整理文学遗产的成果，使国外读者重新认识中国的文化传统”（戴延年等，1999：65）。

㉒有关这一方面的研究，可参见陈改玲的著作《重建新文学史秩序：1950—1957 年现代作家选集的出版研究》。

㉓1963 年 3 月外文出版社制订的《关于我国优秀现代文学作品出版规划（草案）》中表明，出版目的便是“通过现代文学作品的介绍，启发殖民地人民的民主革命思想，进一步促进我国和各国人民之间的友好和文化交流。”

㉔除了毛泽东，周恩来在 1941 年 11 月 16 日郭沫若的五十寿辰上，曾称鲁迅是从旧民主主义革命到新民主主义革命这个“过渡时代的伟大桥梁”，是“将没有路的路开辟出来的先锋”。参见《新华日报》1941 年 11 月 16 日。

㉕其实除了中国，毛泽东这些观点也是 20 世纪 60 年代之前社会主义国家评价鲁迅及其作品的指南。（伊琳·艾勃，1993：410 –448）

㉖即便到了 20 世纪 90 年代，由美国译者威廉·莱尔（William A. Lyell）翻译的鲁迅作品 *Diary of a Madman and Other Stories*，也只翻译了鲁迅的小说作品。

㉗其中以创造社的郭沫若最为激烈。郭沫若以笔名“杜荃”在 1928 年的《创造月刊》二卷一期中的一篇题为《文艺战线上的封建余孽——批评鲁迅的〈我的态度气量和年纪〉》的文章中，骂鲁迅为“封建余孽”“法西斯蒂”“二重性的反革命”。具体参见中国社会科学院文学研究所现代文学研究室编的《“革命文学”论争资料选编》（北京：人民文学出版社，1981），第 578 –579 页。

㉘夏志清在《中国现代小说史》中说：“《故事新编》的浅薄与零乱，显示出一个杰出的小说家可悲的没落”（夏志清，1979：40）。然而，普实克却给予了极其高的评价，认为“鲁迅的作品是一种极为杰出的典范，说明现代美学准则如何丰富了本国文学的传统原则，并产生了一种新的结合体。这种手法在鲁迅以其新的现代手段处理历史题材的《故事新编》中反映出来。他以冷嘲热讽的幽默笔调剥去了历史人物的传统荣誉，扯掉了浪漫主义历史

观加在他们头上的光圈，使他们脚踏实地回到了今天的世界上来。他把事实放在与之不相称的时代背景中去，使之脱离原来的历史环境，以便从新的角度来观察他们。以这种手法写成的历史小说，使鲁迅成为现代世界文学上这一流派的一位大师”(1979：572)。

㉙这一中文序言由外文出版社前中文编辑室负责人廖旭和先生提供。

㉚本小节所引述的译作的中文序言由廖旭和先生提供。

㉛在这次会议上，周扬发表题为“新的人民的文艺”的讲话，提到“革命战争快要结束，反映人民解放战争，甚至反映抗日战争，是否已成为过去，不再需要了呢？不，时代的步子走得太快了，它已远远走在我们前头了，我们必须追上去。假如说，在全国战争正在剧烈进行的时候，有资格记录这个伟大战争场面的作者，今天也许还在火线战斗，他还顾不上写，那么，现在正是时候了，全中国人民迫切地希望看到描写这个战争的第一部、第二部以至许多部的伟大作品！它们将要不但写出指导员的勇敢，而且还要写出他们的智慧、他们的战术思想，要写出毛主席的军事思想如何在人民军队中贯彻，这将成为中国人民解放斗争历史的最有价值的艺术的记载”(周扬，1984b：529)。

㉜此处中文翻译主要参照了沈松侨的译文，“在国族的核心处，我们无疑可以找到一堆叙事；这些叙事包括国族起源的故事、建国先祖的神话，以及（国族）英雄的系谱”(沈松侨，2000：84)。

㉝本小节所引述的译作的中文序言由廖旭和先生提供。

㉞鉴于苏联在社会主义阵营的领导地位，“斯大林文学奖”可以说是社会主义文学最重要的标志。因此，《太阳照在桑干河上》《暴风骤雨》和《白毛女》这三部解放区文学荣获这一殊荣后，立即被苏联等社会主义国家、东欧人民民主国家，甚至亚洲的许多国家翻译。如《太阳照在桑干河上》就在苏联、保加利亚、罗马尼亚、匈牙利、捷克斯洛伐克、波兰、东德、阿尔巴尼亚和蒙古都有译介。详见马祖毅等著的《汉籍外译史》。

㉟曾于1947年访问解放区的美国记者杰克·贝尔登在他的《中国震撼世界》中说道：赵树理“可能是共产党地区中除了毛泽东、朱德之外最出名的人了。其实他是闻名于全中国的”(中国赵树理研究会，1998：4)。

第五章

CHAPTER 5

当代文学英译与多民族国家建构

上一章已提到，当代文学作品英译，尤其是当代小说英译不仅在数量上占有绝对优势，而且在主题上与新生的多民族国家之关系也最为直接，在多民族国家建构中发挥着极为关键的作用。本章在这一认识的基础上，继续探讨英译当代文学作品是如何参与多民族国家建构的。由于当代文学英译作品数量众多，无法对全部英译作品一一作细致的文本分析，因此仅选取《暴风骤雨》与《林海雪原》两部长篇小说以及《百合花》这部短篇小说的英译本作为个案文本，重点探讨政治意识形态和主流诗学如何影响、制约这三部作品英译本对阶级话语、革命英雄与革命战争的再现、重塑，及其与新生多民族国家建构的关系。

选取以上三部作品，而不是其他当代小说的英译本作具体的文本分析，是因为这三部作品能较好地代表当代文学中的两大主要题材作品，即农村题材与革命战争题材作品，以及代表当代主流文学与非主流文学。《暴风骤雨》初步确立了此后的社会主义现实主义的写作模式，是土改小说的典范之作，是一部最为重要的社会主义现实主义文学奠基之作。而《林海雪原》和《百合花》则在一定程度上偏离了社会主义现实主义正典，或者说偏离了正统的革命战争小说。因此，选择这三部不同类型作品的英译本来做分析，不仅具有相当的代表性，而且还能考察政治意识形态以及社会主义现实主义诗学对翻译这三部不同类型作品的影响与制约是否有所不同，以期较为全面地展现当代小说英译的情况。

重点分析阶级话语、革命英雄与革命战争这三个因素，因为它们不仅分别构成了以上三部小说的主题，而且还是建构中国现代民族国家的极为关键的因素。据杜赞奇（Prasenjit Duara）（2003：10－11）的观察，尽管阶级和民族国家常常被学者看成两种对立的身份认同，但在中国现代历史的演变中，阶级却是一种建构强有力的民族国家的修辞手法。如杜赞奇认为，李大钊就是以阶级的话语来想象在国际舞台上的中华民族的：中国人民是一个被西方资本主义压迫的无产阶级民族，是国际无产阶级的一部分。同时，国际舞台上的“阶级－民族”在国内也有相应的表达方式。“某个阶级所谓的特征被延伸至整个民族，某一个人或群体是否属于民族共同体是以是否符合这个阶级的标准为转移的。”对于杜赞奇的这一观点，其他学者有所沿袭并加以发展。詹姆士·汤生（James Townsend）也注意到，在毛泽东时代或在1979年以前，中华人民共和国是以“阶级为基础来定义‘人民’的”（1996：19）。阶级与中国现代民族国家之间的密切联系，同样在中国现当代文学中得到体现。周蕾指出理解20世纪现代中国文学的关键点是“阶级意识”（class consciousness），她认为“我们如果不能理解民族国家和阶级在文学话语是相互关联的，就无法理解现代中国文学[①]。利用阶级意识来建构一种民族国家文化是中国文学现代性的重要现象之一”（Rey Chow，1993：27）。而在当代文学中，土改小说，尤其是周立波的《暴风骤雨》，集中地体现了阶级意识与阶级话语，并在此基础上基本确立了此后社会主义现实主义小说的“革命叙事范式”（郭冰茹，2007：1）。

革命英雄和革命战争与民族国家建构是紧密相关的。革命战争对于缔造新中国的重要意义，在上一章讨论当代革命战争题材作品的择译时已经提到过，这里主要对革命英雄与民族国家建构的关系作出说明。英雄人物对于民族国家建构的重要性，已得到众多学者的广泛讨论。如黑格尔（Friedrich Hegel）把民族国家界定为由习俗、历史记忆与共同命运所构成的共同体：民族国家历史中的英雄，便和该群体历代相传的神祇、天使、魔鬼与圣人等，同样铭刻于民族国家成员的心灵深处；民族国家的公共庆典、运动竞技、宗教庙堂，乃至民族国家的内政机构与外交事务，几乎无处不见地对这些人物的英勇事迹缅怀与颂赞（Balakrishnan，1996：202；沈松侨，2000：87）。安东尼·史密斯（Anthony D. Smith）则进一步指出：在族群团体迈向民族国家建构的蜕变过程中，为了强化群体的凝聚力量，一方面要提供群体成员自我认知的“地图”，另一方面更要从族群的历史记忆中发掘过往的英雄人物与光荣事迹，作为民族国家成员仿效师法的道德典范。这些“民族英雄”是否真有其人，其事迹是否确切可考，概与宏旨无涉，重要的是：他们必须被表述成国族精神的具体表征，必须化身为忠诚、高贵与自我牺牲的伟大楷模，以便激发后世子孙仰慕追法、为民族国家整体奋斗奉献的信念与决心（Smith，1991：65－68，128，164；沈松侨，2000）。当代文学中的英雄塑造亦可作如是观。中华人民共和国成立后不久，在正式确立“创造正面的英雄人物”为“文艺创作最崇高的任务”的第二次文代会上，周扬就曾明确地说明：“文艺作品所以需要创造正面的英雄人物，是为了以这种人物去做人民的榜样，以这种积极的、先进的力量和一切阻碍社会前进的反动的和落后的事物作斗争”（周扬，1985：251）。这一时期一大批革命战争小说，以描写辉煌的革命战争历史和塑造高大的革命英雄形象，在形成并强化民众的凝聚力、对多民族国家的认同方面扮演着极为关键的角色。因此，重点分析阶级话语、革命英雄与革命战争在《暴风骤雨》《林海雪原》和《百合花》这三部作品英译本中的再现和重塑，有助于我们进一步揭示当代文学作品英译与多民族国家建构之间的密切关系。最后还需指出的是，因本书篇幅所限，除了阶级话语、革命英雄与革命战争这三个与多民族国家建构紧密相关的因素，下文的译本分析并没有展开其他方面的讨论，但这并不代表其他方面与译本的主题以及多民族国家建构无关，相反，它们同样起着强化主题的作用，共同服务于多民族国家建构。

第一节 《暴风骤雨》英译本之阶级话语的“忠实再现”

一、土改小说的典范之作：《暴风骤雨》

周立波的《暴风骤雨》是一部反映解放区土地改革运动的小说。小说不管从作者的实际创作过程、作品的具体内容，还是作品出版后所产生的影响来看，都堪称是土改小说的典范之作。

周立波在创作《暴风骤雨》的过程中，始终贯彻着其对党的政策的认真体会与把握。在“深入生活”阶段，周立波时时用党的政策观察、分析和指导一切；在进入小说创作构思之前，“除了重温在乡下的经历和所见所闻之外，还再次认真地研究了中央和东北局关于土地改革的档案”（周立波，1983：287）。在谈及自己创作《暴风骤雨》的经过时，作者提到：“北满的土改，好多地方曾经发生过偏向，但是这点不适宜在艺术上表现。……没有发生大的偏向的地区也还是有的。我就省略了前者，选择了后者，作为表现的模型。关于题材，根据主题，作者是要有所取舍的……革命的现实主义的写作，应该是作者站在无产阶级立场上站在党性和阶级性的观点上所看到的一切真实之上的现实的再现”（同上）。这一段作者明确地传达其忠实按照“党性和阶级性的观点”，对材料进行集中剪裁的写作方法。至此，“这样的以‘党的政策’为（创作）起点与（接受）终点的创作模式中，作家成了名副其实的党的政策的宣传员”（钱理群，1998：201）。而《暴风骤雨》可以说是作者对土改政策的文学化演绎，特别是在阶级阵线的描写处理上，小说基本上可以用毛泽东的阶级分析法来进行概括。

《暴风骤雨》分为上下两卷，上卷叙述土改工作队动员和组织群众，开诉苦会、收集地主罪状，开群众大会斗争恶霸地主，分田地财产的过程。下卷则写土改的进一步深入开展，即工作队如何巩固基层组织、发展积极分子、壮大群众力量、加强党的领导、动员青年参军等工作。整部小说试图大规模地、完整地再现解放区土改运动的进程。据评论家钱理群的观察，小说“无论在人物与人物关系的设置 ，情节的设计，以至小说的结构，都无不贯穿着阶级斗争的精神”（钱理群，1998：204）。在人物关系上，作品根据党的政策把人物作“进步（依靠对象）、中间（团结对象）与反动（打击对象）”三等划分，着眼于表现地主和农民这两个阵线分明的营垒之间的矛盾（压迫者与被压迫者、革命与反革命）。地主阵营以大地主韩老六为首，周围有杜善人、唐抓子、韩老五、韩老七、韩老六的管家李青山、韩老六的心腹韩世才（外号韩长脖子）、李振江、李振江的侄子李桂荣等。农民阵营则以贫农赵玉林和郭全海为中心，周围有白玉山、白大嫂、刘桂兰、赵大嫂，以及老一辈的贫苦农民老孙头、老田头夫妇等。小说的情节主要围绕着这两个阵营之间的殊死斗争展开。在故事情节上，小说严格按照土改运动的步骤，从工作队进村了解情况、发动积极分子组织农会，到斗地主、打土匪、分土地，再到动员村民参军，完成对土改运动的规范化建构，展现出一个“完整”意义上的土改。故事结构也是模式化的。小说以土改工作队的进（村）与出（村）为开端与结束，从而形成一个封闭性的结构，从外在情节上说，这自然反映了土改的全过程；而内在意念，则在于“表明了一个带有必然性的历史命题（腐朽的封建制度与阶级统治必然被共产党领导的农民的阶级斗争所推翻）的完成，同时又蕴含着（或者说许诺着）一个乌托邦的预言：取而代之的将是一个‘人民当家作主’的新社会与新时代”（钱理群，1998：205）。

小说出版后接连被冠以“精神境界的结晶”“其他地区的参考文本”“政策文件的图解”“榜样作品”“示范意义”等好评（李俊影，2010：12）。除了宣传和解释政策，影响和动员农民之外，小说还作为“参考书”，参与到土改的实际工作过程中，成为供土改工作队队员学习参考的典范样本。（李华盛等，1983：126）事实上，就当代文学而言，《暴风骤雨》亦占据重要地位，有论者认为它不仅是一部“体现毛泽东文体的典范”作品（陈建华，2000：276），同时也初步奠定了此后社会主义现实主义的主流写作模式（钱理群，1998：191 - 213；郭冰茹，2007：1 - 12）。

《暴风骤雨》在社会主义国家同样享有很高声誉。该小说在1952年被授予1951年度苏联斯大林文学奖三等奖。斯大林文学奖是1939年苏联为纪念斯大林六十诞辰而设立的奖项，该奖项主要是苏联为了将社会主义现实主义作品推向经典化而设置的。随着20世纪40年代末东欧民主主义国家以及亚洲社会主义国家的兴起，该奖项逐渐推及社会主义阵营国家，成为社会主义阵营凝聚力的强大文化外交机制（Volland，2008）。对于刚成立的中华人民共和国而言，这一奖项具有极为重要的象征意义，不仅显示了作为社会主义国家最高领导者的苏联对中国社会主义文学的认可和赞赏，更表明了新生的中国是社会主义国家这一更大集体的重要组成部分。同时，这一奖项也直接促成《暴风骤雨》在社会主义国家和人民民主国家广泛流传。该小说在1951

年首先由苏联莫斯科外国文学出版社翻译出版（1952 年再版）（李明滨，2008：84），之后迅速被匈牙利人民共和国、保加利亚人民共和国、罗马尼亚人民共和国、捷克斯洛伐克共和国、波兰人民共和国、德意志民主共和国、阿尔巴尼亚人民共和国、蒙古人民共和国、朝鲜民主主义人民共和国、越南民主共和国十国翻译出版[②]。外文出版社把这一公认的中国社会主义现实主义的典范之作译成英语，无疑最能代表中华人民共和国的社会主义文学形象。

在我国，《暴风骤雨》由外文出版社委托许孟雄先生翻译，上卷第七章到十七章的英译文首先刊登在 1954 年第 1 期英文版《中国文学》（*Chinese Literature*）上。次年，全译本 *The Hurricane* 由外文出版社出版。外文出版社把这一被公认为中国社会主义现实主义的典范之作译成英语，希冀其能在英语世界和其他社会主义阵营国家产生广泛影响。《暴风骤雨》英译本在 1955 年由外文出版社出版后即印发 18550 册。1960 年以后，为了扩大该小说的影响，外文出版社还资助将其英译本转译成其他小语种版，如乌尔都语版本和希腊语版本分别于 1961 年和 1964 年由印度的沙西恩出版社和希腊的菲克西斯出版社出版。外文出版社的英译本在同时期社会主义文学作品英译中，成为国外图书馆收藏数量最多的作品之一，其中以美国为最（何明星，2012：18）。

二、英译本之阶级话语的彰显

有关许孟雄的《暴风骤雨》译本，学界极少涉及。其中张培基先生曾以第一章关于马车夫老孙头的若干译例，说明许译文“语言地道，流畅自然，富于表现力，不仅忠实于原文，而且又特别注意语篇神韵的再创造，力求保持原文的信息和体现原文的功能”（2001：59）。整体上看，除了对原作中“一些不利于对外宣传”的内容作了删节处理外，许译本确实如张培基所言，“忠实原文”。同时必须指出的是，“忠实只不过是多种翻译策略里头的一种，是某种意识形态和某种文学观结合之下才导致的产物”（Lefevere，1992：51）。通过对原作与译作的对照分析[③]，我们发现除了对原作中“一些不利于对外宣传”的内容作了删节处理外，译本基本传达出原作的内容。尤其在处理原作中的农民与地主的形象问题上，译本从官方的阶级话语出发，采用添加、解释、改写等明示手法，再现甚至强化原作中农民与地主的两极化形象，因而彰显甚至强化了源文本的阶级话语。本小节首先对译本的删节情况作一简要分析，然后重点分析译本塑造的贫民形象与地主形象，探讨两者之间关系所体现出来的阶级斗争话语。本小节主要关注英译本中的贫农形象与地主形象问题，是因为贫农和地主不仅构成了小说的主要人物，也最为集中、最为突出地体现了小说的阶级斗争精神。需要指出的是，为了行文方便和条理清晰，以下对译本塑造的贫农形象与地主形象的讨论是分别进行的，但由于农民与地主之间的关系是相互联系、不可分割的，因此在具体分析过程中，有时会对两者的形象同时展开分析。

（一）涉及中国自我形象的删节

第三章已提到，这一时期的对外文学翻译是一种文化的自我过滤过程。许多有损中国正面形象、“不利于对外宣传”的内容在外文出版社的编辑过程中得以删略、过滤。这一原则在《暴风骤雨》英译本中的删节过程中[④]得到充分体现。如小说下卷第六章农民合伙把狗吊死的细节描写在英译本中被删去：

例 1

源文本：

这时候，老孙头叫唤的声音最高。

“打死它，别叫它跑了。”

小猪倌也说：

“打死地主狗，咱们儿童团查夜，再也不怕了。”

大家一致同意把两只狗吊死。老爷们七手八脚，把狗吊在马圈的吊马桩子上。拴在马圈子里的三匹马都吃惊了，不敢吃草料，仰着头，想挣脱笼头。狗的腿脚在空中乱踹，汪汪地号叫，声音越变越小，一会儿连小声音也没有了，舌头吐出来。白大嫂子和刘桂兰两人都低着头，先到上屋里去了。老孙头到马槽跟前，望着两只狗的鼓鼓的眼睛，问道：

“还咬不咬？都不吱声了？你这黑家伙，‘康德’十二年腊月前叫你咬破脚脖子，三天三宿，下不来炕。如今呢？你要还能咬，算你有本事。”郭全海打完了狗，去上屋的灶坑，对了一个火。这时候，他嘴上叼着蓝玉嘴烟袋，站在房檐下，冲马圈叫唤：

“谁剥，肉归谁，皮归农会。”(75 –76)（画线为笔者所加，表示译文删节部分，下同）

目标文本：

Now, Old Sun called his loudest:

“Kill the curs, don’t let them escape!”

They decided to hang the two dogs, and strung them up in the stable. (234)

狗在西方人眼中是忠实的朋友，把狗残忍地吊死并剥皮，这一做法无疑在目标语读者看来是无法接受的。因此，以上的删节可以说是考虑了目标语文化以及目标语读者的接受因素。事实上，这样的处理方法与外文出版社所奉行的对外宣传的宗旨也是相当吻合的。而删除上述内容所取得的实际效果，是能很好地保全中国农民的正面形象。类似这种情况的删节，还有小说下卷第二十六章中老一代农民老孙头把“耶稣教”戏称为“野猪叫”的这种有辱西方宗教的内容：

例2

源文本：

老孙头插嘴：

“我早说过：‘野猪叫’不是好玩意。”他管“耶稣教”叫“野猪叫”。(338)

此处删节是外文出版社尊重目标语社会与读者的宗教信仰[5]，为达到更好的对外宣传目的所作的努力。从实际效果来看，上述删节也很好地掩盖了老孙头无知愚昧的负面形象。

如果说这样的删节维护了中国农民大众的正面形象，那么译本对原作上卷第七章的删节就显得尤为重要了。在这一章中，土改工作队队长萧祥为了彻底没收地主杜善人的财产，指示贫雇农会成员白大嫂子、刘桂兰等妇女，把杜善人家的女人们藏在其裤裆里的金子一一搜出。这不仅是一种“不文明”的“野蛮”⑥行为，更有可能进一步危害到土改工作队所组织的土改运动的合法性，因此译本几乎把整章的相关内容删去，仅保留了该章中未涉及搜身的末尾部分，以避免与下一章割裂开来⑦。

（二）“先进的”农民形象

赵玉林是小说中重点刻画的贫农形象。按照官方的阶级理论，贫农是饱受地主欺压的弱势群体，对地主有着刻骨的阶级仇恨，因此他们身上潜藏着深厚的阶级感情和高昂的革命热忱（毛泽东，1991：127 – 129）。小说基本上是按照这一原则来塑造赵玉林这一人物的。小说叙述了赵玉林一家在韩老六的残酷压迫之下，过着衣不蔽体、食不果腹的悲惨生活，赵玉林因此也落下了“赵光腚”的绰号。但是他人穷志不穷，为人坚强，有骨气。他诉说自己过去的苦难时，他痛苦，但并不流泪。“穷人要是遇到不痛快的事就哭鼻子，那真要淹死在泪水里啦!”（周立波，1952：45）。他在最困难的环境下，也并没有向任何人低头，更没有做过有损人格的事，“可是穷人要有穷人的骨气。我那媳妇也和我一样，不乐意向谁去低头。咱们一不偷人家，二不劫人家，守着庄稼人本分”（周立波，1952：76 – 77）。而当地主韩老六企图用污辱他的妻子来作为给他放债的条件时，赵玉林因为拒绝韩老六的要求而遭遇了许多不幸。在土改工作队的启发下，赵玉林很快提高了政治觉悟，积极参加土改运动，并被任命为农工联合会（下文简称“农会”）主任，之后更是加入了共产党，处处表现出大公无私的高尚品质。他尽管家境贫穷，但到了分地分财产的时候却要得最少。小说最后着力表现出其在与地主韩老六斗争时勇敢坚决的斗志，以及在抵抗韩老七袭击元茂屯的战斗中身负重伤，为革命牺牲的精神。对于赵玉林这一正面、“先进的”贫农形象，译本基本上忠实地予以再现，而至于其阶级意识，译本更是通过采用增添、改写等策略，加以凸显、强化。以下我们先以译本对小说上卷第四章赵玉林向首次来家中了解情况的土改工作队队员小王谈起自己苦难家世的翻译进行分析说明。

例3

源文本:

“民国二十一年，山东家遭了荒旱，颗粒不收，我撇下家人奔逃关外来碰运气。**到了这边，没有证明书，落不下户，只好给老韩家吃劳金**。扛活的人指望‘一膀掀’，就是把劳金钱一起领下来，这么的，就算是微微了了的几个小钱吧，也能顶些用。老韩家呢，却分做七八起来给。到老秋，钱早花光，啥事没办。到年一算账，倒欠老韩家一百元老绵羊票子，只好把一件山东带来的青布小衫子交给东家，作为抵押。第二年，我屋里的跟老娘也从山东家赶来，带的盘费还没有花完，我就不再扛活，租种人家的地了。**谁料正赶铲草时候又摊上了劳工号**，地全扔了。我一连出了四回劳工，头趟还没回来，二趟就又派上了。四回劳工，数牡丹江那一回蝎虎（意为“厉害”，笔者注），二十天，二十宿，没有睡觉，一天吃两顿橡子面，吃了肚子胀，连饿带冻，死的人老鼻子（意为“多”，笔者注）啦。王同志，”赵玉林抬头瞅一瞅小王，“我还能回来，真算是命大。回来那时光，妈早死了，媳妇领着小嘎（意为“小孩”，笔者注）在外屯要饭，我各屯去找，一见了我，娘儿俩哭得抬不起头来。我没有掉泪。王同志，穷人要是遇到不痛快的事就哭鼻子，那真要淹死在泪水里了。”(44－45)（加粗部分为笔者所加，表示译文改动部分，下同）

目标文本:

“In 1932, there was a famine in Shantung, the province I come from, and I left home to try my luck on this side of the Great Wall. *When I arrived here, the puppet police wouldn't let me settle down on my own, because I had no papers, so I hired myself out to Han.* I wanted to be paid my yearly wages in a lump sum so that it could be put to some use, but the landlord doled it out in seven or eight installments. Late in autumn, I had no money left to buy what I needed. At the end of the year he said that I had overdrawn my wages by one hundred dollars, and I had to pay it back by giving him a blue jacket I had brought from Shantung. The next year my mother and wife came from home to join me here. They had something left from their travelling expenses, on the strength of which I quitted the Han house and rented a piece of land as a tenant farmer. Unfortunately, *just at the time of the first weeding the puppet government conscripted me for labour*; and while I was in the labour camp, my farm ran to seed. The conscription was repeated four times on end, the fourth time being the worst. We worked twenty days and nights with particularly no sleep. We had two meals a day of some indigestible stuff which swelled the stomach to bursting. Many, many were starved and frozen to death — how many no one knows." Chao raised his head and looked at Little Wang. "Comrade Wang, as if I had nine lives, I survived all that and came back. But I found my mother had died and my wife and boy had gone begging. I went in search of them and when finally I found them, mother and child cried as much that they couldn't speak. I didn't cry, Comrade Wang. If we poor men cried over our misfortunes, we might get drowned in our tears." (25 – 26)(斜体为笔者所加，表示改动部分，下同)

源文借助赵玉林自己的叙述，刻画出一位命运悲惨但又性格坚强的农民形象。译文大部分偏向于直译，较为忠实地再现出源文塑造的赵玉林的形象。值得注意的是译文对源文两处加粗部分的处理。首先，句子“到了这边，没有证明书，落不下户，只好给老韩家吃劳金”，隐含着“我”（赵玉林）“没有证明书”而导致“落不下户”、进而“给老韩家吃劳金”之间的一系列因果关系，其中责任者在于“我”。反观译文“When I arrived here, the puppet police wouldn't let me settle down on my own, because I had no papers, so I hired myself out to Han”（到了这边，没有证明书，伪满警察不让我落户，所以我只好给老韩家吃劳金），却在源文的因果关系中，增添了“the puppet police”（伪满警察）这一成分，指出除了“没有证明书”之外，还有伪满警察这一导致自己无法落户的责任者。其次，源文“谁料正赶铲草时候又摊上了劳工号”中，动词“摊上”，意为“碰到；落到（多指不如意的事情）”（中国社会科学院语言研究所词典编辑室，2007：1321），隐含着赵玉林对自己祸不单行的命运颇为无奈，甚至逆来顺受的心态，体现了传统中国农民的隐忍品质。但这种心态在译文中并没有体现出来。此外，译文通过添加"the puppet government"（伪满政府），明确指出其是导致"我"被征募为"劳工"的施动者。因此，总体而言，相较于源文，译文中的赵玉林对伪满政府导致自己的悲惨命运有着更为深刻的认识。与这一种处理手法相类似的，还有译本对接下来赵玉林向小王详细介绍地主韩老六的发迹史的翻译。

例4

源文本：

但是有眼睛的人，谁都看得见，从打森田住在他（即"韩老六"，笔者注）家里，**他的威势就更大了。他家里挑水、打柴、盖房、扒炕、南园夹障子**（即"编篱笆"，笔者注），**都派官工。他雇的劳金，全用在烧锅油坊。他的黑漆门楼的近旁，有一口井，是大伙修的**。修井时，讲好他出地皮，小户出工，井归大伙使。可井修好以后，他家管院子的李青山便站在井台上，不许别人来挑水……（46－47）

目标文本：

Nevertheless, everybody could see that the Japanese officer's presence in his house increase his power all over the village. *He had a free hand in forcing peasants to work for him—they fetched water, split firewood, thatched roofs, repaired kang, erected trellises for him for nothing. He transferred the paid labourers to his distillery. Once he got the poor neighbours to sink a well outside the gate of his mansion on the understanding that the well was for public use.* But when they went to draw water from it, they were shooed away by his handy man Li Ching-shan…（27）

源文为赵玉林向小王列举韩老六如何在日本人的支持下，权力大增的例子。句子"他家里挑水、打柴、盖房、扒炕、南园夹障子，都派官工。他雇的劳金，全用在烧锅油坊。他的黑漆门楼的近旁，有一口井，是大伙修的"，均为以无生命的动作和物体（"挑水、打柴、盖房、扒炕、南园夹障子"

“劳金”“井”）作主语的被动句式，而真正的施动者，即韩老六的能动性和参与性则被极大地降低。反观译文，以物作主语的被动语式被以韩老六作主语的主动句式取代，即“He had a free hand in forcing…to…, He transferred …to…, Once he got… to…”，突出和强调施动者韩老六的能动性及其享有的至高权力，更加鲜明地刻画出韩老六在日本军官森田之保护下，欺压百姓的恶霸形象。而这一切出自赵玉林之口，因此，相较于源文，译文中的赵玉林对地主压迫农民的意识程度更高，更符合官方标准的贫农身份以及土改积极分子形象。

例5

源文本：

“吃吧，吃完再去添。”赵玉林看见小王爱吃豆角，一碗又一碗地往上添。“王同志，别看这饭菜寒碜，头年还吃不上哩。”赵玉林咬一根蘸着酱的大葱，这样说：“**你们再来晚一点，咱们都得死光了。**”(50)

目标文本：

“Help yourself, please. There’s plenty in the pot.” Little Wang liked the peas and the host Chao gave him one helping after another. “Comrade Wang, we’re doing better now than last year. Things were pretty bad last year.” Chao bit off a fat stick of shallot dipped in sauce. “If *the communists* had come later than they did, we might have starved to death long ago.” (30)

赵玉林和小王干完农活后，一同来到赵玉林家中吃晚饭。上文赵玉林口中的“你们”，在译文中被明示化地译为“the communists”，凸显了共产党在农村土改中的领导作用，及其在农民心中的重要地位，赵玉林的政治意识由此也提高了不少。

土改工作队组织贫农参加诉苦会，旨在促使农民意识到自身受压迫的根源，以激化地主与农民之间的矛盾，为之后斗争大地主做准备。在诉苦会上，赵玉林同样表现积极，向参加诉苦会的农民讲述自己受韩老六欺压的悲惨遭遇。

例6

源文本：

“一天，韩老六罚我跪在碗碴子上边，尖碗碴子扎进皮骨里，那痛呵！就像上了阴司地狱的尖刀山，血淌一地，你们瞅瞅。”赵玉林把脚翘在桌子上，把裤脚卷起来，说道：“**这里**，波罗盖上还有一个个指头大的伤疤。”（78－79）

目标文本：

“Another time, Han ordered me to kneel on crocks, which cut into the fresh. It hurt as badly as if I'd fallen on a mound of swords, and blood spilled over the crocks and the ground.” He lifted a leg up onto the edge of the desk, rolled up the trouser to above the knee and, pointing to the scars, said: “Look at these scars, *here—here—here*!”（46）

以上译文相当忠实地再现了赵玉林深受韩老六欺压的悲惨遭遇。尤其在处理源文结尾处赵玉林展现自己伤疤的话上，译文的手法更是相当巧妙。因汉英两种语言的差异，英语并没有直接对应上述源文中“一个个”的表达，译文只有以复数代词“these”传达“一个个”的意义，但同时也失去源文叠词这一形式所带来的强调效果。为了补偿这一缺失，译文在结尾处使用反复的形式“here—here—here!”，既对应源文的“这里”一词，又很好地展现出赵玉林腿上的多处伤疤，实现了与源文的动态对等，忠实地传达了此时赵玉林极度愤怒的情感。另外，译文也反衬出韩老六的暴戾、凶狠，两方的矛盾得以忠实地再现。

赵玉林在入党后，小说多方面表现其身上的“逐渐成长的共产主义品德”（林志浩，1983：345），如在第二次分配斗争果实时，有人建议宰猪吃顿翻身饭，他却主张把猪卖掉换马来发展生产。

例7

源文本：

二十只大猪不好分，有人提议都杀了，办一顿酒席，全屯小户都来欢天喜地吃顿翻身饭。赵玉林反对，说：

“**咱们翻身要翻个长远**，大吃二喝，也不是咱们穷伙计的宗旨。猪搁在农会，到时候卖了，再去买马，现在咱们小户一户一条腿，到年备不住（即“说不定；或许”，笔者注）能多分一条，过年一家能分一匹囫囵个儿（即“整个”，笔者注）马，那不好吗？”（288）

目标文本：

The twenty pigs defied any attempt at division. Somebody suggested that they should have a feast to celebrate the triumph of the peasants over the landlord. But Chao objected.

“*We're the masters now*, *but we must look ahead*,” he reasoned. “It's not the time for us poor people to be feasting yet. I think the Peasants' Association should keep the pigs. At the end of the year, when the time comes to sell them, we'll buy horses. At present, we poor villagers have only one leg of a horse each, but later we should have two legs and after New Year all four legs. What do you say?” (158)

除了无法充分传达出源文方言或农民语言（即“备不住”“囫囵个儿”）的朴实风格外，译文基本上以偏向于直译的手法，如实地传达出源文的内容，忠实地再现出赵玉林这一农民先进分子与共产党员的大公无私的形象。值得注意的是，译文在处理源文中表现赵玉林颇有远见的话，即“咱们翻身要翻个长远”时所作的阐释。源文中的“翻身”一词，是中国革命创造的一个重要词汇。它的字面意思是“躺着转动身体”，引申义是“比喻从受压迫、受剥削的情况下解放出来”（中国社会科学院语言研究所词典编辑室，2007：374）。具体到土地改革，对这一场革命中的中国几亿无地和少地的农民来说，“翻身”意味着站起来，挣脱地主的枷锁，获得土地、牲畜、农具和房屋；意味着破除迷信，学习科学；意味着扫除文盲，读书识字；意味着废除委派村吏，代之以选举产生的乡村政权机构，总之，它意味着进入一个新的世界（Hinton，1966：vii；韩琼，1980）。在《暴风骤雨》中，“翻身”一词出现频率极高，多达51处，基本上覆盖了上述提及的丰富意义，是官方意识形态化的体制化语言在小说中的典型体现。对于原作这一极具政治意味的词汇的含义，译本基本上能根据不同语境将其隐含的意义一一传达出来，如译成“stand up”“rise up”“emancipate”“free”“overthrow our oppressors”等[8]。而最具代表性的是上述译例中的“we're the master now”（我们现在成为主人了）。从源文的“翻身”到译文的“成为主人”（masters），译文强调了农民“翻身”后所带来的社会地位的提高，即“成为主人”，其中牵扯出“翻身”这一词汇丰富的政治内涵，启动了中国共产党所创造的宣传口号——“翻身做主人”。译文通过对这种隐含意义的明示化阐释，让读者更清楚地看到政治意识形态在赵玉林这一土改积极分子身上留下的深刻印记，凸显出赵玉林的共产党员身份。

值得注意的是，译本以释译的策略来翻译“翻身”，在帮助一般读者了解该词汇所蕴含的政治意义的同时，却也丢失了其自身的符号意义，大大地消解了上文陈建华所说的“毛泽东文体”的特色。事实上，“翻身”这一特定的词汇，是左派读者所认同的词汇，如1966年由美国左派人士威廉·辛顿（William Hinton）撰写的《翻身：中国一个村庄的革命纪实》（*Fanshen: A Documentary of Revolution in a Chinese Village*）一书，就是直接以拼音Fanshen来对应汉语的“翻身”。1975年英国左派剧作家大卫·哈利（David Hare），将该著作改编成舞台剧《翻身》(*Fanshen*)。可见，“翻身”(Fanshen)作为中国共产党革命所创造的特有词汇，是左派读者所广泛认同的关键词汇。而外文出版社以释译的手法，很大程度上消解了该词汇特有的符号意义，进而很有可能削弱左派读者群体内所形成的凝聚力（solidarity）[9]。但尽管如此，倘若我们从外文出版社的读者定位以及其中的政治考虑来看，《暴风骤雨》译本翻译“翻身”时采用释译策略还是具有一定合理性的。茅盾在1958年谈到《中国文学》编辑方针时提到，该刊物的读者对象是“东南亚读者，因此要多考虑亚非地区的实际情况，以争取中间甚至落后读者。刊物太左了，他们不易接受”（周东元、亓文公，1999：150）。在这里，尽管茅盾谈论的是《中国文学》的读者对象，但在很大程度上也同样能代表外文出版社的读者定位。事实上，《暴风骤雨》的译本以释译的手法来翻译“翻身”，能使得一般读者，或者像茅盾所说的“中间甚至落后读者”，较为充分地理解该词汇所蕴含的丰富内涵。换言之，这种以传达信息内容为主的释意策略与外文出版社以普通读者作为其目标读者的定位密切相关，而这种翻译策略也完全符合外文出版社借助翻译中国文学作品，来实现对外宣传中华人民共和国形象的政治意图。

除了赵玉林，贫农郭全海是小说刻画的另一位农民积极分子。郭全海的父亲被韩老六害死，而自己 13 岁就当了韩家的马倌，之后更是做长工，常年被克扣工钱，忍受韩老六的欺诈，因此跟韩家有着两代血海深仇。在第一次斗争会失败后，土改工作队成立由贫雇农组成的农会，郭全海被选为农会副主任，对农会的工作兢兢业业，最后还舍下了新婚的妻子带头参了军。译本同样较为忠实地再现出这位农民积极分子的形象。下面我们仅选取上卷第七章描写由郭全海主持的第二次斗争地主韩老六的大会上的情节，来分析译本是如何再现郭全海形象的。

例 8

源文本：

这时候，斗争的情绪，又往下降。有人说：“你看他尽说自己的不济，他定能知过必改。”也有人说：“人家就是地多嘛，叫他献了地，别的就不用问了。”人们向四外移动，虽说还没有走的，可是已经松劲。郭全海着忙，<u>不管一切</u>，<u>自己</u>指着韩老六的鼻尖，涨红着脸，大声对他说：

“别扯那些，你先说说你拉大排队，办维持会的事。”(180)

目标文本：

Again, this had the effect of changing the tenor of the struggle. Somebody said: “He's owned up to all his faults, he's sure to reform.” Somebody else echoed: “He's all right except for his hand holdings. And now he's given them up.” There was a movement towards the door, and though no one had left yet, there was a relaxed feeling. **Furious**, Kuo hastily pointed an accusing finger at Han's nose[⑩], and, with a flushed face, shouted at him:

"Don't *let us hear* any more such nonsense! Now *tell us about your* ***dirty*** *work as* chief of the interim Kuomintang village administration, *and you kept private armed guards, didn't you*?"(101)(加粗部分为笔者所加，表示译文添加部分，下同)

源文此处背景为由郭全海主持的第二次斗争韩老六的大会。在斗争会之初，狡猾的韩老六抢先检讨自己走上歪道、嫖妓等无足轻重的事宜，试图博得斗争会上农民们的同情，以此破坏农会的斗争计划。而心软的农民因此中计，斗争情绪开始下降。见此状，作为大会主持的郭全海只好独自把斗争的矛头指向韩老六拉大排队、办维持会等罪行，试图扭转斗争局面。从上述援引的源文，我们留意到，尽管郭全海还是以领导者的身份命令韩老六“别扯那些，你先说说你拉大排队，办维持会的事”，但源文“不管一切”以及“自己指着”的细节描写，也让我们看到了郭全海当时所处的孤立无援的处境。

反观译文，郭全海的主导地位有所提升和强化。先看郭全海的形象描写部分的译文。译文删略了源文中“不管一切”以及“自己”这两处描写，并考虑下文“涨红了脸”的语境，添加了源文所没有的修饰成分“furious”(气冲冲的)，不仅没有让我们看到郭全海孤立无援的境况，而且还明确地强调郭全海对狡猾的韩老六的愤怒之情。再看郭全海语言描写部分的译文。源文为郭全海命令韩老六的祈使句式，这一句式与郭全海的作为斗争会主持的身份是相一致的。译文同样以命令的祈使句式对应源文，但就其内容来看，译文做了一些改变。源文“别扯那”，在译文转换成“Don't let us hear any more such nonsense!”(别让我们再听到这些废话)，而不是直译成“Don't talk about those things”。要知道译本在处理下文韩老六的心腹李振江为其解围的话“你别扯那么老远了”(周立波，1952：187)，就采用了近乎直译的手法，将其翻译成“Don't wander so far from the point”(Chou Li-po，1955：104)。可见译本在处理郭全海这一农民积极分子的言行上，是相当考究的。

译文“Don't let us hear any more such nonsense!”，把源文中郭全海命令韩老六“你别扯……”，改成命令韩老六“别让我们听到……”，借用“我们”这一复数形式，把郭全海以外的农民都一一包括其中，不仅清楚地把韩老六与“我们”，即农民划成两大阵营，强调了韩老六与农民阶层的对立，而且还产生了一种把郭全海的意志凌驾在韩老六之上的效果[11]。换言之，郭全海的权势与主体性明显得到加强。此外，译文以“such nonsense”（那些废话）对应源文的“那些”，也强化了郭全海的愤怒之情。至于郭全海最后的一句“你先说说你拉大排队，办维持会的事”，译文将其译成“Now tell us about your dirty work as chief of the interim Kuomintang village administration, and you kept private armed guards, didn't you?”（给我们说说你那些当国民党临时村公所头头的脏事，你难道没管过保安团?），同样强化了郭全海的主导地位。首先，与前一句译文借用“我们”这一手法一样，“Now tell us...”（给我们说说）同样加强了“我们”或者郭全海的话语权及其领导地位，此外译文还添加了“dirty”（肮脏的）这一明显带有贬义的形容词，修饰韩老六“当国民党临时村公所头头”的行为，使郭全海的愤怒之情溢于言表，这与前文添加的“furious”以及“nonsense”等改动所产生的效果互相呼应，一致强化了郭全海对韩老六的愤怒情感；其次，译文以“肯定陈述+否定疑问”的反义疑问句式“and you kept private armed guards, didn't you”（你难道没有管过保安团?），对应源文的“你先说说拉大排队”，重塑了译本中郭全海以不容置疑的口气，指出韩老六“管过保安团”这一事件的客观性和真实性的坚定形象。总体而言，较之源文，译文清楚地划出韩老六与农民的界限，强调韩老六与农民对立的阶级属性，同时也更强化了郭全海的主导作用及其作为斗争会上领导的地位，彰显其坚定的革命斗争精神，由此所体现的阶级斗争话语也随之得到加强。

（三）地主的负面形象

小说刻画了韩老六作为最主要大地主的恶霸形象。按照官方的阶级分析法，地主是剥削和压迫农民的阶级，是附属于帝国主义的反动的封建阶级，因此是要打击和消灭的对象（毛泽东，1991：127－129）。从这种地主阶级的官方定位来看，小说中塑造的韩老六可谓是有过之而无不及，是典型的大地主恶霸。他为人狡猾狠毒、道德败坏、杀人放火、无恶不作，自然也就成为土改工作队最重要的斗争对象和消灭对象。小说主要通过农民的诉苦，讲述了韩老六是如何通过敲诈勒索、坑蒙拐骗、强取豪夺农民土地而发家，又如何犯下了累累血债的，如上述例3和例5，这些译文无不再现甚至强化了韩老六凶狠恶毒的负面形象。再看下面两例：

例9

源文本：

“老郭头，来凑一手，看个小牌。”

“咱不会。”老实巴交的郭振堂笑着摆摆手，要走，韩老六跳下地来，拖住他的手，把脸抹下来说：“**我不嫌唬你，你倒各应我来啦**?”

“不是那样说，真是不会。”老郭头畏怯地笑着。(123)

目标文本：

“Old Kuo, come on and make a hand. We're playing for small stakes.”

“I can't play,” the old peasant laughed, waving his hand politely. Han jumped off the *kang*, seized Old Kuo by the arm, and said with a scowl:

“*If I condescend to ask you, how dare you refuse*!”

“I meant no offence, sir. I really don't know how to play,” old Kuo muttered nervously, forcing a smile. (71)

源文此处描写韩老六巧言诱哄郭全海的父亲郭振堂打牌，变相骗取其积蓄。韩老六口中的“嫌唬”“各应”均为东北方言。“嫌唬”意为“讨厌”“不满意”；“各应”意为“烦人”“讨人厌”，或是利用别人的失误或者缺点来让人尴尬（丢脸）的一种行为。译文把“我不嫌唬你”改译为“if I condescend to ask you”（如果我屈尊问你），“condescend”（屈尊）一词把地主韩老六与其佃户郭振堂之间的主仆关系和高低地位充分地表现出来；“你倒各应我来啦?”被译成“how dare you refuse!”（你胆敢拒绝!），“各应”改译为“refuse”（拒绝），语势力明显加强。整句话的译文将韩老六的霸道、阴险的形象一览无遗地展现出来。老郭头的回应“不是那样说”，相应地被明示化地译成“I meant no offence，sir”，则向我们展示了被韩老六玩弄于股掌之中的老郭头的可怜卑微的形象。总体而言，上述韩老六与老郭头对话的译文无疑更为强化、放大了两者之间的矛盾。

土改工作队在第三次斗争会上成功斗垮韩老六，其原因除了工作队各项工作持续开展所取得的成效之外，还有一个关键因素，即“韩老六鞭打小猪倌”而激起的民愤。吴家富是韩老六的小猪倌，其母亲被韩老六霸占后，又被卖到了妓院里。为了还清父债，吴家富被迫从 8 岁起就给地主韩老六放猪，过着食不果腹的悲惨生活，工作队了解情况后鼓动吴家富参加唠嗑会。吴家富还经常把韩老六家里发生的事情，如韩老六收买、埋藏和搬动财物等事，都一一向工作队汇报，使得土改工作队对韩老六的斗争得以顺利进行。后来吴家富秘密帮助土改工作队的举动被韩老六发现，并被其残暴地鞭打，几乎死亡。下面我们来看看译文是如何处理源文中韩老六鞭打小猪倌吴家富的一处描写。

例 10

源文本：

韩老六用脚踩着他，心里寻思：“鞋湿了，淌吧。”他抡起马鞭子来说：

“咱们一不做，二不休，揍死你也不怕啥。”

马鞭子抽在吴家富的背脊上，光腚上，拉出一条一条的血沟。(242)

目标文本：

Han planted a foot on his back，thinking: “I may as well be hanged for a sheep as for a lamb.” Lifting the whip，he declared:

“I'm going to beat you to death!”

Whack! Whack! Whack! The horsewhip *rose and fell*，and bloody lines appeared one after another on the boy's bare back and buttocks. (133)

不难发现，此处译文生动地再现出韩老六鞭打吴家富的凶狠面目。源文的最后一句话“马鞭子抽在吴家富的背脊上，光腚上，拉出一条一条的血沟”，以具体的动作（抽）和细微的形象（一条条的血沟），细致形象地描绘出吴家富所遭遇的暴行，同时也从侧面刻画出韩老六用马鞭子抽打吴家富的残忍凶狠形象。对此，译文从句式与内容上尽可能忠实地传达出来。首先，译文同样以无生命的主语“the horsewhip”（马鞭子）+ 谓语的结构，对应源文的句式。其次，源文中的“抽”一词，既可以人作主语，又可用物作主语，但与其意义对应的英文“lash”（to hit hard with a whip）却没有这种用法。再由于译文采用了源文的句式，因此对“抽”这一动词，也没有直译成“lash”，而是替换成“rose and fell”（一起一落），以便与“The horsewhip”（马鞭子）形成搭配，并与后面的“bloody lines”（血沟）共享一地点状语（on the boy's bare back and buttocks）。但与此同时，“rose and fell”也丢失了源文“抽”所带有的强烈的情感内涵。为了补偿这一缺失，译文在句首添加拟声词“Whack! Whack! Whack!”，从象声角度加强了“rose and fell”的表达力。总体观之，译文在功能上实现了与源文的动态对等，在很大程度上生动地再现出源文中马鞭子抽吴家富的过程，由此也凸显出韩老六凶狠恶毒的负面形象。而对于以下与“韩老六鞭打小猪倌”主题相关的描写，译文所采用的添加手法，则取得了强化韩老六心狠手辣形象的效果。

例 11

源文本：

“我叫吴家富，三辈子扛活，八岁在老韩家放猪。赶到十三岁，韩老六用鞭子抽我，大伙瞅瞅这儿的伤口。”（237）

目标文本：

“My name is Wu Chia-fu. For three generations the Wu family have been poor peasants. At eight, I began to tend pigs for Han Number Six. At thirteen, I was whipped **within an inch of my life** by him. **I'm still covered with the scars**. If you like to have a look...”（315）

上述译文明显添加了两处内容。一处是“within an inch of my life”，表示“险些丧命”；另一处是“I'm still covered with the scars”，强调吴家富被鞭打后的严重后果。这两处添加与前面例 10 的译文遥相呼应，形成互文，两者分别再现与强化了小猪倌吴家富的悲惨命运以及地主韩老六心狠手辣的负面形象，由此忠实地再现，甚至放大了两者之间的矛盾。

小说还在韩老六身边设置了其他人物，如韩老六的侄子韩长脖、管家李青山及韩老六的心腹和富农李振江等，一同协助韩老六破坏土改运动。对于这些地主阵营的“帮凶”人物，译本亦适时地以“lackey”（走狗）、“henchman”（狗腿子）这类明显带有贬义的词语，标识出他们的负面形象。

例 12

源文本：

韩长脖冷笑两声问他道：“做了官啦，生产委员算几品？”(174)

目标文本：

The lackey of the landlord asked him sneeringly: “I hear you're an official now. What's the rank?” (97 - 98)

例 13

源文本：

韩长脖的逃走，在元茂屯的小户的心上添了一块石头，如今这块石头移下了。(318)

目标文本：

By running away, *this henchman of Han* had given the villagers cause for anxiety; but now this was dispelled. (174)

例 14

源文本：

人都出去了，韩老六对李青山说：“去拿纸笔，把他自己说的话，全记下来。”

李青山从里屋拿出纸笔墨砚。他磨好墨。韩老六伏在炕桌上写着…… (232)

目标文本：

When everybody had gone, he ordered his bodyguard: "Fetch me pen and paper, to put down his confession."

The henchman brought him brush, paper, ink-stick, and ink-slab. He ground the ink-stick on the ink-slab, and his master wrote on the paper... (128)

例 15

源文本：

韩老六从房檐下跳出，一把抓住小猪倌的胳膊，叫唤道："李青山，李青山，有贼了！"(240)

李青山从东下屋出来，手里提一根棒子。

目标文本：

Now he lunged forward and caught the boy by the arm, shouting at the top of his voice:

"Li, come quick! Thief! Thief!"

The henchman rushed out, stick in hand. (133)

除了韩老六，小说下卷重点刻画了杜善人这一地主的形象。杜善人是韩老六的侄儿的老丈人，好念佛，并以此装作善人。杜善人这一"伪善"的特性在以下例子中得到充分展现。

例 16

源文本：

杜善人说着，哭丧着脸，一对细眼睛里噙着两颗闪亮亮的眼泪瓣。妇女们都给打动了，她们眼睛落在杜善人的破面袍子的补绽上，和鬓角上的花白头发上。她们不想往下问，腿脚往外移动了。这时候，郭全海来了，看见杜善人装作可怜相，有一些人，特别是妇女，给他糊弄了，正在走散。他慌忙把他噙在嘴边的小蓝玉嘴烟袋取下，别在裤腰带子上，跳上炕沿，大声说道：

“**大地主的话，可别信了**。他这会子装孙子，哭天抹泪，在早，他们整得咱们穷人眼泪流成河。我爹死那天，天刮暴风雪，还没咽气，韩老六就叫抬出去。那时候杜善人也在，他从旁边插嘴：‘快抬出去，搁屋里咽气，秽气都留在家里，家口好闹病。’他们就把我爹抬出去，活活冻死在大门外头。”(77–78)

目标文本：

Goodman Tu **pretended** to cry as he spoke, and in the narrow eyes, embedded in fat, there **actually** glittered two tears. The women were taken in, and gazed **sympathetically** at his patched gown and his grey temples. They ceased to question him and were about to leave him alone. At this juncture, Kuo arrived and understood the situation at a glance. *The hypocrite* had been playing on the women's soft-heartedness, and successfully! Kuo took from his mouth the stemmed pipe with the jade bowl and stuck it in his waist-band. He leaped upon the *kang* and boomed:

“*Don't listen to him*! *Every landlord is a great hypocrite*. This one shed crocodile tears to make you pity him—but what are his two tears to the ocean of tears we poor villagers have shed all these years? I remember the day when my father was dying—it was snowing and my father was groaning, not yet dead, but the landlord Han Number Six ordered my father put out of doors. This landlord Tu was there too, and he supported Han, saying: ‘Drag him out quick. Don't let the stink of a dying man linger in the room to contaminate the whole household.’ Then they carried my dad out, and he was frozen to death outside the gate.” (235–236)

上述源文的语境是郭全海带领的清查小组来到杜善人家准备清查和接收其财产。当被问及藏匿起来的金子时，杜善人谎称金子早已上交，并使用苦肉计，装可怜，试图蒙骗过关。源文主要通过两个层面来塑造韩老六的形象。一是小说全知叙述者的叙事层面，二是以郭全海这一小说人物的认知方式的叙事层面，后者具体表现为以郭全海的视角（“装作”“糊弄”），以及直接引用其话语来描写、评价杜善人。郭全海的话语，也表现出其坚定的斗争意识。

再仔细对照译文，我们发现，译文通过选用带贬义色彩的词以及添加等明示化的策略，抹掉了（至少是模糊了）源文的两个叙事层面，再现甚至强化了杜善人狡猾、伪善的形象。首先看第一个叙事层面的翻译。源文开头描写杜善人“哭丧着脸”，尔后还有对那双“细眼睛里噙着两颗闪亮亮的眼泪瓣”的细节描写，译文通过选用“pretend”（假装）与添加“actually”（实际上）这两个词语，清晰明了地把杜善人假戏真做的伪善一面展现出来。至于农民妇女们“给打动了”一词，译文也并没有简单地直译成“were moved”，而是从下文郭全海的视角出发，将其明示化地翻译成“were taken in”（被欺骗），读者因此也提前意识到杜善人的狡猾。此后译文还添加了“sympathetically”（同情地）这一修饰成分，一方面凸显了农民妇女们内心善良的品质，另一方面也反衬出杜善人的阴险狡猾。

再看第二个叙事层面的译文。先看“郭全海来了，看见杜善人装作可怜相，有一些人，特别是妇女，给他糊弄了，正在走散”这一句的翻译。译文基本上采用了意译的策略，总结式地概括出源文所隐含的意义，其中以“the hypocrite”（伪君子）这一带有明显贬义内涵的抽象名词指代杜善人，一针见血地点出了杜善人伪善的特性；“the women's soft-heartedness”，则与上文添加的“sympathetically”形成互文，进一步融合了源文两个不同的叙事层面。接下来第二段译文中的“Every landlord is a great hypocrite”[12]，更把“伪善”这一特性，分派给韩老六、杜善人之类的“landlord”阶层。与此同时，贫民郭全海的阶级意识也无疑提升了不少，由此体现出来的两大阶级阵营的斗争话语更显尖锐化。

需要特别强调的是，从这一译例，我们能清楚地看到意识形态在译文中留下的深刻印记。如上文所述，源文事实上蕴含着两个叙事层面，一个是小说全知叙述者的叙事层面，这一层面的叙事较为客观、中立，如源文使用了

“哭丧着脸”“打动”等这类词汇描写韩老六；另一个是小说人物郭全海的明显带有意识形态的视角。然而，源文开头叙述者部分的译文在处理地主和农民两大阵营人物形象上，分别选用与添加明显带有价值判断的负面与正面情感态度的评价语，使源文较为中立的立场，向下文小说人物郭全海的立场转变。而后者所代表的又是经过中国官方的阶级斗争话语改写得更为鲜明的政治立场。因此，整段译文由始至终受到阶级话语的影响，其叙述观点亦更贴近官方意识形态，充分体现出意识形态操控翻译的强大作用。

对于原作中农民阵营与地主阵营的其他人物的正反对立形象，以及两者关系所体现出来的阶级话语，译本同样采取多种策略，尽可能忠实地予以再现、强化。如小说上卷第一章开头赶车人老孙头向土改工作队队长萧祥列举土匪在元茂屯的恶行后，表达其愤怒的总结性话语“真不是人做得出的呀”(9)，译本将其译作引申义“The beasts”（5），充分传达出老孙头对土匪的愤怒之情。上卷第十六章中老孙头背地里嘲讽被韩老六收买的变节农民杨老疙瘩的话“瞅瞅那腿子主任”（237），译文忠实地将其译为“Look at that so-called chairman—Han's running dog!”（130），充分表现出老孙头是非分明的性格，并且强调其与地主阵营对立的立场。上卷第十六章描写吴家富被韩老六抓到后，不受其摆布的动作“仰起脸来”（241），译文译成“tossed up his head defiantly”（133），添加“defiantly”（不顺从地）一词修饰“仰起脸”，明确地传达出吴家富不受韩老六威胁的反抗精神。上卷第六章土改工作队描写第一次农民诉苦会上，韩老六的心腹、富农李振江面对其他农民倒苦水时，只是“光笑”（67），译文译成“just smirked”（39），选用的“smirk”是一个明显带有负面评价意义的词，表示“得意地笑（时常是他人的不幸引发的）”，清晰地表现出李振江与农民之间的对立关系；李振江为阻止老田头诉苦，向他“瞪眼睛”（71），译文译作“forbidding stare”（42）。对于上卷第八章土改工作队第一次组织的农民斗争地主韩老六大会上，李振江与韩长脖子在农民中为韩老六说好话的描写，“找人唠嗑”（106）、“轻巧地笑笑”（106），译文采用解释的手法，将其意译成“tried to win sympathizers for the landlord”（61）、“a crafty smile”（61），无不清楚地展现出其归属于地主阵营的阶级身份。下卷第一章中描写李振江的侄子李桂荣

“心眼多”一词，译文译作“as cunning as they come”（201），“cunning”（狡猾）一词的选用以及“as...as they come”的强调句式，强化了李桂荣为人狡猾的负面形象。下卷第四章中写到以前是地主，后来混进农会当上主任的张富英拉拢自己人，“尽找三老四少，能说会叨的那班人”（47），译文意译为“he made friends with who knew how to please him”（220）。下卷第五章描写李桂荣“连连哈腰，满脸堆笑”地响应土改队队长萧祥要求其好好反省自己的错误的要求，译文译为“smiling hypocritically and bowing”（227），添加“hypocritically”这一具有负面评价意义的词汇来修饰动词“笑”，体现了译文从国家意识形态的视角对李桂荣的解读，凸显出李桂荣的虚伪形象。类似的例子还有很多，限于篇幅，不再列举。

综合以上译例，我们不难发现，《暴风骤雨》英译本采用的是以源语为取向的翻译方法，忠实于国家意识形态。首先，译本从对外宣传的目的出发，删略了有损中国正面形象的内容。其次，译本立足于官方的阶级分析理论，采用增添、解释、改写等翻译策略，较为忠实地再现甚至强化了原作所蕴含的阶级话语，尤其在处理原作中的贫民形象与地主形象问题上，采用了两极性的手法。一方面，译本中赵玉林、郭全海等农民的斗争精神增强，其形象更为正面；另一方面，韩老六、杜善人等地主则更为凶狠，其形象更为负面。由此，农民与地主之间的矛盾和斗争更趋尖锐化和激烈化。在这一点上，译本可以说是当时官方对农民与地主的阶级定位以及阶级斗争话语的最佳注解。

译本强化赵玉林、郭全海等农民的斗争意识，以及凸显韩老六等地主的负面形象，无疑为译本所表现的土改运动主题增加了更多的合法性和必要性。中国共产党领导下的土改运动，一向被认为是革命成功的关键，是立国的基础。据有关研究者的观察，党史将土改的意义描述为：通过土地改革，彻底地消灭了封建剥削制度，提高了农民觉悟，解放了农村生产力，建立起农村基层组织，为以后在中国农村实行的合作化运动与人民公社运动奠定了坚实的物质和群众基础（李杨，1993）。杜润生也曾将土改的意义归结为两点：一是为了“政令统一”，即建立一个现代民族国家的政治体制；二是使农民获得自己的阶级意识（2005：18－20）。周立波的《暴风骤雨》自觉与土改的官方表述相呼应，通过正面表现土改运动，在文本的层面建构起中国共产党领导下的人民当家做主的新秩序，从而成为土改叙事的典范。而《暴风骤雨》的英译本 *The Hurricane* ，以其更为鲜明的阶级化叙事，参与到这一时期的建构中国作为多民族国家的合法性之中。

第二节 《林海雪原》英译本之革命英雄的重塑

一、革命英雄传奇：《林海雪原》

1957 年由中国作家出版社出版的《林海雪原》，是 1949 年至 1966 年期间革命战争题材小说的主要代表作之一。这部小说是作者曲波根据自己的亲身经历而作，讲述 20 世纪 40 年代东北解放军的一支 30 多人的小分队，深入人迹罕至的长白山和绥芬草原，围剿并消灭国民党军队残余势力的故事，其中包括奇袭虎狼窝（乳头山）、智取威虎山、绥芬草原大周旋、大战四方台四次战斗故事。与同时期创作的主流革命战争小说一样，《林海雪原》大体上迎合了这一时期意识形态规约下的文艺政策，如小说选取解放战争这一革命战争题材，着力刻画解放军战士的英雄形象；小说由始至终都透出一股革命浪漫主义的气息，主要英雄人物形象高大，反面人物脸谱化（如鹰钩鼻子秃鹫眼等）；小说最后以革命英雄的全面胜利而结束等。与此同时，小说所描写的斗争的特殊性，又使其有着不同于其他革命战争小说的鲜明的独创性。这种独创性在当时的文学评论家看来，大致体现在两大方面：“一是艺术方法方面的‘民族特色’，即借鉴中国古典小说如‘水浒’‘三国’‘说岳’等结构和叙事方式，另一是夸张、神奇化赋予故事、人物的‘传奇性’。这些包括人物活动的环境（深山密林、莽莽雪原）特征，故事情节上的偶然，以及人物性格的‘浪漫色彩’”（洪子诚，2008：191）。《林海雪原》所采用的革命战争题材与古代传统小说的创作手法，使其在 1949 年至 1966 年期间获得了“革命英雄传奇”的称号（王燎荧，1958：31）。

《林海雪原》以传统小说手法表现革命主题，语言通俗，具有很强的故事性和娱乐性，因此深受当时读者欢迎和喜爱。小说发行量在出版后不到两年的时间内达到近两百万册，成为这一时期发行量最大的作品、“当时雅俗共赏、老少咸宜的流行读物”（陈思和，1999：65）。此外，小说还陆续被改编成话剧、京剧、地方曲艺和电影。在全国各地广泛演出和放映后，杨子荣、少剑波、座山雕等人物形象更是家喻户晓⑬。

与读者群的喜爱相比，文学评论界对该小说的反应较为复杂。《林海雪原》中革命与传奇相结合的特征，同时成为当时官方文学评论界肯定和否定的对象。一方面，小说出版后立即赢得了主流文学评论者的广泛好评。如时任《文艺报》副主编的侯金镜在《林海雪原》出版才三个月后，就写出了题为《一部引人入胜的长篇小说——读〈林海雪原〉》的评论，对作品“描写新英雄人物”的“充沛的革命英雄主义的豪迈感情”、“浓厚的传统色彩”、传奇的战斗场面，以及口语化的语言等，都一一给予了充分的肯定（1958：1－23）。另一文学评论者何家槐亦大致重复了侯金镜的观点，认为这部小说“确实是一部富于传奇色彩和民族风格、相当真实地反映了人民军队的英雄气概和崇高品质、激动人心、引人入胜的革命浪漫主义作品”（1958：37）。但另一方面，虽然作品在表现剿匪小分队战士的英雄特征时也注意到了所谓的“阶级本质”等程序，但在人物性格刻画上又明显受到了民间传统小说的“五虎将”模式的影响（陈思和，1999：65；李杨，2003：12）。注重个人英雄色彩的传统小说人物模式并不能与社会主义现实主义所规约的“新时代英雄”规范完全契合，小说内部孕育的“革命”与“传统”之间既有融合，更有着无法调和的冲突（李杨，2003：1－35）。因此在《林海雪原》出版后，主流文学评论者纷纷依据社会主义现实主义的成规，对作品在解放军形象塑造方面提出了批评。这些主流评论直接影响、制约着英译本对革命英雄人物的重塑或再现。这一点我们将在下文做详细的分析和讨论。

二、从革命英雄到意识形态典范

《林海雪原》发表后的第二年，《中国文学》第6期首先登载了由时任外文出版社“外国专家”的美裔译者沙博理翻译的第五章至第八章节选。1962年外文出版社出版了小说英译单行本 *Tracks in the Snowy Forest*。通过源文和译文的对照分析⑭，我们可以发现原作所刻画的栩栩如生、形象各异的解放军战士形象，在译作中失色不少。在政治意识形态与主流文学规范的双重作用下，作品中深受民间传统小说英雄模式影响的革命英雄最终演变成社会主义意识形态的典范人物，以“完美”的姿态充当国家理想的形象大使。具体说来，英译本中解放军“完美”的革命英雄形象主要体现在以下三个方面。

（一）雄健坚强

小说中，小分队队长少剑波是作者着力塑造的英雄人物。少剑波英俊潇洒，多才多艺，颇有传统小说中周瑜式的儒将风范。首先我们来看看小说与译作是如何再现少剑波在小说中的首次出场的。

例 1

源文本：

团参谋长少剑波，军容整齐，腰间的橙色皮带上，佩一支玲珑的手枪，更显得这位二十二岁的青年军官**精悍俏爽，健美英俊**。他快步向一营练兵场走去。(1)

目标文本：

Shao Chien-po, his uniform neat and spruce, a smart little automatic in the holster hanging from the brown belt around his waist, strode briskly towards the drill field of First Battalion. He was the regimental chief-of-staff, *a brilliant*, *handsome* young officer of twenty-two. (1)

整体来看，源文中的少剑波这一团参谋长可谓是风度翩翩、英姿焕发，但同时我们也留意到源文本对少剑波的形体描写“精悍俏爽，健美英俊”却又表现出些许女性化的特质。根据《辞海》的解释，“俏”最基本的含义是“容态轻盈美好”（夏征农，1999：663），一般用来修饰女性。对于源文这种女性特质的描绘，译文作了删略处理，并只用“handsome”（英俊的），把源文中形容男性“英俊”一词的意思忠实地传达出来。这样一来，译文中少剑波整体的形象较源文更符合男性正面形象的标准。事实上，对于小说注重少剑波的外貌描写，当时就有敏感的批评者表示过不满：“《林海雪原》中这个二十几岁的指挥员，他的根基立在何处呢？作者交代大半是包括眉眼英俊在内的外形上的描绘，而很少着力在他遇到困难的时候，深刻地表现他是党的一名战士，他是站在群众当中、依靠群众的人民勤务员”（孙佩珍，1961：93）。若从这一批评来看，上述源文对少剑波的形体描写，无疑是有过之而无不及了，更不用说还多了几分缺乏强健力量的女性特质，译文删略了少剑波的这一特质，也就不难理解了。

小说除了刻画少剑波外表英俊儒雅，还突出展现其内心柔软的一面，以及其略带文人气的软弱与感伤。小说从一开始就不时渲染少剑波对姐姐的无限深情。在回顾少剑波的成长时，小说使用了大量的肢体语言，如抱、搂、拉、吻，这些爱的动作支撑了少剑波的成长；姐姐被杀后，少剑波始终没能摆脱丧亲之痛，时常陷入对惨死的姐姐的感伤怀念中而不能自拔。对此，后来有学者把少剑波解读为一名被“雌化”的男性（李杨，2003：17）。事实上，少剑波也确实不同于小分队中其他粗豪的战士，更不像同时期众多战争小说中的那些成熟而坚强的共产党员。试看以下的例子：

例2

源文本：

当少剑波读到“鞠县长……一并被围”，嗓音因急躁而有些颤抖，在座的同志们都以不安的神情看着剑波，尤其刘政委更显出一种特别关切的神情。

“团长！一分钟也不能耽误。”**少剑波虽然努力镇静，但总显露出有点担心和不安。**（4）

目标文本：

When he read “...County Head Chu...surrounded...”, Chien-po’s voice trembled. The other comrades looked at him uneasily. The gaze of Commissar Liu was particularly concerned.

"Regimental Commander. We can't delay a minute." *Chien-po composed himself with an effort.* (4)

源文引自小说第一章"血债"，该章写的是少剑波临危受命，率队驰援遭土匪袭击的村庄杉岚站，因为杉岚站驻扎着由少剑波的亲姐姐鞠县长率领的一支土改工作队。少剑波父母早亡，是姐姐将他抚养成人。因此，姐姐的安危让少剑波心急如焚。以上源文描写少剑波在接受上级命令之际，同时也获知自己的亲姐姐被敌人包围的消息，自然地流露出担心与不安。源文对这种人之常情做了真实的展现：少剑波"有些颤抖"的嗓音是因"急躁"所致；"虽然……但……"的转折句式，强调的是"但"之后对少剑波"有点担心和不安"的心理描写，这无不让人更多地看到少剑波个人情感的流露。但译文并没有让少剑波把自己的"急躁""担心"和"不安"流露出来，而是强调了他不为个人感情所左右，即"composed himself with an effort"（努力保持镇静），忠于革命工作的坚强品质。当时有评论者对作者"不知不觉间过分地突出了少剑波由于姐姐被杀而感到的痛苦"表示不满，认为这样的描写"不能很恰当地结合'私仇'和'公愤'——个人仇恨和阶级仇恨，不善于表现骨肉感情和革命感情的一致性"，"容易让人感到少剑波对于群众的感情，远不如他对自己的亲人的感情来得深厚，因而无形间贬低了这个人物的精神境界"。换言之，英雄人物的"个人感情"应该"服从于革命感情"（何家槐，1958：43 - 44）。以上译文对少剑波个人情感的抑制，强调其接受剿匪任务时的镇静，无疑与这位批评者的精神是一脉相承的，译文中少剑波被赋予了一种不为个人情感所左右、忠于革命事业的坚强品质。

译本类似淡化少剑波对姐姐思恋之情的做法，还体现在其删略了少剑波不愿剪去以前姐姐给自己洗过的头发，深深沉浸在对已故姐姐的思念之中的描写。

例 3

源文本：

剑波在阎部长等休息以后，老用手理着自己的头发，神情上显出对他那头乌发深厚的留恋，舍不得剃去。可是这林海雪原里，又不能专为他带个理发员。他为什么这样留恋他的头发呢？而且剃与不剃会影响他的情绪呢？在这样一个标准军人风格的青年军官来说，确有些令人奇怪，也许有人会想到他是为了自己更美一些，或者使白茹更爱他？

白茹却像检查战士们一样来检查他了，又是在上次督促他洗脚的地方，白茹连蹦带唱地跑进来，显然看出她是为自己对战士们的卫生推动工作而满意。她进门就向剑波报告道：

"报告二〇三首长，全队我都检查了，理发、洗衣、指甲、脚丫全都收拾得干干净净，杨子荣的胡子刮了又刮，每个同志都年轻了五岁。"她那美丽的大眼睛紧盯着剑波，可是剑波头也没抬，只是在默默地理着他的头发。

"不过……"白茹看到他又在沉思什么，按他的老习惯是谁也不敢打扰的，所以她发的声音是忐忑而又低微的，"不过只有一个人，还没……"

"我知道。"少剑波不耐烦地皱了一下眉头，可是马上又发出了悲伤的音调，"只有我一个人没理发……"他站起身来凝视着眼前的墙壁。

白茹锐敏地意识到剑波是在深沉而痛楚地回忆，她顿时好像心中恍然大悟，没头没脑地说了声："我倒没想到，一切由我来办。"说着转身跑出去。

是的，只有白茹才能深切地了解他这时的心情。剑波父母早亡，他那慈爱如母的姐姐，千百次地给他洗过头发，直到剑波当了营长，每逢作战回来，他去看鞠县长，她差不多总是要亲手给他洗洗头，剪剪指甲，哪怕是他自己刚洗过。所以说他每一根发丝都捋遍了姐姐的手迹。今天他却失掉了她，如今他怎么能舍得剃掉这满是姐姐的手迹的宝贵的东西呢！

当白茹给鞠县长当勤务员的时候，看到这种情景，也不知是什么感情竟使她自己流出泪来，她深深地羡慕着人间有这样的好姐姐。

白茹拿着梳子和剪子跑进来，让剑波坐在凳子上。

"白茹！还是剪去吧！"

少剑波低沉地对白茹说。

“不能，绝对不能。”

白茹的答声，又肯定，又坚决。

她细心地、几乎是一根一根地、按着鞠县长生前所一向喜欢的样子，为剑波剪理，她生怕有半点差错。

此刻他俩完全沉入对鞠县长的思念中，室内只有剪刀声和他俩的呼吸声。(360 - 361)

此处源文主要对少剑波因思念姐姐而不愿意剪去头发的心理做了大篇幅的细致描写，一方面体现少剑波与姐姐的姐弟情深，另一方面也强烈地渲染出少剑波文人气的伤感。译文对这一大段描写的删略处理，使少剑波伤感的文人特质也随之消失。结合前面例2译文的改动来看，这一删略同样起到烘托少剑波忠于革命事业的坚强品质的作用。

（二）具有集体主义精神的崇高思想

1. 淡化“个人英雄主义”色彩

少剑波年轻英俊，上知天文、下知地理，既有科学知识，又有文学才华。对于这位小分队的指挥员和中心人物，小说着重突出了他的个人智慧，及其对小分队队员的英明指挥和领导。例如，少剑波在消灭土匪许大马棒的战斗中，面对威虎山易守难攻的险峻地形，以智取的战术谋略，运用奇袭战术，消灭座山雕匪部等战斗叙事，无不充分表现出这一小分队队长的足智多谋与高超的指挥艺术。面对这样智勇双全的队长，杨子荣对少剑波的评价是：“就像你，二〇三首长，由于你身经百战，所以你指挥千军万马，就像挥动你自己的两只拳头一样，这一点，我是无论如何办不到……”（曲波，1958：172）；小分队的战士对少剑波无不五体投地，他们欢喜若狂地喊道：“我们二〇三首长真是文武双全!”（曲波，1958：109）；夹皮沟的老百姓更是将少剑波奉若神明，将其视为“神人”（曲波，1958：337）。

这种突出个人作用的倾向，与当时中国强调集体主义的主流意识形态是格格不入的，与社会主义现实主义成规下对“新时代的英雄”的界定也同样不相符。在第三章中我们已经提到，“社会主义现实主义”在第二次文代会上，被正式确立为新中国文艺创作和批评的最高准则。据余虹的研究，这种新的文学规范是特定历史的产物，与“五四”时期旧的现实主义有着很大的区别，体现在“社会主义现实主义”更为注重文学的改造现实和引导现实的实用功能，即通过文学“真实的”描写，用社会主义精神在思想上改造和教育劳动人民，使之成为改造现实的政治力量（2001：195）。这样一种以意识形态教化为取向的文学规范强有力地制约着作家们“写什么”以及“如何写”。在“写什么”这一问题上，作家被要求在社会生活中写工农兵的生活，在工农兵的生活中要写工农兵英雄人物的生活。“如何写”问题主要集中体现在“典型化”的创作手法上。这一“典型化”的概念并非文学内部的超然存在，相反它具有浓重的政治意识形态色彩，其艺术化身是代表着中国共产党和国家形象的英雄人物。由于担负着教育民众的功能，英雄典型必须是“理想化”的楷模，即根据马克思列宁主义、毛泽东思想所能构想的无产阶级的思想、道德和精神来塑造的“典型”，以“社会主义”乃至“共产主义”的理想为“典型”的前景，这些“新时代英雄”是“具有集体主义思想和高度纪律性的人们”（姚丹，2000：30；周扬，1995：432）。换言之，在社会主义现实主义诗学的框架内，英雄人物是集中代表社会主义，甚至共产主义意识形态的典范人物，而与这种具有“集体主义思想和高度纪律性”的品质相对立的因素——个人主义，则受到极大的压制甚至排斥。

《林海雪原》凸显少剑波个人作用的做法，显然与上述“新时代英雄”的标准相背离。因此，小说在出版后不久，当时文学评论界纷纷对少剑波身上的“个人英雄主义”提出严厉的批评，如认为小说因此忽略了“党的领导”“集体智慧”和“人民群众的力量”，“在整部作品中，作者过分渲染了少剑波个人的指挥才能，极力描写他的惊人智慧和果断坚决，描写他的运筹帷幄和神机妙算，有时甚至把他的个人作用夸大到了使人不能置信的程度”（何家槐，1958：37－39）；“在描写战斗活动上，那些带有很大偶然性的情节，最后都是由于少剑波的神机妙算而解决的；小说对于人民群众的作用没有给予充分的估价，比起对少剑波的颂扬来，实在太不相称了”（章仲锷，1961：19）；“小说《林海雪原》的思想性、艺术性不强，主要地还不在用了真的人名地名，而是在于少剑波这个人物描写的失败。由于把这个人物置于党和群众之外，就没有充分地表现出历史的本质和时代的精神。即使完全作为一部小说来看，对于这个党性不高、格调不够健康的人物，如果缺乏分析，就会在读者中树立一个不高的学习榜样。他的许多不正确的思想作用会起到与作者本意相反的作用”（金童，1961：13 – 14）。

在上述权威评论的影响下，英译本对原作中凸显少剑波“个人英雄”色彩的地方，做了很大程度的删改处理。如小说第八章“跨谷飞涧，奇袭虎狼窝”的末尾写到，小分队在蘑菇老人的帮助下，成功攻下地势奇险的乳头山后，少剑波立即在一片小木板上挥笔写下一首赞美诗，并由小分队的卫生员白茹大声念出。面对这位才华横溢的小分队队长，白茹和战士们无不将其视为膜拜的偶像。

例4

源文本：

剑波高声向战士们喊道：“感谢蘑菇老人对我们的帮助，祝老人长寿无疆！”

大家一齐喊起来，围绕着这位眉笑眼开的老人。

在战士们的狂欢声中，少剑波拾起一片小木板，走到帮助小分队成功的那棵参天的大树下，他拉了拉还在随风摇荡的大绳子，便取出自己的钢笔，喳喳！在木板上写了几行字。写毕把木板挂在那棵参天的大树上。

战士们的欢笑中，突然听到刘勋苍高喊：“来呀！来呀！……”战士们顿时连蹦带跳一窝蜂跟在刘勋苍后头，向那块挂在树上的木板跑去。

少剑波站在一旁瞅着他们微笑。

刘勋苍手拿一条狍子腿，口里嚼得正香，他边嚼边念道：“奇峰破云，林梢……哎咳……咳……”被一口狍子肉呛了嗓子。

战士们大笑起来，栾超家一把夺下了他的狍子腿，“你吃了几条啦？坦克！别摸着这不值钱的肉，胀坏了肚子大家还得抬着你。”

白茹从人缝挤到前面，满面笑容地高声念道：

奇峰破云，林梢戳天，
茫茫千里无人烟。
小分队驰泳山涛林浪，
蘑菇老人神话乳头天险。
哪怕巨石吊悬，
何惧无底深涧。
意志冲碎盘石，
胆魄填平深渊。
鹰嘴枯榆当岸，
乳头细枝为沿。
一丝天道荡空，
恰与云桥相伴。
飞取仙姑洞，
奇袭乳头山，
笑匪徒何不上天？
生擒许家恶魔，
送交人民——
有仇报仇，有冤报冤，
血债要用血来还。

白茹读完，两手一合跳了个高，明亮的眼睛盯向剑波。

战士们欢腾若狂地嚷道："我们二〇三首长真是文武双全！"（108－109）

目标文本：

"Let's give thanks to the Old Mushroom Picker for his help," Chien-po called to the fighters, "and wish him a long, long life."

With shouts of approval, they all surrounded the smiling old man. (119)

在这里，曲波明显借鉴了中国传统英雄传奇的写法。传奇的英雄人物大抵分为两类，一类是张飞、武松、李逵之类的粗豪英雄，另一类则是诸葛亮、周瑜式的儒将。《林海雪原》中的英雄也是由这两种类型构成，杨子荣、刘勋苍等小分队战士属于前一类，是所谓的“五虎将”式的英雄，少剑波则是典型的儒将式的人物、传统才子的翻版（陈思和，1999：65；李杨，2003：12－13）。一群粗豪的勇士，以众星拱月的方式，把少剑波的才华充分地烘托出来——不仅指挥英明，而且还会吟诗作赋。这样的描写在当时的权威评论者何其芳看来，不仅“太过陈旧”，而且还表现出少剑波“身上那种沾沾自喜的个人英雄主义”（何其芳，1958：27－29）。相应地，我们发现译文删略了源文画线部分一大段表现少剑波才华的诗词，以及小分队队员恭维少剑波的描写，仅保留了少剑波感谢代表人民群众的“蘑菇老人”，以及小分队队员在其号召下祝愿蘑菇老人长寿的话语，译文由此强调了少剑波和小分队的人民群众基础。

为了表现少剑波这一“更为完整的人民解放军的指挥员的形象”（转引自何其芳，1958：27），小说在多处描写了少剑波神机妙算、英明指挥的领导者作用。小说第三十二章“林海雪原大周旋”便是其中一个重要的例子。该章写到小分队中了土匪马希山等人的埋伏，被重重包围、陷入绝境之际，少剑波临危不惧，细心地分析作战形势，与土匪们展开一系列大周旋，最终扭转局势。以下引文是其中一处对少剑波临阵不畏、冷静思考的心理描写。

例5

源文本：

少剑波在这种危急的情况下，这个年轻的指挥员，在四倍以上的敌人面前，在几乎是四面被围的情况下，在密集的火网笼罩下，他像一座坚固难破的岩石，像一株冰霜不惧的青松，像狂风巨浪中的灯塔，像天昏地暗中的太阳，他不慌不忙地指挥着。因为他知道：在这个时刻里，他任何一点慌张都会使战士们失去斗志，失去沉着，失去胆量。他要作战士们心中的泰山，他要作狂风巨浪中的舵手，他要作烈火中的真金。只有这样才配称是一个人民解放军的指挥员，也才配

称共产党员。(457-458)

目标文本:

Under these dangerous circumstances, apparently surrounded by an enemy four times his strength, hemmed in by a dense network of fire, the small detachment stood like an indestructible rock, like an evergreen which feared neither ice nor frost. Chien-po gave his commands, calm and unruffled. For he knew that the slightest show of panic on his part would cause his men to lose their fighting determination, their steadiness, their courage. He had to be the immovable Mount Taishan in his men's hearts, the helmsman in the storm, the pure metal in the fires of the crucible. Only thus would he be worthy of the name of People's Liberation Army commander, only thus would he deserve the name of Communist. (455)

上述援引的源文充分表现出少剑波作为小分队队长的大将风范。对于引文中把少剑波比作“坚固难破的岩石”“冰霜不惧的青松”“狂风巨浪中的灯塔”“天昏地暗中的太阳”“泰山”“狂风巨浪中的舵手”和“烈火中的真金”的一连串比喻，有批评者曾严厉地斥责其为“空泛的形容词”（章仲锷，1961：19）。尽管“灯塔”“太阳”“舵手”“泰山”等词在这一时期还没有成为最高领袖的专用喻体，但这位批评者却已经提到了“党性”的高度来质问作者：“在少剑波之外，还有什么位置留给别人吗?”（同上）。译文删去了突出表现少剑波领导作用的两个比喻“像狂风巨浪中的灯塔，像天昏地暗中的太阳”，尽管未能把这些突出少剑波个人作用的字眼全部删掉[15]，但至少也能在一定程度上削弱少剑波的“个人英雄主义”色彩。

译文修正少剑波“个人英雄主义”的努力，还能在以下改动中得到充分的体现。小说第二十五章“将计就计”中写到，皮夹沟的老百姓们因担心小分队队员没能成功捉拿到土匪座山雕，陷入恐慌并议论纷纷，一些青年民兵则安慰他们说：“剑波同志神人一般，保险活捉座山雕”（曲波，1958：337）。在何家槐看来，这是一种“个人崇拜”的描写，无疑从侧面凸显了少剑波“个人作用”（1958：38）。译本将其改为“our PLA fighters aren't ordinary men. They'll capture that old Eagle for sure" （我们的解放军战士神人一般，保险活捉座山雕）（Chu Bo，1962：329）。其中，“少剑波”被替换成“我们的解放军战士”，少剑波身上的“个人英雄主义”的“缺陷”在译文中得到纠正。同时，经由“我们的解放军战士”体现出来的集体主义精神得到彰显。

2. 淡化爱情描写

少剑波英俊潇洒、机智英勇、文武双全，因而赢得小分队卫生员白茹的无限爱慕。白茹和少剑波的恋爱，在小说中是一条若隐若现、贯穿始终的线索，在某些章节中甚至有大量描写。然而，这一段在紧张战斗中的浪漫爱情插曲，却成为官方评论家一致口诛笔伐的对象。侯金镜就认为，小说对白茹初恋感情的细致描写是“结构上赘疣”，白茹表现在爱情上的精神境界，“又是那样狭窄和卑俗”。在少剑波考虑战斗时，白茹经常去打搅他，用隐晦曲折的私情去影响他；作者非常爱写她撒娇，并夸张地描写她追求“小首长”的热情，似乎是有意在艰难的战斗中抹上一笔桃红，并以此衬托出少剑波的“纯洁”情怀，但笔调“却显得轻浮”，给作品无端地增加了一种叫人并不喜欢的“腻味”。更为严重的是，少剑波和白茹之间的爱情描写，被认为损害了少剑波这个新英雄“英勇果断”的形象，因为两人的上下级关系中掺杂了爱情因素，使他表现得“矜持、不自然”（1958：20 - 21）。显然，侯金镜是从功用的角度来考虑爱情描写的，爱情如果不能衬托出主人公的高尚，反而使他“矜持，不自然”，这样的爱情描写就是失败的。另一权威评论家何其芳则是把白茹当成是“渲染”少剑波，突出其“个人英雄”色彩的人物（1958：27 - 29）。之后的评论者沿袭并发展了何其芳的这一观点。在 1961 年由《北京日报》“文化生活”栏目组织的对《林海雪原》的大规模讨论中，田禾的一篇题为《女英雄还是装饰品——从“小白鸽”谈到妇女英雄形象的创造》的文章，就对白茹大肆抨击，认为小说将白茹塑造为一个“失败的妇女形象”，并把小说塑造这一“失败形象”的原因归结为小说的“最严重缺点——突出个人英雄主义，忽视党的领导作用，忽视人民群众的作用”。在田禾看来，因为少剑波与白茹之间的爱情描写，不仅是一种“低下庸俗”的“小资产阶级情调”，“与整个小说的革命英雄主义和革命乐观主义基调是那样背道而驰”，而且还突出了少剑波的“个人英雄主义的灵魂”，因此“白茹在《林海雪原》中的作用，就是为了给少剑波的个人英雄主义锦上添花”的“装饰品”，而非“女英雄”(1961：30 –35)。

针对上述文学评论家的观点，英译本对源文中白茹和少剑波之间的爱情描写，也做了大量的删略和修改[16]。如小说第九章“白茹的心”重点叙述了白茹对少剑波的朦胧初恋之情。这些细腻的爱情描写，在译文中被大幅删减。请看下面一处描写。

例6

源文本：

的确，这个天真活泼多欢多笑的白茹，自从乳头山后，确有了心事，这心事小高、小李目前哪能猜得着呢？他们俩真的认为白茹体轻力弱，又是刚满十八岁的姑娘，在这山林里作战不是她所能吃得消的。两人曾合计过再行动时怎么帮助白茹背东西，拿药包，好让她空身跟着走。

白茹的心事却完全不在这里，她的心现在只有她自己知道。她在这小分队里感到无限的幸福，除了这项艰巨任务的荣誉外，乳头山战斗后，她的心十八年来头一次追恋着另一颗心。

白茹心里那颗种子——剑波的英雄形象和灵魂，像在春天温暖的阳光下，润泽的春雨下，萌生着肥嫩的苗芽。这苗芽旺盛得什么力量也抑制不住。可是她又不敢向剑波吐露她的心。因为她知道剑波现在并没有了解她的心。她也不了解剑波能不能接受她的心。在她看来剑波好像晴朗的天空中一轮皎洁的明月，他是那样的明媚可爱，但又是那样的无私公正。她总想把他的光明收到自己怀里，独占了他，可是他总像皎洁的月光一样普照着整个的大地上所有的人，不管是有意赏月的人和无意赏月的人。

半个月来，她老是偷偷地看着剑波，她的心无时无刻不在恋想着剑波，就好像是生活中不可缺少的空气一样。她沐浴在幸福而甜蜜的爱的幻想中。她爱剑波那对明亮的眼睛，不单单是美丽，而且里面蕴藏着无限的智慧和永远放不尽的光芒。他那青春丰满的脸腮上挂着的天真热情的微笑，特别令人感到亲切、温暖。她甚至愿听剑波那俏爽健壮的脚步声，她觉得这脚步声是踏着一支豪爽的青年英雄进行曲。

“他只有二十二岁！他哪里来的这么多的智能，哪里来的这样大的胆魄？但他却常说：‘一切归功于党，一切归功于群众。’他又是这样谦虚。**我若有这样一个亲哥哥的话，我这个当小妹妹的该是多么幸福骄傲呀！**”

白茹有时独自坐在一个地方痴想，觉得以往一些看来无所谓的小事，现在回嚼起来，却有无限的甜蜜。(114 - 115)

目标文本：

As a matter of fact there had been something on White Dove's mind ever since the assault on Breast Mountain. The boys had really assumed the reason she was not her usual effervescent self lately was because she was finding the place too grueling. White Dove was, after all, only a slender young miss of eighteen. The boys had already agreed among themselves that the next time the detachment marched they would carry the medical kit for her, so that she could walk encumbered by a minimum of weight.

But that wasn't the trouble at all. White Dove was quite happy in the small unit. *The problem was that she had fallen in love with Chien-po.* And she didn't dare reveal it to him because she wasn't sure how he felt about her.

For the past half month she had been watching him secretly. She thought of him every moment. Chien-po was as indispensable to her as the air she breathed. He's so intelligent and handsome and only twenty-two—she marveled. Where did he get such knowledge and courage?

"We owe everything to the Party, and the masses. *If it weren't for the Party and the people, my sister and I wouldn't be alive today," he always says.* **Yes, he's right, I feel just the same.** (121 - 122)

小说中白茹最初的爱慕之情萌动于乳头山战役结束之际。上述引文便是在这一背景下，描写了解放军战士高波等争论“爱”字的写法，问及一旁的白茹的场景。而此时的白茹心中却暗怀情愫，沉迷在对少剑波的爱情幻想之中。译文删略了源文画线部分好几段表现白茹对少剑波爱慕之情的细腻描写，中间仅以一句干巴巴的叙述“The problem was that she had fallen in love with Chien-po”（问题是她自己已经爱上了剑波）连接上下文。而更为重要的，是译文接下来对源文结尾部分所做的添加和改写处理。源文中，白茹感叹于少剑波的智慧和胆魄，并引用少剑波的话“一切归功于党，一切归功于群众”，将之视为少剑波“谦虚”的表现。这一表现白茹痴恋少剑波的心态，在评论家何其芳看来是小说借白茹之口，表达“好像应该一切归功于少剑波，或者至少应该主要归功于少剑波”的意思（1958：28），因此是一种突出少剑波个人作用的描写。由此何其芳进一步批评作者曲波写作的思想问题，认为曲波要么把少剑波身上的个人英雄主义当作与集体主义不兼容的缺点来写，而不应该无批评地欣赏这种缺点；要么不写少剑波身上的这个缺点，而把他写得“更崇高一些”，如“忘我地献身革命，忘我地工作和战斗，他领导的一支分队作出了许多英雄的业绩，然而他却异常朴素，他不过是一个勤勤恳恳的人民的勤务员”“普通的劳动者”“人民群众的智慧的集中者和代表者”（同上）。对于这一有争议的叙述，译文做了适当的添加和删节，以纠正少剑波的“个人英雄主义”色彩。一方面，译文在“一切归功于党，一切归功于群众”（We owe everything to the Party，and the masses）之后，添加了“‘If it weren’t for the Party and the people，my sister and I wouldn’t be alive today’，he always says.”（如果不是党和人民，我和姐姐不会活到今天，他总是这么说。）。译文的这一添加成分，强化了“党”和“人民”在少剑波心中的重要性，少剑波对“党”和“人民”的感恩之情随之得到增强，而其身上的“个人英雄主义”倾向进一步得到纠正。另一方面，源文间接表现少剑波“个人英雄主义”的话语，即白茹内心对少剑波的“他又是这样谦虚”的看法，则被完全删去。显然，译文这样的处理是基于以上何其芳的批评而做的，目的就是要消除少剑波的“个人英雄主义”倾向，使其努力成为何其芳所期待的作为“人民群众的智慧的集中者和代表者”的理想英雄人物。此外，与译文大量删略源文画线部分白茹痴恋少剑波的爱情描写密切相关的，是白茹内心渴望成为少剑波恋人的想法——“我若有这样一个亲哥哥的话，我这个当小妹妹的该是多么幸福骄傲呀”，在译文里变成了“Yes, he's right, I feel just the same”（是的，他是对的，我也是这样想的）。这一改动，使得白茹的个人情感发生了质的转变，即由白茹爱少剑波的个人情感转变成了爱党、爱人民的阶级情感。

在白茹的形象塑造上，译本同样避开个人间的爱情描写，转而突出阶级之爱的例子还有以下一处描写。

例 7

源文本：

……他这声自言自语，好像惊醒了酣睡中的白茹，只听屋内白茹翻了一下身，并且喃喃地说着一句梦话：“他怎么对我这样腼腆呢？他怎么老对我……”（310）

目标文本：

His voice seemed to have disturbed her. He heard her turn over and mumble in her sleep: “Longlegs Ta-the is suffering from a bad case of frostbite, a bad case of frostbite...”（308）

引文的背景是杨子荣智擒座山雕后，小分队占据座山雕的老巢过了一个饭饱酒足的大年初一。其间，少剑波视察队员们的休息情况，走到白茹房间望着她熟睡时的美态时，少剑波不由回想起白茹跟随小分队一路作战的情景，情不自禁地呼唤白茹的名字，并称之为“女英雄”。这一呼喊仿佛惊醒了睡梦中的白茹。上述引文描写白茹日有所思，夜有所梦，内心仍琢磨着少剑波对自己的不冷不热、含糊不清的情感，不由说出梦话：“他怎么对我这样腼腆呢？他怎么老对我……”，这一痴恋少剑波的梦话在译本中被改成白茹关心小分队队员孙达得的腿冻伤的话语：“Longlegs Ta-the is suffering from a bad case of frostbite, a bad case of frostbite...”（孙达得的脚冻伤得厉害，冻伤得厉害……），源文中爱恋少剑波的白茹，由此转变成译文中对革命本职工作认真负责的“女英雄”白茹，两人之间的爱情描写已经完全不见了踪迹。

在共同经历过一起战斗的日子后，少剑波与白茹的感情日渐加深，尤其在小分队智擒座山雕，大破威虎山之后，少剑波通过日记表露了自己对白茹的情感。小说第二十三章“少剑波雪乡萌情心”便是主要描写少剑波对白茹的倾心。该章的标题，在译文中被改为“New Year in the Snowy Countryside”（雪乡的新年），这一章的爱情主题也自然随之受到极大的压制，请看以下一处描写。

例8

源文本：

正在这时，白茹连蹦带跳地奔回来，她一看剑波不在，又见日记本在桌子上，便蹑手蹑脚地走到桌子旁，怀着一颗火急的心，要看看剑波到底写了自己些什么。她翻开那日记本一看，她的心突突地跳起来。看那开头的一行写着：

“万马军中一娇娜，”

可是最后“娇娜”二字他又把它涂掉了，并且下面还加了一个批语：

“这两个字有损于她的形象，但是用什么字呢？”

白茹看到这个批语下面乱楂楂地点了一簇黑点，有的点上的纸已被钢笔尖所戳穿，这显然是剑波在构思找适合的词句时无意中戳点的。

再往下看又有这样的一个注语：“东北的群众对小女的爱称是‘小丫’，对！就用‘小丫’。这对她这样一个人人喜欢的小妹妹来说，再合适没有了！”

白茹的脸一红，心一热，翻过一页又往下看，“呀！原来是首诗。”白茹一行一行地看下去：

万马军中一小丫，
颜似露润月季花。
体灵比鸟鸟亦笨，
歌声赛琴琴声哑。
双目神动似能语，
垂髫散涌瀑布发。
她是万绿丛中一点红，

她是晨曦仙女散彩霞。

谁信小丫能从戎？
谁信小丫能飞马？
谁信小丫能征战？
谁信小丫能万里剿讨动杀伐？

雪埋北国军令动，
少帅嫌她太娇娜。
小丫利词志不贬，
随军步履不要马。
小丫小力佩小枪，
囊负灵丹雪原踏。
山险涧恶人如堕，
林恐雪怖胆如炸。
野兽蜂蜂多赛蚁，
恶匪凶凶毒似蛇。
容颜仍赛月季花。
乳头飞跃千尺狼牙涧，
威虎飞滑万座奇山峡。
蘑菇爷爷誉她是“灵芝”，
夹皮叔叔誉她是“女侠”。
冰天雪地大气凝，
寒气刺骨如刀刮。
勇士身僵神冻衰，
足溃手裂难征杀。
致使少帅双眉皱，
致使少帅两手搓。
小丫雪地觅妙药，

彻夜不眠施医法。
灵丹一敷溃痕愈，
勇士体健心开花。
她是雪原的白衣士，
她是军中的一朵花。
她是山峦丛丛的一只和平鸟，
她是林海茫茫的一个“小美侠”（我也这样称呼她）。
漫天风雪寻常事，
奇荒闯阵荣春华。

胜后静思小丫事
雪乡我心……（314－316）

目标文本：

Shortly afterwards, White Dove came back. Finding the room empty and the diary unguarded, she opened it quickly to see what he had written about her. She started with surprise and her face colored. “Why, it is a poem.” She read:

Who would believe that a little minx
Could become a soldier,
Ride a flying horse,
Go into battle?
Who would believe that a little minx
Could travel five hundred li
And wipe out a nest of bandits?
After the victory,
I think only of her.
Amid the snow, my heart
………（311－312）

源文此处描写少剑波大破威虎山后，雪夜萌情心，诗兴大发，在日记本上挥笔赋诗，赞美心上人白茹，以此表达自己对白茹的恋情。这一首诗首先从白茹的外貌描写入手，主要叙述了白茹一路跟随小分队所做的贡献，诗歌的字里行间无不洋溢着少剑波对白茹的喜爱之情。与何其芳批评上文例 6 中因白茹痴恋少剑波而把其口中“一切归功于党，一切归功于群众”视为“谦虚”的表现一样，他也同样认为，少剑波的这首表“情心”的诗，不仅“酸溜溜”，而且诗中少剑波再三称自己为“少帅”，这无不表明了“他对于自己年轻而做指挥员的自我夸耀”（何其芳，1958：27）。换言之，小说对两人的爱情描写在何其芳眼中是渲染少剑波个人英雄主义的另一表现，因此是必须被批判的。对于这首“酸溜溜”的情诗，译本只是节译了第二节表达少剑波惊叹于白茹骑马杀敌的巾帼英雄气概以及最后一节表达少剑波战斗胜利后才想起白茹的诗行，极大地淡化了少剑波对白茹的情感，体现少剑波“自我夸耀”形象的内容也不复存在，两人互相爱恋的情感变得十分隐晦。

白茹无意中看到少剑波的日记，并读到日记上少剑波赞美自己的诗歌，由此完全了解了少剑波对自己的情感，于是大胆地向其吐露自己埋藏已久的心声。

例 9

源文本：

“我问你一个问题！可以吗?”

“当然可以！军事的政治的都行。”

“生活的不行吗?”

“未尝不可。”

白茹抿了抿嘴唇，看了剑波一眼，低下头道：

“我看好了一个人，或者说我爱上他，更确切一点说，我倾心地热爱他，他全身从容貌到灵魂，从头上到脚下我没有一点地方不爱他的，在我看来他简直是天下第一人。”

“那你太幼稚了!”少剑波故意装着不以为然的样子，还是在摆弄钢笔。

“我一点也不幼稚，我相信我的爱是完全对的，可是我又恨他！他真惹我生气。”

“那你又太矛盾了！为什么爱他还恨他？”

“正因为矛盾，所以我才问问你呢！”白茹瞥了剑波一眼，“我恨他自高自大，瞧不起我；他老看我是个‘小丫’！在他的眼里，好像我这辈子也不会长成大人一样。他又不直爽，又不坦白。重男轻女！……”

“你这么一说这个人简直太坏了？”剑波的脸一红。

“谁说不是呢？我说你听听他多么轻视我。”白茹一把夺下剑波的笔，朗诵道：

“谁信小丫能从戎？谁信小丫能飞马？谁信小丫能征战？谁信……”

“我把你这个调皮的小丫头……快闭嘴……”少剑波满脸赤红，急忙立起身来，去拿自己的日记本。一面说道，“**我把你这个满处钻的小白鸽，偷看我的日记本，好哇……**”

“谁偷你的日记本来着？我是偷来一颗心！”

“没羞！没羞！……”

“我没羞？哼！”白茹是那样高兴，用手指刮着她那绯红的脸腮，“在日记上写人家才没羞呢！”说着她两手一阖，又朗诵道：

“万马军中一小丫，颜似露润月季花！”

剑波羞得急忙绕过桌子要去堵白茹的嘴。白茹灵巧地一转，又笑着朗诵道：

“漫天风雪寻常事，破荒闯阵荣春华。”

“小白鸽！你……”

“哎呀！真稀罕，我这个小白鸽快被人叫‘老’了，今天才听见你叫第一声。”(318－319)

目标文本：

“I'd like to ask you a question. May I?”

“Of course. Military, political—as you like.”

“Not about private affairs?”

“Why not?”

"*Do you think we should criticize a conceited person?*" White Dove glanced at him. "There's one fellow among us who's so conceited that he looks down on me. To him I'm 'a little minx', a child who will never grow up. He's a male chauvinist..."

Chien-po blushed. "Surely he can't be that bad?"

"Can't he? Just let me tell you how he despises me!" White Dove took the pen from him and recited: "Who would believe that a little minx could become a soldier, ride a flying horse, go into battle? Who would believe—"

Red to the ears, Chien-po leaped to his feet and snatched his dairy. "*You shouldn't have looked at it*—" (313)

从上述引文的画线部分，我们读到的是白茹大胆示爱，以及接下来两人类似情人间的打情骂俏场景的描写。对于源文这种大胆的情感描写，译本一如既往地做了较大的删改处理。白茹大胆示爱的话语，在译本中被改为严肃和一本正经的问话"Do you think we should criticize a conceited person?"（你认为我们应该批评一个自满的人?）；两人一唱一和的"打情骂俏"被删略；少剑波口中亲昵的"骂语"——"我把你这个满处钻的小白鸽，偷看我的日记本，好哇……"，在译文中也被改成语气平淡的"You shouldn't have looked at it—"（你不应该看我的日记）。这样一来，译文中白茹与少剑波的形象较源文正经、严肃，两人的恋情由始至终都是处于一种秘而不宣的状态。

综合以上两点分析我们不难发现，译本对少剑波这一中心英雄人物形象的处理，主要是通过删略和改动的策略，来淡化甚至纠正原作中表现少剑波的"个人主义"的描写以及与"个人主义"密切相关的爱情描写，从而塑造出一个社会主义现实主义诗学所倡导的具有集体主义精神的崇高思想的英雄形象。

（三）言行文明

我们在上文已提到《林海雪原》在英雄人物形象的塑造上，深受中国古典传统小说的英雄模式的影响，其中小分队队长少剑波是周瑜式的儒将，而小分队队员杨子荣、栾超家、刘勋苍等，则类似于传奇小说中张飞、武松、李逵之类的粗豪英雄。对于小分队队长少剑波这一儒将而言，译本主要依据集体主义意识形态来淡化甚至纠正其“个人英雄主义”色彩。那么译本又是如何处理明显带有民间草莽习气的粗豪英雄，如栾超家、刘勋苍等其他解放军战士形象的呢？我们先来看栾超家这一典型的老兵形象。作为一名山里攀登能手，栾超家身上不免带有一些农民的旧习气。他言谈粗俗诙谐，爱开玩笑，有时还忍不住说一些与性有关的口头禅。栾超家的这些鲜明个性在小说第二十四章“栾超家闯山急报”中能得到充分的体现。请看下面的描写。

例10

源文本：

……剑波把手一按，“一个指挥员，什么情况都得估计到，这你应该……”

“是的，正因为我什么情况全都估计到了，所以我才敢来。我估计你们一定在这里吃肉，喝汤，开娱乐会。”

大家一齐笑起来。

少剑波笑着摇了摇头，把手向下一压道：“你没估计到，我们可能赶不上百鸡宴，拿不下威虎山吗？嗯？”

“因为这个情况不可能出现，所以我根本没估计它。我老栾向来是实事求是，不想那些不可能的事。”

“这样说，你估计对了？你也办对了？”

“本来吗，”栾超家骄傲地把头一晃，“眼前明摆着的事实，证明我估计得分毫不差。”说着接过白茹递给他的一缸子水，咕咚咕咚一饮而尽。饮罢他把嘴一抹，“好酒！”把大家惹笑了。

“老栾！”小董往他跟前一凑。“你能估计，你估计一下座山雕死没死？”

栾超家摸了一下后脑，唉了一声，又揉了一下前额，“嗯！……这个……嗯！”

“估计呀！”小董追问一句。大家笑着看他怎么答。

“总而言之，总而言之，他死不了，也活不成。”栾超家的眼转了两转，滑稽地晃着脑袋。

小董把栾超家掀了一把，“早见阎王爷啦！”

“我说他活不成吗！”

栾超家自信地答。

“没死呀！这一下可估计错了！”大家见他答错一起嚷笑。

栾超家手一摆，“唉！慢来！慢来！你们没听懂我估计的全文。我估计的全文是死不了，活不成。你怎来我都能对付。”

大家为他的善辩而大笑起来。

“我早把咱们这一仗估计透了，座山雕碰上咱们小分队，就好比三十晚上咽了气。”

“此话怎讲？”刘勋苍知道老栾又来了疙瘩话。

“活不到来年大初一。”

他喘了一口气又说：“百鸡宴上拿座山雕哇！就好比裤筒里抓……”他一眼看见白茹在跟前，不好意思再往下说下去，脸一红，笑着自语道：“呔！呔！下道了！这说些啥！”

小董偏逼他说：“老栾！抓什么？抓什么？”

栾超家脸更红了，再瞅了一下白茹道：“说句文明的吧！裤筒里抓那个玩意，是手拿把卡。”

杨子荣咧嘴笑道：

“别往下说啦！老栾又要磨上卸驴，快下道了！”

在大家的哄笑声中，孙达得拿着一些大肉骨头和几碗大米饭进来。**栾超家抢上去，抓了一块最大的狍子腿，上面一朵落一朵落煮得烂乎乎的肉朵，手撕口咬，大吃起来。他甚至连嚼也不嚼，往下吞咽，一阵手嘴忙乱，吃得他满头冒汗。**

少剑波笑嘻嘻地看着栾超家嘴里嚼着最后的一口，喉咙不住地打着饱嗝，便递给他一缸子水。“怎么样？饱了吧？”

栾超家连连点头，“嗯！嗯！”接过那缸子水，咕嘟咕嘟喝下去。“哎呀！酒足饭饱。”

"那么要听你的啦!"少剑波微笑着,"一路、二路的计划已经实现了,你的第三路怎么样?"

"二〇三首长,"栾超家搓着他那油渍渍的嘴巴……(323-324)

目标文本:

"A commander should weigh every possibility—"

"I did, and my conclusion was that you'd have meat to eat and soup to drink and a gay party going on."

Everyone laughed.

Longlegs returned with heaping bowls of rice and meat, and *Chao-chia tore into them ravenously*. After he has eaten his fill, Chien-po smiled and said: "Our First and Second Column have completed their mission. What about your Third?"

Chao-chia wiped his mouth. (316)

在这一章,栾超家在小分队智取威虎山后与小分队会合,小分队队长少剑波笑着批评栾超家未估计好情况就冒险闯入威虎山,而栾超家接过话头回应说自己正是凭第六感猜到了部队已经拿下威虎山,而且还在开娱乐会。接着有人问他能否感应到土匪头座山雕的下场时,他回答说座山雕应该是死不了也活不成,他甚至还说出一些猥亵的话:"百鸡宴上拿座山雕哇!就好比裤筒里抓……",话还没说完却见到小分队卫生员白茹就在面前,他只好话头一转,把原本要说的改成了文明的话。源文这一大段幽默粗俗的对话,在译本中被完全删掉。紧接着,栾超家吃狍子腿的一系列粗鲁动作,"栾超家抢上去,抓了一块最大的狍子腿,上面一朵落一朵落煮得烂乎乎的肉朵,手撕口咬,大吃起来。他甚至连嚼也不嚼,往下吞咽,一阵手嘴忙乱,吃得他满头冒汗",在译本中只成了一句简单的陈述:"Chao-chia tore into them ravenously"(栾超家狼吞虎咽地大吃起来)。随后栾吃完狍子肉的那张"油渍渍"的嘴,也相应在译本中被删节而变得干净了。

栾超家接下来汇报自己的战斗经历时粗口不断,"妈的""他妈的""狗娘养的"比比皆是(一共9处)(曲波,1958:324-329),这些粗俗的口头禅在英译本中也一一被删去（Chu Bo，1962：316－321）。不仅如此，栾超家在回顾自己为追赶敌人，使用武力抢地主的马匹的情节在英译本中也被删略[17]。同样在这一章里，栾超家讲到自己一连好几天跟踪一名嫌疑重大的妇女，以致满脸灰土。看到栾超家滑稽的样子，铁路上的男女老少都禁不住朝他微笑，他心里暗想："为啥都上了我的眼？我这个模样也不怎样啊？"（曲波，1958：326）在英译本中，他的幽默变成了一本正经的"What's so funny about me?"（我有什么好笑的?）（Chu Bo，1962：318）。

力大过人、外号"坦克"的刘勋苍是小说中另外一位刻画得相当成功的子弟英雄兵。与老兵栾超家相似，刘勋苍同样诙谐幽默，爱说与性有关的笑话。在上面提到的第二十四章的一开头，刘勋苍把栾超家领到战士们面前时，就忍不住学着天津人变戏法的腔调说话。然而，这些表现他幽默风趣的话并没有在英译本中出现。

例11

源文本：

刘勋苍把那人拉到中央，学着天津人变戏法的腔调，口中念念有词："蒙上盖上，变得快当，铜锣一响，变出个猴王。"说着把手巾猛一掀。

"栾超家！"大家一看是栾超家，一起嚷着围上去。(321－322)

目标文本：

Tank led the captive to the center of the Hall and wiped off the bandage.

"Chao-chia!", everyone cried. They crowded around the leader of Column Three. (315)

与栾超家口中一样的性口头禅，如"裤筒里抓……"，在英译本中也同样消失了。

例12

源文本：

"二〇三！二〇三！"刘勋苍拳头一攥脚一跺，"好机会，咱们再来

一个被窝捉死猪，裤筒里抓……”（454）

目标文本：

“203, 203,” cried Tank, stamping and waving his fists. “This is a good chance to catch them sleeping like dead pigs in their beds again—”（452）

刘勋苍作战骁勇，但谋略不足，而且性子急躁。小说第二十二章“小白鸽彻夜施医术”写到小分队智取威虎山后，战士们由于脚踏滑雪板日日夜夜一连走了三百里路，以致腿脚严重冻伤。为了医治战士，白茹依照土方子让战士们取雪搓脚，但鲁莽性急的刘勋苍就极其不解地大声嚷道：“小白鸽！你这是哪一国的大夫？这样调理人！越冻越加雪？天下哪有这样治病的？这简直是越渴越吃盐，越热越包棉。你不是来‘上庙’，你是成心来糟蹋‘老道’哇！”不仅刘勋苍反对白茹的做法，而且在场的战士们在刘勋苍这番讽刺话语的感染下，也纷纷显露出不合作的态度，但很快少剑波就向战士们解释白茹这种做法的科学性（曲波，1958：294－297）[18]。这三页的叙述在英译本中消失得无影无踪。因此，译本中没有了脾气急躁的刘勋苍，而更为重要的是，刘勋苍与其他解放军战士那种缺乏科学知识的负面形象也同时消失了，这在某种程度上也是对解放军战士整体形象的提升。这一点在以下的几个译例中还有充分体现。

第二十八章“刺客与叛徒”写到小分队来到绥芬大草原后面临着极大的困难，土匪侯殿坤欺压村民，并使用离间计，挑拨中国共产党与村民之间的关系，以致村民不敢与小分队合作。面对这种困境，包括刘勋苍在内的战士们因中计而辱骂老百姓。

例13：

源文本：

战士们对着这些情况，激起了极大的烦恼。有的战士骂老百姓顽固落后。刘勋苍小队更急躁。**刘勋苍带头说：**“这是全中国第一号的落后区。**一定是土匪窝，**奶奶！查出来都枪毙。”（388）

目标文本：

The PLA men found this situation very puzzling. Some were irritated and said the local people were stubborn and backward, *that they all were in league with the bandits*. (376)

源文不仅写到“有的战士”骂了老百姓，而且还强调刘勋苍暴躁性子再次发作，更为激烈地用粗口辱骂整个绥芬大草原地区及其村民。译文不仅直接删去了源文画线部分表现刘勋苍脾气急躁的叙述，而且对他粗口辱骂村民的话也做了降调处理。一方面，骂村民的刘勋苍被替换成“Some”（有的战士），刘勋苍辱骂老百姓的情节至此完全消失；另一方面，骂人的方式由直接引语式转换成间接引语的总结式陈述，语气平淡，仅传达出源文中“一定是土匪窝”所隐含的意思，即该村的村民与土匪同是一伙的，源文最后那句充分表达刘勋苍感情用事的话语，更是直接被删去。总体而言，译文中刘勋苍感情用事、急躁粗鲁的一面完全消失了。

同一章，土匪化装成朝鲜族村民夜里袭击少剑波，企图离间兵民感情，许多战士因此中计而极度愤怒，于是忍不住粗口辱骂并动手打了土匪。

例 14

源文本：

这时陈振仪跟在剑波后面走了出去。当他们走到那个院里，只听到屋里有人嚷：“**日你奶奶！老高丽！找死啊！你这狗日的！大卸你十八块**。”并听到有乱纷纷的拳打脚踢声。陈振仪抢着说：“我也进去揍他一顿！”这时剑波想到同志们在高度仇恨的驱使下，完全陷入了感情用事，这也是难免的。但这违背政策，也解决不了问题。他紧走几步推开了门，战士们尚没发现是他进来，还是你一拳我一脚地在打那个凶手。

“同志们，不要吵，也不要打他。”少剑波的命令声音，使大家才住了手，屋里即刻肃静下来。(391)

目标文本：

Chien-po walked out. Chen-yi, the young guard, was behind him. As they crossed the courtyard and entered the east wing, they could hear the men reviling the prisoner.

"*You dirty son of a bitch. We ought to beat you to a pulp.*"

"Don't yell at him, comrades," Chien-po ordered, "and don't hit him."

A hush fell on the room. (379)

从上述源文的描写，我们可以清楚地知道，小分队战士们不仅粗口辱骂，而且也确实动手打了土匪，少剑波对于战士们感情用事的做法也是持批评的态度。但译文则对战士们的骂语做了简化处理，打土匪的事实则模糊不清，也没有了少剑波对战士们的批评，战士们的整体形象由此提升了不少。首先，源文加粗部分战士们连续骂土匪的四句粗口"日你奶奶！老高丽！找死啊！你这狗日的！"充分表现出战士们对那些使用离间计的化装成朝鲜族村民袭击自己敬爱的小分队队长的土匪的痛恨之情。但这一部分的译文仅以"You dirty son of a bitch"译出源文的两处粗口，即"日你奶奶！""你这狗日的！"，而另外两句粗口"老高丽！""找死啊！"，译文却没有传达出来，因而战士们粗口连篇的负面形象在一定程度上有所淡化。其次，源文中，战士们边骂土匪，边打土匪的细节描写在译文中简化成"We ought to beat you to a pulp"（我们应该大卸你十八块）。"ought to"（应该）一词，表示本该做而事实上并未做的事，因此译文中的战士们并未动手打土匪，只是情理上和理智上认为"应当"去打土匪；源文中战士们打土匪的事实描写，即"并听到有乱纷纷的拳打脚踢声""你一拳我一脚地在打那个凶手""使大家才住了手"，在译文中不复存在。此后，译文仅保留了少剑波命令战士们的话"同志们，不要吵，也不要打他"（Don't yell at him, comrades, and don't hit him），暗示着此前战士们有可能在动手打土匪，但事实上到底战士们有没有打土匪，我们不得而知。总之，译文中的小分队战士的形象较源文更克制，也更为文明、理智，因此大大地提升了解放军战士的整体形象。

除了栾超家、刘勋苍，还有孙达得和高波等其他解放军小分队成员口中的粗话，如"他妈的""妈的""狗娘养的"等[19]，在英译本中也同样做了不同程度的删略处理。值得注意的是，译本净化解放军战士口中的粗话，以拔高其高大形象的做法，在国民党土匪等反面人物身上是不可想象的。关于这一点，我们仅以译本在处理小说第三十章“毁巢切屁股”中土匪们的粗话为例，略加说明。在这一章中，侯殿坤、谢文东和马希山三个土匪首领率领手下追击小分队队员，但却中了小分队的调虎离山之计，因此途中土匪们怨声载道，粗口不断地辱骂小分队。土匪口中的“妈的!”“操他奶奶的!”“走你奶奶个膣”（曲波，1958：452)，在译本中分别一句不漏地直译成“mother's”“The mother-rapers”“march up your mother's hole”（Chu Bo，1962：416 -417)。在与粗口不断的土匪强烈对比下，译本中的解放军战士形象无疑更显文明、高大。

从以上的分析，我们可以看到译本在处理以栾超家和刘勋苍为代表的解放军战士的形象时，主要是以删略的手法淡化、过滤源文中表现他们幽默风趣、粗俗的玩笑和性玩笑，以及他们骂人、打土匪等一系列“不文明”的言行举止。由此，译本中解放军战士的正面形象在很大程度上被大大地提升。译本这种“美化”解放军战士的做法，其原因同样与社会主义现实主义诗学有关。上文我们已经提到社会主义现实主义诗学框架下的“新时代英雄”是具有集体主义精神和高度纪律性的人们，是能够代表党和人民的典范。这主要是在思想层面对英雄人物的要求，而至于对英雄人物的其他方面的要求，则主要是尽可能不表现其“性格上的某些缺点以及日常工作中的过失或偏差”，“许多英雄的不重要的缺点在作品中完全可以忽略或应当忽略的”（周扬，1985：252)。换言之，在社会主义现实主义诗学规范下，英雄应该是没有缺点的完人。然而这一诗学上的要求，并没能在《林海雪原》上得到完全实现。当时官方评论家侯金镜就曾对《林海雪原》过于客观的描述手法做出批评，认为“在战斗间隙中某些战士们庸俗的取乐，这在生活中会存在的，但这不是‘林海雪原’所需要的情节，和作者所要达到的目的无关，而在一定程度上损害了战士们的形象”(1958：22)。联系这一批评，我们便不难理解译本为何会删略栾超家、刘勋苍与战士们之间互相开（性）玩笑的情节，而至于有关战士打骂土匪的行为，则更是有可能因被视为有损战士们“完美”形象的“缺陷”而被删改。

综合本节的译例分析，我们可以发现《林海雪原》中形象各异、有血有肉的解放军革命英雄和战士，在译本中却少了不少个性与生气。其实，所谓英雄，除了具备超越一般人的品质，如勇敢无畏、意志坚定等外，他仍是一个人，有常人的血肉之躯，有凡人的七情六欲，有自身的性格弱点等。在古今中外的众多文学作品中，作家尤其注重英雄人物刻画的复杂性、丰富性与生动性，如我国古典名著《水浒传》中的108位绿林英雄好汉，形象鲜明，栩栩如生。再如《三国演义》中人称“五虎将”的关羽、张飞、赵云、马超和黄忠等。在这一点上，尽管曲波的《林海雪原》或许未必能够超越前人，但在把自身经历融入民间传统小说套路的基础上，作者所刻画的解放军形象也同样是个性鲜明，活灵活现的，而且这些人物形象非常符合小说描写的抗击土匪这一类非正规大型战争的游击战——试想，一个毫无个性、缺乏想象力的战士如何在危险重重、杀机四伏的游击战中应战？然而，在新的社会主义制度建立后，这种以较为真实的方式来描写英雄人物，展现英雄人物的丰富个性及其个人的爱情故事的写作方法，却与主流革命主题的阶级性并不兼容，不为当时政治意识形态规约下的社会主义现实主义诗学所规定的英雄观所接受。当时的官方文学评论者无不对《林海雪原》种种偏离社会主义现实主义诗学的表现提出批评。在这些批评的影响制约下，《林海雪原》英译本在某种程度上对解放军英雄们的“缺陷”做了修正，使得小说中的革命英雄人物进一步向意识形态典范靠近，以其雄健坚强、具备集体主义精神的崇高思想、言行文明的“完美”形象，成为多民族国家精神的具体表征、多民族国家品格的象征符号，向外展现出新中国理想的自我形象。

第三节
《百合花》英译之革命主题的彰显

一、革命战争小说的“另类”:《百合花》

1949年至1966年是一个书写战争英雄的高涨时期，一批革命战争小说，如杜鹏程的《保卫延安》（1954）、梁斌的《红旗谱》（1957）、吴强的《红日》（1957）、罗广斌和杨益言的《红岩》（1961）等大量涌现。这些主流革命历史小说一致借助第三人称叙述方式和全知的叙事视角，反映革命历史的“全貌”，着力塑造高大英雄形象，从而承担起确立和巩固新生国家政权合法性的功能。在这一宏大革命叙事的洪流中，茹志鹃的短篇小说《百合花》（1958）可以说是“另类”之作。

在题材方面，《百合花》尽管仍可称为“革命战争小说”（以淮海大战为故事背景），但同时却避开了正面描写战争的炮火硝烟、血腥搏杀的场面和英雄人物的壮举，仅仅选取战争前沿包扎所中“我”（部队文工团成员）向村民借被子给部队伤员的一件小事，展现“我”、部队一名通讯员和农村小媳妇之间的情感交流。在叙事策略上，《百合花》更是偏离了主流的第三人称的宏大叙事方式，而采用彰显个人自我的第一人称女性视角，向读者展现女性个体的内心世界以及作者对战争和军人的独特理解。简言之，《百合花》这篇以战争为背景的小说，“并不在意战场上敌我双方的进退胜败，而专注于战争中人与人之间的情感碰撞与交流”，因此作品旨在“表现战争中令人难忘的，而且只有战争中才有的崇高纯洁的人际关系，与通过这种关系体现出来的人性美和人情美”（陈思和，1999：68 – 69）。

由于偏离了当时文坛高扬英雄主义的主流革命叙事，指向个人内心深处的细掘，《百合花》被指责为“感情阴暗”（转引自陈顺馨，2002：263），在发表之时历尽波折，后经时任文化部部长茅盾的赞许，才开始受到评论界的重视。茅盾在《谈最近的短篇小说》一文中，把《百合花》誉为他最近读过的几十篇作品中最使他满意和感动的一篇，并高度赞赏了作品独特的清新、俊逸的艺术风格。同时，他把小说归结为“反映了解放军的崇高品质（通过那位可敬可爱的通讯员）”和“人民爱护解放军的真诚（通过那位在包扎所服务的少妇）”这一“庄严”主题（茅盾，1958：6 – 7）。之后的评论者在延续茅盾对《百合花》的赞誉之余，还婉转地指出了小说的不足，如欧阳文彬就指出《百合花》在“描写方法……运动的感觉还嫌不够，表现事物的发展也还很不充分”；“结构上……故事都比较简单，既没有曲折离奇的情节，也没有惊心动魄的冲突”；“人物塑造……为什么不大胆追求这些最能代表时代精神的形象，而刻意雕砌所谓的‘小人物’？……‘小人物’是否也可以放在矛盾冲突中来写，他们的精神世界是否也可以提到崇高的境地?”

(1959：29)。显然，欧阳文彬提出这几方面批评的依据，是当时主流文学批评标准：需要反映大时代那种惊心动魄的阶级矛盾冲突和大写英雄人物的崇高精神。因此，这种微词或者批评实际上道出了《百合花》在1949年至1966年时期的不合时宜之处。《百合花》可谓是这一时期革命战争小说中的一朵奇葩。

二、"我"的个体经验的遮蔽

《百合花》的英译"Lilies"由时任外文出版社"外国专家"的英裔译者戴乃迭翻译。译文首先刊载在1959年《中国文学》第2期上，后被收录在1960年外文出版社出版的新中国短篇小说选第七集《三年早知道及其它故事》(*I Knew All Along and Other Stories*)。与上述主流文学评论相似，《百合花》英译在很大程度上忽略了小说中叙事者"我"对战争和革命英雄的独特理解和个体经验，从而凸显了军民鱼水情的宏大革命主题。为了更好地突出外文出版社译文"Lilies"(目标文本一)的这一特点，以下分析还采用1980年由美国印第安纳大学出版社出版、美籍华裔学者许芥昱翻译的译文"The Lilies on a Comforter"(目标文本二)作一对比分析。具体说来，外文出版社译文主要呈现出以下三种倾向[20]。

(一) 淡化"我"的个人视角

在1949年至1966年期间主流的革命战争小说中，革命战争是被极力渲染的中心事件，如《保卫延安》描写的解放战争中的延安保卫战以及《红日》所描写的1947年山东战场的涟水、莱芜和孟良崮战役等。就这些小说中的战争而言，它不是作家审视人生和世界的窗口，而更多的是承载着阶级斗争主题的练兵场。在这个场地上，有的是标识了鲜明阶级身份的无产阶级英雄、渴望着解放的劳苦大众以及魔鬼般丑恶的反动派。战争本身是复杂的，但这些小说中的战争却受到作家"两军对阵"思维模式支配而变得简单，整个世界被看作"黑白分明、正邪对立的两极分化体"(陈思和，1999：57)。作品亦形成"二元对立"的艺术模式。"我军"是用一系列光明的词汇描写的，如英雄人物（包括共产党领导下的各种军队和游击队战士，以及苦大仇深的农民），他们通常出身贫苦，高大威武，英勇善战，不怕牺牲，大公无私，没有性欲，没有私念，没有精神危机，不会轻易死亡等；“敌军”系统则用黑暗的词汇描绘，如反面人物（包括国民党军队、日本侵略军队，汉奸军队的官兵，以及土匪恶霸、地主、特务等一切“坏人”），他们通常喜欢掠夺财富，贪婪，邪恶，愚蠢，阴险，自私，残忍，丑陋等。在这样的“好人一切都好”“坏人一切都坏”的模式下（陈思和，1999：57），人的复杂性不复存在。这些革命战争小说，承担着意识形态的宣传功能和教育功能，即通过描写战争的胜利来“歌颂中国共产党的胜利，表现历史本质的发展”（陈思和，1999：55），从而印证新生国家政权的合法性和合理性。换言之，在正统的革命叙事中，革命战争是建立新的社会秩序的根本途径，因而是正确的、不容置疑的，正所谓“革命创造了一个新政权，它的道义和意识形态的合法性全由革命所赋予”（黄子平，1996：24）。

然而，《百合花》中没有豪迈的战斗英雄，没有两军势死相拼的战争场景，没有反动派溃败不堪的痛快淋漓，有的只是一个发生在部队文工团成员、通讯员和农村新媳妇三个普通人之间的平淡的故事，人的因素在战争背景中得到充分的彰显。作者后来曾谈到这篇小说的创作经过：“战争使人不能有长谈的机会，但是战争却能使人深交。有时仅几十分钟，几分钟，甚至只来得及瞥一眼，便一闪而过，然而人与人之间，就在这一刹那里，便能够肝胆相照，生死与共”（茹志鹃，1982：39）。尽管这种表述是作者在特定时期对自身创作的重新认识，但至少传达出作者的创作意图——即对战争的关注点，并不在于战争的场景，而是战争中的人与人的心灵世界。这一点首先体现在故事一开头中的女性叙述者“我”对战争别样的理解和体验，先看看这一故事是怎么开始的。

例 1

源文本：

一九四六年的中秋。

这天打海岸的部队决定晚上总攻。我们文工团创作室的几个同志，就由主攻团的团长分派到各个战斗连去帮助工作。大概因为我是个女同志吧！团长对我抓了半天后脑勺，最后才叫一个通讯员送我到前沿包扎所去。

包扎所就包扎所吧！反正不叫我进保险箱就行。我背上背包，跟通讯员走了。

早上下过一阵小雨，现在虽放了晴，路上还是滑得很，两边地里的秋庄稼，却给雨水冲洗得青翠水绿，珠烁晶莹。空气里也带有一股清鲜湿润的香味。要不是敌人的冷炮，在间歇地盲目地轰响着，我真以为我们是去赶集的呢！（60）

小说的大背景是1946年中秋中国人民解放军在解放战争中的一次夜间总攻，战斗规模之大可想而知。但上述引文中的故事叙述者“我”（部队文工团成员）在简单介绍故事发生的战争背景后，并没有遵循主流革命战争小说的叙事常规，正面铺排和大力渲染惊心动魄的战斗场面，而是更多地沉浸在自己的个人情感世界之中，并不时以一种非革命者的姿态，对革命战争的正统叙事作出反叛。如“团长”在分派战斗任务时并非以从容严肃的形象示人，而是表现出一种由于不知如何处置“我”这位女同志而为难的滑稽模样（“对我抓了半天后脑勺”）；在得知自己将被派到战场前沿包扎所这一战斗任务时，“我”的反应可以说是一种类似无言的反抗：“包扎所就包扎所吧！反正不叫我进保险箱就行”。在这里，“我”全然没有临危受命的崇高使命感，战争的“庄严性”在“我”这种无所谓的调侃态度中被轻易地消解；在去战地包扎所路上，“我”那种欣赏沿途的田园风光（“青翠水绿”“珠烁晶莹”“清鲜湿润的香味”）的闲情逸致，几乎无法让人与严酷的战争联系在一起；最后“我”的内心独白“要不是敌人的冷炮，在间歇地盲目地轰响着，我真以为我们是去赶集的呢！”，亦让人体味到叙述者对奔赴战场前线的一丝不以为意。对于这几段疏离宏大革命叙事的描写，译文是这样处理的。

例2

目标文本一：

Mid-autumn，1946.

When our coastal command decided to launch a general offensive against the Kuomintang forces, some of us in the concert group were sent by the commander of the leading regiment to lend a hand in different combat companies. Probably because I was a woman, the commander kept me till one of the very last before finally assigning me to a first-aid post near the front. I put on my rucksack and followed the messenger sent to show me the way.

It had rained that morning, and though the weather had cleared the road was still slippery, and the crops on either side sparkled fresh and green in the sunlight. There was a moist freshness in the air. If not for the sporadic booming of the enemy artillery which was firing at random, *you* could have imagined *you* were on *your* way to a fair. (137)

目标文本二:

Mid-autumn, 1946.

The troops were getting ready for a night attack on the coast area. Several comrades in the writing section of our Cultural Work Corps received orders from the regimental commander to go separately with different companies. When it came my turn for assignment, the commander scratched his head for a long and embarrassing minute before he summoned a courier to run me over to a first-aid station on the Front. He must have found it difficult to decide where to put a woman during an offensive.

First-aid station or any station, it's all right with me, so long as they didn't put me in a safe with multiple combination locks. I tossed my knapsack on my back and followed the courier on my way.

There had been a spell of drizzle early in the morning. Now it had cleared up, but the road, muddy and slippery, challenged any unsteady feet. The autumn crops on both sides of the trail, however, proudly displayed their green foliage, fresh and lush, bejeweled with glittering raindrops. The sweet scent of the soil filled the air. It was like going to a village market with all sorts of exciting anticipations, I thought, until scattered enemy fire pulled me back to reality.（257－258）

对照源文以及目标文本二，我们可以发现目标文本一除了在开头详细交代有关战争故事的背景外，对于源文中体现“我”的个人感受部分，做了相当多的简化处理。源文开头用以交代战争背景的字眼“总攻”，被译成“launch a general offensive against the Kuomintang forces”（抗击国民党军队的总攻），译文添加了修饰语“against the Kuomintang forces”（抗击国民党军队），因此，相对于源文与目标文本二，目标文本一更加清楚地点明了故事的战争背景。此后该译文出现了两处明显的删略，即源文中“我”对团长“抓后脑勺”的细节描写，以及“我”对分派给自己的战斗任务的反应。这样一来，在该译文里我们既看不到团长的滑稽形象，也看不到源文中“我”作为部队一分子在接受战斗任务时内心的不满，因而该译文在一开始就有力地遏制了源文叙述者“我”对革命正统叙事的“反叛”。反观目标文本二，上述删节部分却得到了充分的再现，不仅忠实再现出团长“抓了半天后脑勺”的细节，而且还添加了评价性形容词 embarrassing，点明团长为难的境况，并对此做了详细的解释，即“He must have found it difficult to decide where to put a woman during an offensive”（要在总攻中给一个女同志布置任务，他肯定觉得很棘手）。至于第三段结尾处“我”的内心独白，该译文不管在话语表现形式上（自由直接引语），还是内容方面，都能忠实于源文（First-aid station or any station，it's all right with me，so long as they didn't put me in a safe with multiple combination locks），因而比较充分地再现出“我”的个人情感世界。

除了采用直接删节的手法外，目标文本一还通过改变源文中“我”的个人叙述视角，尽可能达到与主流革命叙事一致的全知客观的叙事效果。源文最后一段的“一阵小雨”和“我”对雨后清新空气的“香味”感知，清楚地展现出“我”在故事叙述中一直起支配作用的女性视角。但在目标文本一中，“小雨”被译成上义词 rain，以及“香味”一词在译文中的消失，不仅在很大程度上弱化了源文独特的女性视角，而且还导致源文的主观叙事趋于客观化。源文末尾处的感叹句式的内心独白：“要不是敌人的冷炮，在间歇地盲目地轰响着，我真以为我们是去赶集的呢!”采用直接引语的话语表现方式，情感强烈地传达出“我”沉浸在雨后田园风光，以至几乎忘记自己是去战斗前线的事实。但目标文本一却无视“我”的丰富情感和叙事视角，译成“If not for the sporadic booming of the enemy artillery which was firing at random, *you* could have imagined *you* were on *your* way to a fair”（要不是敌人的冷炮，在间歇地盲目地轰响着，你真以为你是去赶集的呢）。该译文把源文的第一人称“我”改为第二人称“you”后，原本属于“我”的感慨之情随之转变为语气较为平淡的客观事实直陈，在很大程度上压抑了“我”的主体意识。而颇具意味的是，目标文本一这种视角转换的手法所达到的效果，与开头第二处删略的效果是完全相同的，两者一致抹去了源文中“我”对自己即将投入的战斗所抱有的不以为意的想法，革命战争叙事的正统性在译本中得到了很好的维护。反观源文最后一段的目标文本二，除了因添加“I thought”这一插入成分，导致其没能忠实地再现出源文结尾处的自由直接引语这一话语表现形式外，其余部分的叙述视角均得到了充分的展现，尤其是“我”去前线路上对沿途田园风光的细致描写，该译文一字不漏地表现出来。整体观之，目标文本一通过从一开始采用增添策略清楚交代故事战争背景，到删略源文中的“我”对上级领导团长窘迫表现的细节描写，再到删改“我”对战斗任务不以为意的叙述，极大地压制了源文中“我”的主体意识，进而淡化了“我”对战争的个性化体验，维护了革命战争的正统叙事。这一点在以下两点的分析中得到进一步证实。

（二）压抑“我”的个人情感

源文中“我”是一个在战争年代感情丰富、情感开放的女兵。在与护送自己的通讯员接触的过程中，“我”这位女性不时主动多情地接近通讯员，言行之间自然流露的男女情感，对专注于历史“本质”书写的主流革命叙事构成了潜在的危险。当年中国主流文学评论一直忽略在故事中占举足轻重地位的“我”的存在，仅以通讯员和新媳妇之间的军民鱼水情来概括《百合花》的主题思想（茅盾，1958；魏金枝，1959；绿漪，1982；汤铭，1982），“既‘窄化’了阐述的空间，也遮蔽了人物之间模糊暧昧的情感，使这一短篇在当代题材的严格规范中，不被质疑而取得合法地位”（洪子诚，2008：173）。为了匡正“我”作为女性的潜在“越界”行为，外文出版社的译文也发挥了一定的作用。在得知通讯员是自己的老乡后，“我”对他“更加亲热起来”，并进一步询问通讯员：“你还没娶媳妇吧?”（茹志鹃，1959：61）对于这样一个大胆甚至带有挑逗性的问题，目标文本一并没有像目标文本二那样译成“You aren't married，are you”（Ju Chi-chuan，1980：259），而是将其译成了语气相对平淡的一般疑问句句式：“Are you married?”（Ju Chi-chuan，1960：138），在一定程度上抑制了源文中“我”的感情流露。目标文本一这种压抑“我”的个人情感的做法更能在以下的例子中体现。

例 3

源文本：

我看他那副认真、为难的样子，又好笑，又觉得可爱。不知怎么的，我已从心底爱上了这个傻呼呼的小同乡。(66)

目标文本一：

I was amused and **touched** by the earnest，unhappy look on his face. There was something extraordinarily lovable about this simple young countryman of mine.（141 -142）

目标文本二：

His youthful naiveté disarmed me；right there and then I decided I was very fond of this fellow villager.（261）

上述援引的源文本的背景是，通讯员在得知自己向新媳妇借来的被子是新媳妇新婚的唯一嫁妆后，心存不安，之后“我”更是故意开玩笑说新媳妇有可能为了买新婚的被子，起早熬夜，努力攒钱，通讯员听后，立即萌发了将被子还给新媳妇的念头。面对通讯员当时那种认真为难的样子，“我”不仅觉得“好笑”，发现通讯员“可爱”之余，情感还进一步升华，对其产生了一种朦胧的情感，不禁“从心底爱上了”通讯员。虽然我们不可能证实这里所提到的“爱上”是否等同于男女之间的爱恋之情，但可以肯定的一点是，这种“爱上”的微妙情感已不是同仇敌忾的同志情所能概括的。然而，在目标文本一里，“我”“爱上”通讯员的朦胧情感并没有出现，有的只是如源文所提及的“我”感到“好笑”（amused）和认为通讯员“可爱”（lovable）的反应。不仅如此，译文中“我”对通讯员的感情还多了一种“touched”（感动）的成分。“touched”一词的添加，不仅凸显通讯员的善良本性，而且还进一步改变了源文中“我”对通讯员情感的性质，即把源文含混不清的男女情感提纯为对小通讯员的善良品质的感动之情。相比之下，目标文本二着重再现出源文中“我”“爱上”小通讯员的这一重要信息（I was very fond of this fellow villager）。

（三）淡化通讯员的个性

由于偏离了正面战场的描写，《百合花》并没有像同时期出现的主流革命战争小说一样，塑造军人们冲杀战场的英勇高大形象，而是着力于展现他们作为平常人的一面，如故事一开头就出场的主攻团的团长，作者并未塑造其从容指挥战场的高大形象，而是像平常人一样，在遇到类似分派女同志任务的窘况时，也会流露出为难的情绪。而集中体现军人身上的人性特征的，是小说的主要人物——通讯员。通讯员是一位尚未结婚就参加了革命的青年，尽管最后舍己救人，以英雄的方式牺牲了，但却不是一个典型的战斗英雄。作者从女性独特的视角，采用一系列情趣盎然、诗意横生的细节描写，充分展现了通讯员丰富多彩的内心世界：“把我甩下几丈远”“脸涨得像个关公”“更加忸怩起来”表现出他的憨厚平凡、羞涩与腼腆的性格；枪筒里插的“树枝”与“野菊花”，刻画出通讯员爱美与热爱生活的个性；通过写借被子，展示出通讯员的执拗、任性与活泼，而最后通过担架员对通讯员舍身救人的侧面描述，实现了对一个具有崇高精神的英雄人物的伟大建构。综观整篇小说，通讯员是一个对革命事业赤胆忠诚，但又具有丰富情感、血肉丰满的英雄人物。作者借助这一中心角色完成了从人性角度对战争的注解与阐释。然而，目标文本一却没能形象细致地展现出通讯员的丰富个性。请看以下对通讯员的一系列细节描写。

例 4

源文本：

他见我挨他坐下，立即张惶起来，好像他身边埋下了一颗定时炸弹。(61)

目标文本一：

My closeness flustered him. (137)

目标文本二：

My closeness made him fidgety, as though he were sitting too close to a time bomb. (258)

例 5

源文本：

他没回答，脸涨得像个关公，**讷讷半晌**，才说清自己是天目山人。(61)

目标文本一：

Flushing up to his ears, *he cleared his throat* and told me: "Tienmushan". (137)

目标文本二：

He said nothing in reply for a long time, his face blushing pink, until finally he muttered something about the Tian-mu Mountain. (258)

例 6

源文本：

"……"他飞红了脸，更加忸怩起来，两只手不停地数摸着腰皮带上的扣眼。半晌他才低下了头，憨憨地笑了一下，摇了摇头。(61)

目标文本一：

"…" He flushed and fumbled with his belt, looking more sheepish than ever. With his eyes on the ground, he laughed awkwardly and **briskly** shook his head. (138)

目标文本二：

The blush on his face darkened and his tongue glued down stiff. He played with the holes on his leather belt for a long while before he decided to shake his lowered head and answered me with only a bashful smile. (259)

上述源文本例4至例6对通讯员的细节描写，一致地烘托出他与异性接触时的害羞和腼腆的个性，充分展示了一个处于对异性最敏感的年龄的小伙子内心深处的欲望和冲动。然而，例4的目标文本一并没有把“好像他身边埋下了一颗定时炸弹”翻译出来，因而极大地弱化了通讯员在异性靠近自己时慌张失措的形象。而这一处对通讯员形象化的描写，在目标文本二中却得到忠实的再现（as though he were sitting too close to a time bomb）。例5中，目标文本一也同样没有如实译出源文中通讯员因害羞而脸红得“像个关公”的形象化描写。另外，源文中表现通讯员无法清楚表达自己的窘样“讷讷半晌，才说清……”，在译文也被改成了“cleared his throat...”。这一改动，即“清了清喉咙”，仿佛让我们看到通讯员回答问题时的自信，而且声音也是响亮而清脆的。例6中关于通讯员被问及是否结婚时表现其害羞本性的一连串的动作和表情描写，在目标文本一中也被简化了不少：不仅通讯员像小姑娘一样“不停地数摸着腰皮带上的扣眼”的细微动作，在目标文本一中被简化成了“fumbled with his belt”（摸着皮带），而且回答“我”（“摇头”）的速度也明显加快了——译文添加了“briskly”（轻快地）一词，让人看到通讯员动作干脆利落，而不像在源文里那般忸怩腼腆。反观目标文本二，除了例5源文“像个关公”的比喻外，其余的细节描写都能忠实地再现出来。目标文本一对通讯员的憨厚、腼腆、带有几分稚气的个性所做的一系列淡化处理，尽管不能完整地塑造出一个主流文学创作中高大全式的英雄形象，但至少也可以看成是朝着这一方向努力的尝试。这一点可以从译文的另一处删略得到进一步证实。源文中通讯员在“我”一连串的大胆“逼问”后，不由紧张得偷偷擦汗的情节：“当我站起来要走的时候，我看见他摘了帽子，偷偷地在用毛巾拭汗。这是我的不是，人家走路都没出一滴汗，为了我跟他说话，却害他出了这一头大汗，这都怪我了”（茹志鹃，1959：63），在目标文本一中并没有出现。至此，源文中通讯员的那种与异性交往中腼腆、羞怯的心理和稚嫩的神态和行为，在译文里被大大地淡化。而目标文本二则如实译出："As I stood up to move on, I noticed that he stole a moment when I wasn't looking to remove his cap and wipe his head with a towel. He had not perspired during the long walk, but he did when trying to answer my questions; that made me feel guilty"（Ju Chi-chuan，1980：259）。可见，以上外文出版社的译文对源文中有关通讯员的细节描写的处理，在很大程度上一致淡化了通讯员作为普通人的一面。这一点同样在《林海雪原》译本中对少剑波、栾超家和刘勋苍等革命英雄的重塑中有着充分的体现。可见，正如本书第三章中所提及的，外文出版社在处理英雄人物这一问题上是相当重视的，并有着一致的标准，即不能"歪曲"英雄人物。换言之，也就是要塑造符合 1949 年至 1966 年时期的政治意识形态及其所规约的主流诗学的高大英雄形象。

与这一时期大写革命战争历史以及塑造高大革命英雄的主流革命战争小说不同，《百合花》从个人视角充分展现出战争背景下人性的因素。对于这一部"另类"之作，主流评论将其主题限制在战士的崇高品质与军民鱼水情的宏大叙事框架内。与这种官方评论相一致的是，《百合花》英译采用删改的手法，淡化"我"的个人视角、压制"我"的个人感情、淡化革命英雄的个性，以凸显革命战争的宏大主题，归于革命叙事主流，参与到多民族国家的合法性建构当中。

上述的个案分析表明，尽管三个英译本采取不同的翻译策略，如增添、删节、改动等，但均指向同一目标——中华人民共和国的多民族国家合法性建构，由此呈现出高度的统一性与同构性。对于土改小说的典范之作《暴风骤雨》，其英译本除了删去有损中国正面形象的内容外，主要根据中国官方的阶级话语，通过选词、添加、改写等明示化手法，"忠实"再现甚至强化农民尤其是贫民与大地主的两极化的对立形象，由此更激化了两者之间的矛盾与冲突，集中体现出官方叙述的阶级话语和阶级斗争话语，为小说的主题——土改运动增加了更多的合法性和必要性。而对于"非主流"革命战争小说《林海雪原》与《百合花》，其英译则依据主流文学评论，主要采用删改的手法，简化源文所展现的革命英雄的丰富个性，遮蔽对革命战争的个人化体验，以重塑符合官方期待的革命英雄形象，继而代表新中国的“理想”形象，维护革命战争的正统叙事。总而言之，三个英译本直接或间接受制于官方意识形态和主流诗学，成为正统革命叙事最精练的表达，为现代多民族国家的建构提供强有力的合法性证明。

【注释】

①西方的中国文学研究界对中国现代文学（modern Chinese literature）范围的界定要比中国的宽泛，同时涵盖中国文学研究界所界定的现代文学和当代文学。

②该小说在国外的翻译情况共同参照了对外文化联络局编的《人民民主国家翻译出版之我国书籍》（1955），以及马祖毅等的《汉籍外译史》（1997）。

③《暴风骤雨》在英译前有两个版本，初版本出版时间为 1948 年，1952 年人民文学出版社出版第二版，译本由 1952 年版本译出。为行文简洁起见，本书以下列举源文本和目标文本时一般只注明页码。

④当年编辑《暴风骤雨》的中文编辑人员廖旭和先生，在接受笔者采访时，证实了这些删节均为其所作。

⑤廖旭和先生证实了笔者的解释。

⑥廖旭和先生在接受笔者采访时，提到地主女人们把东西藏在那里，是极“不文明”的。工作队搜其身，也很“不文明”，很“野蛮”。

⑦译本的第七章开头处便是原作第七章的末尾部分，该部分正好与原作第八章的开头联系起来。

⑧译本有关“翻身”的翻译节录如下。

上卷：

(1)“照你这样说，咱们找农民开会，说要斗争大肚子，叫大伙翻身，他们嘴上喊‘赞成’，心底却不赞成吗?”(31)

“Do you mean to say that when we tell the people at a meeting that we want them to tackle the pot-bellies and stand on their own feet, they'll merely say ‘We agree’ and then disagree in their hearts?” (18)

（2）“咱们要翻身，就要大伙起来，打垮大肚子，咱们穷人自己掌上印把子，拿上枪杆子才行。”（32）

“We want to rise up together and stand on our own feet. Down with the pot-bellies! We poor men must take the power into our own hands and arm ourselves.”（19）

（3）“……如今的官家，就是咱们的工作队。咱们工作队同志说要斗争大肚子，帮咱穷伙计翻身，大伙谁还不乐意？……”（34）

“...Our land reform workers here represent our government. When they say they'll fight the pot-bellies to help us poor folks come up on top, of course we're pleased. ...”（20）

（4）小王一边走，一边说起好多翻身的道理和办法，最后，谈到本屯也得斗争地主恶霸这宗事。（50）

As they walked Little Wang explained to Chao why and how the poor people should fight landlords and local despots and emancipate themselves.（30）

（5）一张写着：“元茂屯农民翻身大会”（104）

One slogan reads: “Peasants of Yuanmao Meet to Settle Scores!”（60）

（6）“老杨哥，咱们穷哥们翻身，要靠自己。”（142）

“Yang, if we poor men want to stand up, it's up to ourselves to make the effort.”（81）

（7）“吃劳金的当令，这才真算翻身哩……”（143）

“Today we farmhands hold the trumps. This is a real turnover...”（82）

（8）“对，人家几千里地到咱关外来，为咱老百姓翻身，谁不知道是抱的好心……”（148）

“The work team came all the way from south of the Great Wall to help us poor folk to stand up...”（85）

（9）“……‘老孙头，你赞不赞成翻身？’……”（148）

“... ‘Old Sun, do you agree that poor men should stand up?’ ...”（85）

（10）“穷人要翻身”（176）

“Poor Men, Arise!”（99）

(11) 用启发方式说明穷人翻身的道理…… (216)

They cited examples to explain why the poor should rise up. (120)

(12) "……'翻身，翻身，翻了一身破衫裤，这像啥话?'……" (226)

"… 'All this talk about getting the poor to stand up—why, they're more ragged than ever. It's a shame!' …" (125)

(13) "好哇，你翻身翻到我跟前来了。我教你翻身!" (241)

"So you want to stand up, do you? I'll teach you to stand up!" (133)

(14) "他翻身，叫他翻个脸挨地，永世爬不起。" (242)

"He wanted to stand up—he'll never stand up again!" (134)

(15) ……全屯小户都来欢天喜地吃顿翻身饭。赵玉林反对，说："咱们翻身要翻个长远，大吃二喝，也不是咱们穷伙计的宗旨。……" (288)

Somebody suggested that they should have a feast to celebrate the triumph of the peasants over the landlord. But Chao objected. "We're the masters now, but we must look ahead," he reasoned. (158)

(16) "这才叫翻身。" 老大娘都说。(289)

"Now this is our real emancipation," old women asserted. (158)

(17) 他寻思自己岁数也不太小了，快到四十岁了，翻身也翻了过来。没有屋里的，总不能安家。(291)

He was getting on for forty, and now society had changed; he felt he ought to have a wife and family. (159)

(18) "翻身翻个半拉架，光干部翻身。" (299)

"The cadre have done twice as well as the rest of us out of land distribution." (164)

下卷:

(19) ……见人也不说翻身的事了…… (8)

…After that he stopped talking about the revolution… (198)

(20) "咱们这一回，坚决按照土地法来做，彻底把封建打垮。封建斗彻底，翻身就能翻好。你们翻身都翻好了吗?" (21)

"This time we'll carry out the land reform strictly according to the newly promulgated land law. We'll do away with feudalism once and for all; the more thoroughly we do the job, the more firmly we'll stand. Have you folks really stood up?" (206)

(21) "咱们屯子闹翻身，翻肥了流氓……" (21)

"In our village the rascals have come up on top and grown fat..." (206)

(22) "翻身，头年翻了一身棉裤袄……" (22)

"What change has there been I'd like to know! Last year I got a cotton-padded suit..." (206)

(23) "依我说：要彻底打垮封建、翻身翻透，咱们贫雇农还得紧紧地抱住团体，还要坚决地团结中农。" (42)

"I think, if we want to completely finish feudalism and stand up once and for all, we poor peasants and farmhands must unite and ally ourselves with the middle peasants." (217)

(24) "翻身要翻透，一个地主也不漏。" "翻身要翻好，封建都斗倒。" (67)

"Don't let a single landlord off!" "Down with feudalism!" (230)

(25) "你们来斗咱屯的地主，帮咱们翻身……" (158)

"You've come to fight our landlords, to help us to free ourselves." (271)

(26) "民信屯的贫雇农来咱们屯子，帮咱们翻身，欢迎不欢迎?" (159)

"The poor peasants and farmhands of Minhsin are here to help us emancipate ourselves. Shall we bid them welcome?" (272)

(27) "咱们也上他们屯子扫堂子去，帮他们翻身。" (159)

"We should pay them a return visit, 'clean house' for them and help them emancipate themselves." (272)

(28) "咱们翻身都靠毛主席，毛主席是咱们的神明，咱们的亲人。要不是共产党毛主席定下大计，你把'一家之主''三代宗亲'，'清晨三叩首，早晚一炉香'，供上一百年，也捞不着翻身。"

"Thanks to Chairman Mao, we poor men have stood up. He is our saint. He is our kinsman. If not for him, we could never have overthrown our oppressors, not even after a hundred years' worship of the 'Master of the House' and 'Three Generations of Ancestors'." (290)

(29)"现在，生产工具和土地，都由不劳动的地主手里，转到了劳动人民的手里，这就是翻身。翻身以后，就要发动大生产。"(208)

"Now the means of production have come from the hands of the idle landlords into the hands of the labouring people; that's why we say we've stood up. Now we can begin large-scale production." (299)

(30)"穷棒子闹翻身，是八仙过海，各显其能。"(220)

"When we pass from the old society to the new, each of us shows what stuff he's made of—like the Eight Fairies when they crossed the sea." (305)

(31)"还是农会亲，还是翻身好。"(225)

"The Peasants' Association really cares for us. This new order is better than the old." (309)(注：此处为改写)

(32)"……翻身也不能翻掉这条苦命……"(269)

"...What use is the revolution, if I've still to lead such a miserable life. ..." (331)

(33)"还是翻身好，要在旧社会，你们这号大姑娘，门也不能出，还挑嫁奁，相姑爷呢，啥也凭爹妈，凭媒婆。"(302)

"There's nothing to beat revolution. In the old days, girls like you were not allowed out of the house, let alone allowed to choose a husband and a dowry." (348)

(34) 翻身农民在共产党的领导之下，会向前迈进，不会再落后。(356)

The emancipated peasants, under the leadership of the Communist Party, will go forward and never lag behind. (377)

(35) ……这都是翻身的好处…… (373)

That's where a revolution comes in useful. (387)

(36)"她说，共产党是为全国老百姓都翻身，为了大家将来都过美满的日子……"(378)

"She says that the Communist Party aims to help all the people in the whole country to better themselves, so that everybody can live a happy life in future..." (389)

(37) "张景瑞认为没有共产党，就没有新中国，没有共产党，就没有元茂屯农民的翻身。" (389)

"Chang Chin-rui says without the Communist Party there would be no New China—without the Communist Party, the people of Yuanmao could never have stood up." (390)

(38) "咱们翻身了，南边的穷人还没有翻身……" (410)

"Remember—although we've stood up, the poor people in the south haven't yet..." (406)

⑨此处观点受到杨慧仪博士的启发，特此致谢。

⑩此处译文 "point an accusing finger at his nose" 为误译，"point an accusing finger at" 所接的宾语应为人，表示 "accuse sb."。

⑪福勒（Roger Fowler）就曾指出复数"我们"（"we""us"）这种用法经常会被权力人物用来创造一种意识形态效果，将自己的意志强加于人。参见 Fowler et al. *Language and Control*（London: Routledge & K. Paul，1979）第203页。

⑫这一译文也并不是没有问题，其中 "great" 一词欠妥。笔者大胆揣测，"great" 或许是译者的笔误，应译为 "big"。

⑬1958年，仅根据《林海雪原》中有关智取威虎山的情节，就出现了3个改编本：北京京剧团改编的京剧《智取顽匪座山雕》、上海京剧院集体改编的京剧《智取威虎山》和赵起扬、夏淳等改编的话剧《智取威虎山》。同年11月，范钧宏还将小说中奇袭乳头山的内容改编成京剧《林海雪原》。1960年小说中智取威虎山的情节被拍成电影《林海雪原》。见原小平，《从"红色经典"到"样板戏"——〈林海雪原〉被改编为样板戏的深层原因》（《中南大学学报》，2009年第3期），第429-448页。

⑭据姚丹考察，《林海雪原》有3个版本："1957年9月作家出版社初版本，1957年7月普及版与初版开本大小不完全一致，但内容相同；1959

年9月人民文学出版社初版内容有较大改动，可算作《林海雪原》的第2版；作家出版社1962年9月的第2版，与1957年作家出版社的初版本和1959年人民文学出版社的版本都不同，为《林海雪原》第3版”。参见姚丹：《从小说〈林海雪原〉到“革命样板戏”〈智取威虎山〉：对当代一个文学现象的个案考察》，北京大学博士论文，2000：40 -41。经笔者对照阅读，1962年外文出版社出版的英译本 *Tracks in the Snowy Forest* 是由初版本翻译而成的。本书分析的中文本是1958年3月由作家出版社出版的《林海雪原》，该版本与1957年作家出版社的初版本内容完全一致。为行文简洁起见，本书以下列举源文本和目标文本时一般只注明页码。

⑮在这一方面，由编辑龙世辉操刀修改、1959年9月人民文学出版社出版的《林海雪原》要更为彻底，该版本不仅删掉了“像狂风巨浪中的灯塔，像天昏地暗中的太阳”，还删了“他要作战士们心中的泰山，他要作狂风巨浪中的舵手，他要作烈火中的真金”。有关龙世辉编辑《林海雪原》的详细经过，可参见李频的著作《龙世辉的编辑生涯——从〈林海雪原〉到〈芙蓉镇〉的编审历程》，开封：河南大学出版社，1992年。

⑯有关白茹与少剑波爱情描写的删节还有：

第九章“白茹的心”中写道：

(1) 高波洞察出白茹内心想着少剑波，于是对白茹开起玩笑的话语：

“……我看这几天你吃的松子没嚼烂吧？它快要在你心里发芽开花了吧？”(113)

第九章“白茹的心”对白茹爱恋少剑波的心理活动描写：

(2)“还好，那天高波洗的衣服没干，我又发现了他的衣领上有一点破边，深夜，小高和李鸿义都睡着了，我散开了小辫子，装着洗头，就又给他洗了一遍。一直又在炉子上给他烤干，又一针一针地给他缝补了衣领。当我偷偷为他做完了这些，我的心是多么宽慰啊！

…………

满身欢笑的白茹，就为了这些，使得她心烦意乱；这个特别热心于小分队文化教育的小先生，对那两个淘气的学生不耐烦起来。为什么呢？

…………

她的两手迅速地扯下小辫子上的扎带，被辫带扎得弯弯曲曲的满头黑发，像小瀑布一样披在她的肩上。她为什么这样呢？这是因为在洗衬衣的那天深夜，也许正是因为她拆开了小辫而换来了剑波向来没有过的眼神看着她。(116－117)

第十二章“一撮毛”中写到白茹在向少剑波等战士汇报情况时，想方设法引起少剑波注意的描写：

(3)“怎么回来得这样快？”少剑波惊喜地问道。

白茹头一歪，冻得通红的脸蛋上那对深深的酒窝欢笑地闪跳了几下，像天真的孩子传话一样，“我们的任务完成了，所要知道的都知道了，老人把我们送来，半路上碰到了坦克，我们谢回了老人，跟着坦克回到家来了。”她那干巴巴的小嘴，一口气说了这许多。

“你简单一点好吧？”少剑波满心喜悦，但他硬装着不耐烦的样子。

白茹把小嘴一噘，“向首长报告，总要说明白才成啊，这也是你教给我们的呀！”

大家一齐笑起来。

白茹一瞥见一撮毛，瞪着她的大眼睛，“呀！逮到啦！”

少剑波一噘嘴，李鸿义把一撮毛押了出去。

“汇报吧，”少剑波瞅着白茹略一点头。

白茹故意地不看剑波，坐在炕头上，头略略一歪道：

“那女人救活了！是被个外号叫一撮毛的匪徒打死的，一撮毛把她的一份叫什么‘先遣图’的东西劫去了，还说一撮毛是座山雕部下的一名副官，现在专搞咱们的情报。报告完了！”

惹得大家哈哈大笑起来，少剑波也忍不住噗哧一笑，“噢，你成心调皮捣蛋呐！”

白茹小嘴一鼓嘟，不愿意地道：

“反正都是首长说的，我报告详细点，批评我太啰嗦，让我简单；我报告简单点，又批评我成心调皮捣蛋。到底怎么样算对？我们当战士的一点主动性也没有。”

白茹似乎愿意在任何地方都要引起剑波对她注意，这样她可以在他跟前说话更随便一些。

“现在不是开民主大会，有意见以后再提。”少剑波又像是严肃，又像是要挽回白茹的“不满情绪”，替自己生硬的批评作解释。他的话音随着他的心情缓和下来：“我的意思是：该简则简，该详则详；该简者而你却详而不简，该详者而你又简而不详。本末倒置，批评你还不愿意？乱弹琴！”

大家对着白茹大笑，她面含着羞怯，内心却因为获得了她这位小首长的全神贯注的“训斥”而觉得分外甜美。她用那迷人的眼睛看了剑波一眼，便开始详细汇报她的工作：

“那个女人叫李秀娥，苇河县人……（158－159）

第十四章“夹皮沟的姐妹车”中白茹爱恋少剑波的心理描写：

（4）少剑波用像飞一样的笔，在信的左下角签上自己的名字，这签名的图案，像一只飞翔的鸽子。白茹一眼看见，心中又激起了一股浪花，长时间地在冲荡着。同志们对她的爱称是“小白鸽”，她想：“为什么他把自己签名的图案构成这样一个花纹呢？好像以前他的签字不是这样，我在鞠县长那里看到过……”（182）

第二十三章“少剑波雪乡萌情心”中的白茹与少剑波的爱情描写：

（5）……可是她却怎么也不回去，并且为了表示她自己已经休息够了，故意用很低的声音，背诵着几段柔美的小诗，或递水给他，企图把他的注意力从日记上夺过来……

…………

突然嘭的一声，她把桌上的水碗碰掉地上，吓得剑波一怔。白茹急速地退了两步，调皮地向剑波瞅了一眼，“写得太多了！还不休息一下呀？”

“写日记，等于休息。”

剑波用左手一掀日记本，含有羞容地微微一笑，再没吱声。可是他那温柔的眼睛已盯着白茹的脸，在想说什么。（312）

⑰被删的源文为以下画线部分：

“可是怎么办呢？怎么使马到手呢？是不是违反一下群众纪律呢？我想了又想，妈的，这个情况下不能管那么多，完成任务要紧。我转身出了大院，望空里打了两枪，妈的那家大地主上了我的当，领着他的老婆孩子一大群，跑到屯西一个大菜窖子躲起来了。

我他妈的拉出了马，心想地主的马是剥削来的，马是咱们穷人的，不是他的，咱们穷人又没分马到手，所以这匹马应该是还没有正式的主，我就不必向谁借。”(326)

⑱源文描写如下：

剑波一看，急躁地喊了一声：“白茹！”

“白茹给俘虏上药还没回来呢！”李鸿义回答着。

“怎么办？”刘勋苍急躁地道，“快用火烤吧！我去弄柴火。”说着回身就往外跑，跑到门口，他又转回头来向杨子荣道：“老杨！你快去弄热水吧！多弄点，先给孙达得烫烫，再让大家也烫烫！连我的脚也痛起来了。”

杨子荣便指示身边两个战士去弄热水，刚一走，发现这两个战士也是一瘸一瘸的，脸上同样浮出痛苦的表情。

李勇奇把杨子荣的膀子一搬，“同志们的脚都冻啦！我们民兵的脚没冻，由于我们是土生土长的住惯了这地方。冻伤这玩意儿，不能用热水烫，不能用火烤，我看还是找白茹来再说。”说着抽身要走，迎头碰上白茹，满身披着雪花回来。

“什么事？”白茹见李勇奇慌张的样子，惊奇地问道。

“正要找你去。”

白茹一进门忙问：“怎么的啦？”

“脚冻坏啦！”战士们纷纷低声回答。

她把手一挥，“大家快脱靰鞡！”边说着边把药包迅速地放在桌子上，接着说：“越快越好，快脱！大家先别走，就在这一块治吧！”

“是的！必须这样！”少剑波阴郁地皱着眉头跟上了一句。

大家遵照这个命令，一齐坐在熊皮地毯上，脱着自己的靰鞡。

白茹急忙坐在孙达得的脚旁，查看着他的冻伤。

正在这时，刘勋苍抱了一捆劈柴走进来，嘭地往地上一摔，回头拿一盏野猪油灯，把油浇在劈柴上，点着了火，喊道：“脱好靰鞡的，快来烤火！”

白茹一听猛一回身，急忙地喊道：

“干什么！坦克？”

"烤脚呗！干啥！"

"哎呀！你打算把大家的脚毁掉哇！"白茹生气地瞪着他，"谁也不许去烤！现在不是要热而是要凉，快出去弄些雪进来。"

李勇奇这个山林通深知白茹的治法，便迅速地从座山雕桌子上摘下一个抽屉，跑了出去。

…………

李勇奇端着一抽屉雪走进来，放在白茹跟前，白茹捧了一捧往孙达得脚上搓起来，她那灵巧的小手，在孙达得的脚上腿上紧张地来回摩擦着。她一面搓，一面向战士们说道：

"大家快来拿雪，就按我这办法搓。"

刘勋苍惊奇地喊道："小白鸽！你这是哪一国的大夫？这样调理人！越冻越加雪？天下哪有这样治病的？这简直是越渴越吃盐，越热越包棉。你不是来'上庙'，你是成心来糟蹋'老道'哇！"

战士们也有点不愿那么做，又听刘勋苍这么一大套连讽刺带质问，都瞪着眼瞅着白茹，像等待着什么。一个也没有动手搓的。

李勇奇没等白茹开口，就抢着说道："同志们！白姑娘的做法是对的，现在不能烤也不能烫。必须用雪搓，这就像我们吃冻梨一样，买回来，必须放在凉水里，才能把冰缓出来，要把冻梨放在热水里烫，非烫烂了不可。又好像一个饿了好几天的人，头一两顿饭绝不能吃饱，吃饱了一下就会胀死。大家只按白姑娘的办法做就没有错！这一点我老李有经验。"

几个民兵也纷纷地说："对！非这样不可！"

少剑波听了，也认为有道理，便向战士们解释道："李勇奇讲得很有道理，人的机体也和其他的物质一样，在同一时是不能受得激冷和激热的，比如一个瓶子放在温度很低的地方，马上往这个瓶子里倒上开水，这瓶子马上就会炸碎。再如冻了的菜马上放到热屋子里就会烂掉，必须先放在不很暖的地方，逐渐地暖才行。相反的，如果往烧得发红了的锅里，突然倒上冷水，这锅就会炸碎。详细的科学道理以后我再给你们讲，大家快动手搓吧！"

战士们听了李勇奇的话，又听到剑波举这些比喻，都相信李勇奇这久居雪地人的经验，更信任他们首长的话，所以都开始搓起来。当战士们一触到雪都纷纷地嚷道："奇怪呀！怎么这威虎山上的雪不凉？"有的说："我觉得还有点热乎呢！"

白茹歪头笑道："这不是雪不凉，而是你的脚和雪差不多地凉。"（294－297）

⑲如第十三章"兵分三路，如此如此"中高波为麻痹土匪傻大个所说的话："真他妈的倒霉，快过年了，又碰上这么块料，真不吉利，快点收拾算了。"（173－174，译文177页）

第十七章"借题发挥"中写到孙达得为给少剑波及时送上杨子荣套取的情报，只得一连好几天在雪地上飞奔，疲倦不堪的他时不时粗口不断，这些粗口在译本中被删："'妈的！'他奇怪的自语道，'我的全身的重量，倒比两只脚还轻？真他妈的欺辱人，这存心是逼我孙长腿滚了去呀！好！妈的，为了完成任务，滚爬都行。"（234，译文236页）

⑳为行文简洁起见，本书以下列举源文和译文时一般只注明页码。

第六章
CHAPTER 6

结语

本书从民族国家建构与意识形态的视角，考察 1949 年至 1966 年期间由外文出版社这一国家对外宣传机构组织的中国文学对外翻译活动，尤其是中国文学的英译活动。本章简要分析这一时期中国文学英译在目标语社会的接受情况，并依据笔者的发现，做出理论反思和总结。本章涉及研究的核心内容，以及由对外文学翻译这一特殊翻译活动引发的译学思考。同时，本章还会指出本书的局限之处，并在此基础上提出对后续研究的展望。

第一节 英译中国文学作品的接受情况

一般而言，源语社会主动发起并从事的文学对外翻译活动发生在源语社会，译本生产环节在很大程度上受源语社会各因素影响。1949—1966 年间中国文学对外翻译更是如此。从以上各个章节可知，本时期中国文学外译活动的发起、组织翻译等工作，涉及中华人民共和国政府及其核心机构，如中宣部、对外文委、外文出版社等国家机构，以及参与翻译活动的中文编辑、译者、文学评论者甚至原作者等专业人士，这一翻译活动由国家主导，决定了其是源语社会的集体翻译行为。此外，译作的发行也首先由我国的国际书店负责。而正由于这一翻译活动的中国政府背景，这一时期外文出版社出版的文学作品在英、美等西方英语国家往往被视为“宣传”作品而遇冷。出现这种情况并不难理解，毕竟当时正值两大阵营文化冷战时期，一方面，因受到政治、经济等封锁，国际书店在英、美等西方国家的发行工作举步维艰，外文出版社出版的图书只能在少数支持共产主义事业或共产党经营的书店上架销售，所能产生的影响极其有限；另一方面，由于这一时期中西政治、文化、社会等截然对立，作为新中国对立面的英美世界较少对来自“敌人”的翻译作品给予好评。就此，有学者通过考察国外学术期刊对这一时期英译中文小说的译评，发现外文出版社翻译的文学作品极少得到美国评论界的关注，且评论普遍非常简短，且均为负面评论（王颖冲、王克非，2015：45）。进入20世纪，这种负面评价也没有发生太大改变，如第一章中我们就提到，杜克（Michael S. Duke）曾直言这一时期外文出版社翻译出版的文学作品是“翻译得好（或者至少是翻译得充分）的糟糕的作品”（Duke，1990：210－211）。显然，这是以英美为代表的西方英语世界对我国官方英译所做出的带有偏见的整体性评价。我们也许会进一步追问，这一时期的文学英译本，是否仅限于在西方英语世界流传？当时中国文学英译作品在海外的发行、传播和接受图景是否还有别的面向？我们应该如何评价这一时期文学英译实践？

在回答这些问题之前，我们必须认识到，这一时期负责中国文学对外翻译的外文出版社，在一定程度上会影响目标读者对译本的接受情况。如外文出版社等机构依照来自源语社会的期待或者标准来选择待译本，并撰写译本序言、后记、注释等副文本来引导目标语读者的阅读。此外，国际书店作为将外译作品输送到目标语社会的首要机构，其发行工作在某种程度上也是影响译本在目标语社会的传播和接受的重要因素。当然，译本脱离源文语境后在目标语社会的接受情况，最终仍由目标语社会决定。译本的目标语读者一般会根据自身所处的社会语境内的语言模式、文学惯例或传统、文化价值等来阅读并评价译作。而“翻译作品对读者的精神状态所产生的变化（情感，认知等方面）”，即“翻译效应”（translation effects）（Chesterman，1998：219）因人、因时、因地而异。翻译效应可以是有意的，也可以是出乎意料的；可涉及个人层面也可涉及跨文化层面，可直接观测（如因《圣经》翻译而皈依基督教)，也可以是没那么容易观察到的（如美学经验、知识的增长)。翻译效应可以是多样化的（对不同人产生不同效应)、变化的（可随着时间的变化而变化)、复合型的（可产生超过一种翻译效应）（同上：220 –221)。这一时期中国文学外译作品在不同目标语社会的接受及其产生的翻译效应同样复杂多样。首先，外文出版社出版的文学外译作品除英语外，还有其他语种。其次，对外翻译作品的接受和翻译效应研究，需立足于不同时期的不同目标语社会展开，如我们需探寻不同国家、语言和文化脉络的目标语社会的各种文献记载，并在各自不同的历史文化脉络中对其进行解读，在这一过程中牵扯的各种因素和问题也相当繁杂。鉴于彼时意识形态截然对立的冷战国际大背景，由国际书店推出的外译本（尤其是英译本）是否得以顺利进入目标语社会，译本在进入目标语社会后的接受情况或影响、作用，以及是否实现译本被赋予的既定意图或功能等问题，主要取决于目标语社会的各种社会、政治、文化、经济等因素，译本继而产生的翻译效应也由此呈现不确定、多样化的倾向。考虑英语的国际地位，本节不可能就这一时期外文出版社翻译出版的中国文学英译作品的接受情况作出全球范围的考察，而仅就英译中国文学作品在彼时南亚、东南亚英语流行国家（印度与印度尼西亚)，以及以英美两国为代表的西方英语世界的发行、传播与接受情况作一初步研究。

一、在南亚、东南亚英语流行国家的发行、传播与接受情况：以印度和印度尼西亚为例

正如第三章第二节提到，这一时期负责外文书籍发行的国际书店主要与亚非拉国家和西方国家的左派团体、各国共产党以及属于国际共产主义运动组织的党派所开办的书店建立直接贸易关系。中国文学英译作品，主要销往亚非拉国家和地区，其中以销往印度的发行量最大。这并不是偶然的。一方面，印度是最早承认中华人民共和国的非社会主义阵营的国家之一，也是在20世纪50年代与中国文化关系最为密切的非社会主义国家。从中华人民共和国成立到1958年年底，是中国和印度国家关系最为友好和融洽的时期，

印度自然也就成为中国文学作品英译传播的重要阵地。另一方面，这也与外文出版社以及《中国文学》的目标读者定位相关。外文出版社从1952年正式成立之时即明确表示，其读者“主要为爱好和平、愿意了解新中国的各国人民”（周东元、亓文公，1999：46）。1958年，茅盾在对《中国文学》编辑方针的意见中指出，《中国文学》主要面向东南亚读者（同上：150）。而在20世纪50年代，印度也是国际书店在南亚地区发行外文书刊最多的国家：1958年达到170万册，图书年批发量达50多万册，期刊年批发量达60万份左右。国际书店与印度14个邦的40多家书店建立了图书贸易关系，其中包括党办书店、友好人士办的书店。此外，还与10多家资商建立了业务关系。中国书刊主要的代理商——印度新德里人民出版社，在14个邦设有分店，单独形成了自己的发行系统（中国国际图书贸易总公司史料编写组，1989a：55－56）。由此可见，这一时期我国包括英文在内的外文书刊在印度拥有数量十分可观的读者群。在文学外译方面，印度在英文期刊《中国文学》全球发行版上同样占据着重要地位。时任《中国文学》副主编兼编辑部主任叶君健曾在1956年一次作协会议上特别提到，“《中国文学》在印度的销行数曾经一期达到过七千多份，平均每期也在五千份上下”（中国作家协会，1956：249）。在当时《中国文学》各期发行总量中，仅印度一国的发行量便占据了三分之一。①

中国文学翻译作品不仅较大规模地进入印度，而且读者对《中国文学》的反响也相当热烈。1951年《中国文学》创刊号销往印度后，印度共产党文化部门曾写信盛赞刊物出版及时，并认为：“通过它不仅可以了解中国的新文学，还可以了解中国人民在中国共产党领导下所进行的革命斗争”（吴旸，1999：490）。不仅如此，不少印度进步作家读到创刊号后，也致信祝贺刊物的诞生。他们写道：“通过《中国文学》，我们眼前展开了新中国新的人民形象，你们反压迫、反剥削、敢于抗争，给大家指出了一条道路。”（同上）具体到外文出版社翻译出版的单行本《李家庄的变迁》，印度一位读者说：“这本书引起我很大的兴趣，我一口气就把它读完了。这个故事是能打动读者的，特别是入不敷出的印度读者。这个故事使他想起在自己土地上的那些过着穷奢极欲的生活并任意吮吸民脂民膏的地主的罪行。这些家伙带给我们的灾难和暴行就像地主李如珍和他的侄儿带给李家庄的一样”。该读者对于译本的艺术价值和译文质量也大为称赞：“从文字价值来看，这本小说也是值得赞扬的，译文朴素，那清新的体裁尤令人赞叹”（办公室通联组，1954：8）。印度一新闻记者提及对《早晨六点钟》这本短篇故事集的看法时，认为“写出人民解放军英勇斗争的历史。作者是描写战争的文学家，他热情地致力于描写社会进步的前途。中国的解放战争是世界历史上惊心动魄的事情。在这本集子里，我们真实地感到并看到典型的解放军战士阶级意识的成长”。“所用的语言淳朴而流畅，甚至在某些地方故事很紧凑，描写上的诚挚与真实也是无可怀疑的”（同上：13 – 14）。不仅有读者表示希望《中国文学》编辑部推出印地文版，甚至还有在信中明确提议，希望编辑部刊发批判林语堂和赛珍珠的文章，以纠正外国一般读者对中国的错误印象（中国作家协会，1956：245 – 248）。尽管上述读者反馈源自中国官方机构记载，但对了解中国文学英译作品在印度读者中的接受情况仍具启发意义。从上述反馈可知，中国文学英译作品在印度的读者群主要以左翼读者为主，他们认同 20 世纪 50 年代中国文学及其英译所构建的典范，甚至将其内化为自身的文艺观和价值取向，中国文学英译作品在很大程度上为新中国在印度赢得理解与同情。

值得我们注意的是，这一时期外文出版社出版的英语译本和刊物，往往成为其他语种尤其是小语种国家转译的蓝本。英语作为中介语传播中国文学的影响力不可低估。自 20 世纪 50 年代开始，印度读者除了直接阅读外文出版社出版的英译作品外，也有不少左翼团体的印度本土知识分子将外文社的英译作品转译成印地语等地方性语言，如北方邦共产党员维德亚·萨格尔·努迪亚尔（Vidya Sagar Nautiyal）转译杨宪益夫妇翻译的鲁迅作品《狂人日记》（A Madman's Diary）；努尔·纳比·阿巴西（Nur Nabi Abbasi）转译《阿 Q 正传》（The True Story of Ah Q），冯雪峰的《雪峰寓言》（*Fables*），袁静、孔厥的《新儿女英雄传》（*Daughters and Sons*）等，这些印地语译本不仅忠实于中国官方英译本，也基本移植了英译本的前言、后记等副文本。与此同时，新中国的文艺思想在印度也受到追捧。奠定新中国文艺方向的毛泽东《在延安文艺座谈会上的讲话》早就在 1950 年前后便以英文小册子的形式在印度流传。截至 1952 年 6 月，又相继出现孟加拉语、马拉提语、印地语、泰卢固语、泰米尔语和马拉雅兰语 6 个印度地方语版本，共发行 1.9 万册，其中有些还发行了不止一版（贾岩，2016：427）。《中国文学》英译本在印度的传播，也直接促成了部分印度作家的创作或为其提供文学借鉴，这无不彰显出中国官方译文在印度的巨大影响，如努迪亚尔在转译《狂人日记》后，创作了名为《翻译〈狂人日记〉》（*Pagal Ki Diary Ka Anuvad*）的短篇小说。该小说效仿《狂人日记》的日记体风格和叙事视角，描写“我”在断续翻译《狂人日记》过程中，不断穿梭于鲁迅笔下“吃人”的中国旧社会与现实中自己遭受排斥、担心被同学驱逐的印度校园，进而对“狂人”产生强烈的身份认同（贾岩、姜景奎，2017：29－30）。

1950 年，中国与印度尼西亚（以下简称“印尼”）建交。20 世纪 50 年代下半期开始，中国积极建立与印尼的友好外交关系。1955 年召开的万隆亚非会议，标志着中国和印尼外交关系的新高点。因此，印尼也是 50 年代国际书店对外发行的主要国家。尤其在万隆会议后，国际书店与印尼共产党开办的革新社建立了书刊贸易关系，主要销售我国英文版和印尼文版书刊。1958 年图书年批发量达到 102 万册（其中中文图书 39 万册），期刊年批发量为 77 万册（以中文《人民画报》为主），期刊订户达 27.4 万多人，印尼的中文、外文书刊发行量占当时全球发行总量 50% 以上，期刊订户占全球订户的 70%（中国国际图书贸易总公司史料编写组，1989a：56－57）。与此同时，50 年代末期至 60 年代上半叶期间，印尼在苏加诺总统领导下与中国、越南民主共和国（俗称北越）、朝鲜等社会主义国家建立了较密切的关系。对彼时现代化的、充满生机的、经济迅速增长的新中国，印尼更是充满着无限向往之情。在文学方面，为了寻求自身发展，印尼作家努力从外部尤其是第三世界寻找灵感，印尼的著名文学评论杂志也广泛报道外国文学的发展。正是在这一背景之下，诸如鲁迅、丁玲、茅盾等人的作品及其文学理论获得了广泛的介绍（刘宏，2001：47－48），而中国官方译本以及国际书店在其中发挥着不可忽略的中介作用。这一时期国际书店通过印尼大使馆和领事馆，以及富有同情心的书店和印尼共产党的附属机构发行中国文学外译作品。同时，国际书店将很多中国出版物都作为礼物赠予了个人或者大学图书馆等，或依托领事馆送出。仅在 1955 年，驻棉兰的中华人民共和国领事馆就在本地分派了 6426 份中国出版物，其中包括《人民画报》（汉语版、印尼语版）、《人民中国》（英文版）、《中国建设》（英文版）、《中国文学》（英文版）[②]。国际书店对外发行工作在印尼发挥了积极作用，相当一部分受过教育的印尼读者读了这些杂志和书籍后给予了好评，如阿尔敏·帕纳将大量毛泽东作品印尼语版的内容引入自己撰写的与中国相关的书籍中。有学者则身体力行，译介中国文学作品，如尚努将《青春之歌》翻译成印尼文，以 Njaniian Remadja 为名出版，一举成为畅销书。印尼共产党将该小说指定为党员必读读本，根据小说改编的电影吸引大量印尼青年观看（Liu，2011：192 - 193）。

与印度情况类似，中国官方英译本同样发挥着引领印尼本土的中国文学翻译的重要作用，例如山努（Shan Nu）在 1956 年至 1963 年间，依照 1956 年外文出版社出版的《鲁迅作品选集》第一卷中的 18 篇短篇小说的选目，将其翻译成印尼文版《鲁迅短篇小说选集》（Pilihan Tjerpen Lu Sin），并于 1963 年由雅加达“觉醒文化基金会”出版（林万里，1998：48）。而中国现当代文学外译在国外最引人注目的接受情况，莫过于译作促使目标语社会作家的创作甚至目标语社会的文学思想发生转变，进而影响目标语社会的文学体系。正如韦努蒂（1995）所言，某一特定的翻译项目借助异域文本促成本土文化身份，而译本通过特定的文学话语构建出写作主体，催生一场新的文学运动。其中最为典型的例子便是印尼著名作家普拉姆迪亚·阿南达·杜尔（Pramoedya Anata Toer）及其引领的左翼文学运动。据刘宏（2001；2011）的研究，普拉姆迪亚在 20 世纪 50 年代中期之前基本上还是“中间派”作家，对印尼共产党亦表示过反感。但从 50 年代后半期起，随着两国文化交流频繁，普拉姆迪亚与中国文坛关系日益密切。1956 年他受邀到中国进行为期一个月的访问，在短短的交流期间，他接触了郭沫若、茅盾等作家，由此了解到中国的知识分子怎样把笔作为武器，怎样通过文学、文化来参与政治。回国后，普拉姆迪亚的文艺观和政治态度发生了关键性的转变，而他对中国文学理论及创作的创造性翻译挪用，更是见证并促成他自身转变。1954 年普拉姆迪亚从英文或者荷兰文转译了周扬的《社会主义的现实主义——中国文学的前进之路》[③]。1956 年年初，他又转译了《中国文学》英文版 1954

年第三期丁玲的一篇题为《生活与文学创作》（Life and Creative Writing）的长文。这篇文章源自丁玲在1953年召开的中国文学艺术工作者第二次代表大会上的发言“到群众中落户”。在文中丁玲批判一些年轻作家，并通篇强调作家“体验生活”的必要性。对于“体验生活”这一重要观点，《中国文学》将其直译为“experience life”。而普拉姆迪亚基于这一中国官方译文，将其翻译为印尼文merasumi hidup，即“penetrate life”或“soak in life”，这一选词暗含了“精神着迷”（spiritual possession）和“难忘的食物”(memorable food）的弦外之音（Day，2010：20），言语间无不体现了普拉姆迪亚对中国文艺思想的向往之情。这种向往之情进一步体现在他积极翻译鲁迅、丁玲、茅盾等作家的文学作品上，如1958年他将外文出版社的《白毛女》英译本翻译成印尼文版Dewi Uban。此外，普拉姆迪亚在访华回国后，主动实践丁玲所提倡的作家必须“体验生活”的主张，在1957年年底深入基层到印尼万丹的乡下，与农民和矿工一起生活，并创作小说《南万丹事件》，着力描写被压迫者与剥削者之间的阶级冲突（刘宏，2001：51）。由上可见，外文出版社以及《中国文学》刊登的英文译作，构成了普拉姆迪亚与中国社会主义现实主义文艺思想和作品相连接的重要媒介，同时也是促成其从一名“中间派”作家到左翼文学运动旗手转变④，及其文艺创作从人道主义转向社会主义现实主义的不可或缺的因素。

二、在西方英语世界的发行、传播与接受情况：以英美两国为例

尽管国际书店积极开拓图书发行工作，但由于冷战时期中西截然对立的意识形态，我国出版的英译书刊并不能大规模进入以英美两国为代表的西方英语世界，因此能进入大众读者视野的书籍数量极为有限。首先，为避免中国出版物在美国境内流传，美国相关机构，如美国情报局、邮局、海关等严格控制来自社会主义阵营的报刊材料的流入，提前将一部分书籍和刊物截留或没收。这些材料的主要用途在于为研究人员提供事实和资料并最终形成调查报告，以供议会委员会、议员及代表使用，还有的为研究与情报局所用，用于学术分析、公众意见探讨和研究调查，有的还为制定政策提供数据支

撑。此外，这些材料还是解决一些研究难题所依据的重要资料，如通过研究《北京周报》来研究中印两国共产党之间的关系（Manning，2010：159）。其次，国际书店在英美的发行业务并不理想。以美国为例，20 世纪 50 年代初，美国与国际书店有业务往来的唯一机构是美共在纽约开办的出版物和产品进口公司（Imported Publications and Products）。由于美国政府上述种种限制，书刊发行量很小，各期刊订户最高期发书不足 500 份。1960 年美国进步人士亨利·诺伊斯在芝加哥开办中国书刊社（China Books & Periodicals，Inc.），从中国进口和经销中国书刊，后来他把书刊社移到旧金山，并先后在芝加哥和纽约开设了分店。中国书刊在美发行工作逐渐开展，发行量逐渐上升，60 年代的发行量比 50 年代有了成倍的增长（中国国际图书贸易总公司史料编写组，1989：116）。在“了解敌情”的冷战时期，中国文学尤其是新中国文学作品的英译也就不可避免地成为英、美等西方国家了解中国社会政治的主要途径，接受情况主要以负面为主。据笔者初步考察，这一时期外文出版社出版的中国文学英译作品少量被西方非主流报刊转载，并受到一定好评。如美国共产党创办的月刊《群众与主流》（*Masses and Mainstream*）、加拿大的《国事》（*National Affairs*）等。加拿大的“进步书会”（Progressive Book Club）很快把《中国文学》第一期刊载的《新儿女英雄传》印成单行本（第一版印了 6 万册），在北美发行，同时在加拿大的《论坛报》（*The Canadian Tribune*）上转载。《群众与主流》和《国事》均对《新儿女英雄传》作出评价。前者认为，“比起西欧那些颓废的、‘生存主义’（existentialism）的无聊东西和美国以性为中心的一些粗鄙的小说家，新中国的作品是‘活生生的’‘富有朝气的’‘乐观的’读物。因此它号召美国进步作家向中国作家学习。”《国事》月刊说：“在他们的反宗派主义斗争中，加拿大的共产党人可从这小说学习到许多东西”。“加拿大人民的确欢迎这部现在可以在英文中读到的小说。它可以加强加拿大人民与中国人民之间坚强的友谊，特别是当现在和平的敌人正想要鼓励他们互相打起来的时候”（《中国文学》编译部，1953：8 -9）。与这些完全关注作品内容的评价稍不同的是，刊登在 1956 年加拿大的《国事》杂志第 13 期的一位名叫 Mary Carmichael 的读者关于 1955 年《中国文学》发表的作品的评价，指出《阿诗玛》译文“流畅和谐，节奏如同古英语歌谣一般自然”。同时这位读者也指出，通过译文，能让读者“同情勇敢的阿诗玛和她哥哥，并展现撒尼人的勤劳勇敢和顽强抗争”（1956：60）。可见，这些正面评价与中国政府的期待是大致相吻合的。

然而，这些国家的主流评论界则极力贬低这一时期翻译的中国文学，尤其是与新中国关系密切的当代文学作品。这一倾向主要由一批“冷战反共派”的评论者和研究者一同促成。由于当时处于“了解敌情”的特殊时期，这些评论者和研究者的评价，可以说是中国文学外译在英、美两国接受情况的主要证明。在报刊方面，1953 年英国工党创办的刊物《论坛》（*Tribune*），就对 1952 年《中国文学》上刊登的《活人塘》等作品，做出极为负面的评价，认为作品“很粗糙、不成熟”（《中国文学》编译部，1953：9），但与此同时，也指出“它所表现的生活是那么真实和有力，人民不难想象蒋介石为什么要垮”（同上）。相较于英国报刊较为温和的评价，美国评论界要激烈得多。站在反共立场的《纽约时报》（*The New York Times*）1950 年一篇以《中国的“新文学”》为标题的文章称，中国共产党以苏联老大哥为榜样把文学当作革命的工具，而“共产主义者对现实主义文学的膜拜使最近的小说成为经过美化的报告文学”（Ebon，1950）；同刊 1966 年一篇题为《中国潮》的文章则指出“北京外文出版社既看不见邪恶、听不见邪恶，也不说邪恶，他们还没学会软推销……在这里，穿得好吃得好、满脸微笑的工人在繁花似锦的大地上享受着幸福的生活”（Vogel，1966）；1978 年一篇题为《出版——美国国内来自中国的思想》的评论文章指出，中国书刊社销售的北京外文出版社的图书、《中国文学》杂志是美国国内中国图书的主要来源，但这些“官方”书籍中根本没有问题小说或讽刺小说，因此其他渠道翻译出版的“持不同政见者文学”就成为“竹幕里所流淌的一缕溪流”而受到欢迎（Mitigang，1978）。俄克拉荷马大学出版社出版的《域外图书》（*Books Abroad*）留意到中国现当代小说的英译，评介了《阿 Q 正传》《黎明的河边及其他》《山乡巨变》《耕耘记》和《上海的早晨》。该刊的书评普遍非常简短，甚至只有短短几行，最常见和醒目的字眼就是“propaganda”“communist/communism”“socialist”，且认为这些小说的文学性乏善可陈（王颖冲、王克非，2015：45）。

与英美报刊零星的评论不同，专业读者对中国文学及其译本的学术研究著作和评论，或许更集中体现目标语社会的阅读机制。这些西方英语世界的主流解读也是把中国文学作品当作社会文献阅读，尽管与外文出版社对翻译作品的定位毫无二致，即通过对外翻译文学作品让国外读者深入了解中国人民的社会主义革命的历史和建设现状，但由于意识形态和立场的截然对立，这些评论却读出了许多反共的内容，因此也就强化了西方社会对中国的固有偏见。这一倾向集中体现在1963年第13期《中国季刊》（*The China Quarterly*）的《中国文学》专号刊登的大部分研究文章中。

《中国季刊》是1960年在美国中央情报局支持下，由总部设在巴黎的文化自由联盟（Congress for Cultural Freedom）出资，麦克法夸尔任主编，在英国伦敦创办起来的期刊。“表面看来，‘文化自由联盟’是一个争取文化自由的组织，实际上其幕后操纵者正是美国中央情报局（CIA），是文化冷战的一个组成部分”（管永前、孙雪梅，2009：108）。1963年第13期《中国季刊》开设《中国文学》专号，刊登了1962年在伦敦召开的“纪念《在延安文艺座谈会上的讲话》发表20周年”研讨会上提交的10篇文章。同年，白之（Cyril Birch）收录其中8篇文章，并另外收录2篇相关文章，编辑成《中国共产主义文学》（*Chinese Communist Literature*）一书，由英美合营的Frederick A. Praeger出版社分别在纽约和伦敦出版，“以寻找作品中残留的‘艺术粒子’，‘抢救’那些和他们在政治上尚不抵触的艺术因素”（迈克尔·戈茨，1983：212）。这些作品“站在西方资产阶级文学观一边”，“坚持用西方方法研究左翼的、社会主义的文学，只是为了两个主要目的：一是为了‘暴露’共产党的文学政策和在此种政策下文学灾难性的衰落；二是想在这一文学作品中找出残留下的西方美学家尚可欣赏的一点儿艺术性，诸如具有特色的农民语言、描写生动的工业生产过程、传统形式的抒情诗等”（同上）。对《中国共产主义文学》收录论文的研究大多数基于外文出版社翻译出版的文学作品展开。

论文集中有2篇文章探讨当代作品与传统形式的关系。恩用相（Yong-Sang Ng）在The Poetry of Mao Tse-tung一文中，以1959年古巴革命政府部门的刊物《战斗》（*Combate*）刊登的毛泽东的5首诗词及其对毛泽东的注释为题词引入，然后简要谈及毛泽东诗词的发表情况（于1957年国内《诗刊》首次刊登后在全国范围内传播，接着由外文出版社翻译出版，再传播到社会主义阵营及古巴和拉美地区），最后文章主要对毛泽东及其诗词，特别是其与传统的诗词这一形式的关系，做出解读，其中文章大量援引外文出版社1958年翻译出版的*Mao Tse-tung: Nineteen Poems*以及1958年外文出版社委托杨宪益夫妇翻译的《中国古典文学简史》（*A Short History of Classical Chinese Literature*）的相关内容作为辅证。结尾处作者提到“对于西方学生而言，毛泽东诗词为了解毛泽东这位二十世纪中国最有影响力的领导的个性、性格以及历史抱负提供一个新视角的来源”(Birch，1963：73)。白之的文章Chinese Communist Literature: The Persistence of Traditional Forms，从传统形式的角度分析共产主义文学。白之早年在伦敦大学亚非学院学习中文，1954年在该院获中国文学博士学位，编辑《中国共产主义文学》论文集时是美国加州大学伯克利分校的中国文学及比较文学副教授（Birch，1963：86，263），后成为讲座教授并任中文系主任。他的著作涵盖传统中国小说、戏剧以及中国现代文学，以翻译中国明朝戏剧和故事闻名，其在20世纪80—90年代的译作《牡丹亭》《燕子笺》《浣纱记》广为人知。可能由于这一背景，白之在该研究论文中并没有采用外文出版社的译本进行分析，这一点或许能从侧面说明其对中国官方出版社翻译出版的作品的不认同态度。事实上，在分析李季的《王贵与李香香》时，白之在注释中也指出《中国文学》创刊号上译介的版本删去了源文本部分内容。

有的文章引用甚至改动外文出版社出版的译本，旨在阐述和论证新中国专权的刻板形象。如夏济安在Heroes and Hero-Worship in Chinese Communist Fiction一文中坦陈，他对中国新政府并没有任何好感，他读中国共产主义小说只是为了研究，或者说共产主义小说只是社会文件或一堆共产主义术语。他认为中国20世纪50—60年代的小说主题千篇一律，仿佛都在歌颂英雄，但是在读者看来恰恰具有讽刺效果。他以周立波的《暴风骤雨》和《山乡巨变》为例，并说明在英文版《中国文学》1954年第1期的“编者按”中可以看到周立波的生平介绍，同时他还从《中国文学》1960年第6期刊登的一篇《青春之歌》的书评入手，认为该书评对《青春之歌》的称赞反而可能会导致读者的排斥。在探讨吴强的《红日》的英雄形象问题上，夏济安主要援引外文出版社由巴恩斯（A. C. Barnes）翻译的译本 *Red Sun*（1961）加以解释，这可以说明他对巴恩斯译本的信任。但尽管如此，夏济安还是发现巴恩斯译本省略了原作第 96 章中刘胜向战士们解释上级发来的作战的电报中的“叫我们变成老鹰”这一句话。在引用巴恩斯译文的基础上，夏补充了这一句话的译文“They want us to turn into hawks!”，以此说明共产党部队及其战士只是被党视为“训练有素的猛禽，只有完成其主人的命令后才得以被释放”（同上，1963：133）。为进一步论证战士们受制于上级的无能为力的境地，夏继续引用巴恩斯的相关译文加以说明。其中在评价小说中刘胜在牺牲前安慰战士邓海说“听党的话”时，夏完全摒弃巴恩斯的译文“Be loyal to the Party”，取而代之的是他的改译“Be obedient to the Party”。根据韦氏同义词词典（*Webster's New Dictionary of Synonyms*）（1984：568），“obedient”指的是对意志、指导的顺从或者对他人的控制（对权威或控制自己的人的命令、指示）的顺从，即 submissive to the will, guidance, or control of another。该词暗含着认同或接受权威的一方顺从于来自权威方的命令或要求。夏选用更为个性化的“obedient”一词，以凸显党的无上地位以及战士们的顺从态度。这一改动恰恰反映了夏济安的反共立场。

有的文章则通过引证外文出版社或《中国文学》的译文，说明中国的现实状况或者“十七年”文学的缺陷。如美国华裔汉学家时钟雯在论文“Cooperatives and Communes in Chinese Communist Fiction ”中讨论了以合作社和公社运动为故事背景的中国小说，并注意到中国女性地位发生的变化，列举了《中国文学》1960 年第 5 期译介的《一点红在高空中》（胡万春）为例。夏志清的 Residual Femininity: Women in Chinese Communist Literature 分析 1950 年至 1959 年间众多作品中女性形象的变迁，其中援引《中国文学》1961 年 7 月刊登的茹志鹃的《暖春》（The Warmth of Spring），并发现这些作品中性别意识普遍缺失。卫德明（Hellmut Wilhelm）的文章 The Image of Youth and Age in Chinese Communist Literature 则援引一批外文出版社翻译出版和译载的译作，如《太阳照在桑干河上》（1954）、《青春之歌》《红旗歌》（1961）、《人民呼声》（1954），以及刊登在《中国文学》的严文井、张天翼、叶圣陶等的作品，旨在说明“中国共产主义文学中，青年不再是形象，而是被降低为口号”这一结论。杨富森（Richard F. S. Yang）的研究“Industrial Workers in Chinese Communist Fiction”，以三部工业小说为例，探讨作品中的工人形象问题，其中最重要的个案小说《百炼成钢》分析所使用的是外文出版社出版的译本。对于这三部作品，尽管作者认为反映出新中国社会现实的某些特点，但艺术上却“味如嚼蜡”（Birch，1963：225）。可见，《中国共产主义文学》中的大部分文学评论者立足冷战时期特有的与中国截然对立的意识形态以及文学观念，要么从文学艺术的角度摒弃或否定中国官方的英译作品，要么站在反共的立场上，通过阅读外文出版社的英译作品，对这一时期中国文学作品的思想主题做出与中国官方意图传达信息相悖的解读，甚至不惜改写官方译文，以服务于反共的目的。可以说，在很大程度上这一时期中国官方的文学英译本在西方英语世界不仅没有达到预期的目的，反而还被英美主流评论界加以“挪用”，从而充当了证明中华人民共和国专制的反面论证实例，进而强化中华人民共和国的刻板负面形象。

第二节
1949—1966 年中国文学英译是中国现代多民族国家建构的重要方式

从前面各章的分析，我们可以清楚地看到，1949 年至 1966 年期间的中国文学对外翻译活动是在以美、苏为首的两大政治阵营对峙的冷战以及中华人民共和国建立之初这样一个复杂的大背景下发生的，翻译的动力主要来自源语社会的需求，响应了现代多民族国家建构的诉求和召唤。作为国家对外宣传机构的外文出版社，意图借助中国文学对外翻译来重新塑造新生的多民族国家形象，承担起对外宣传中华人民共和国、彰显新生的多民族国家身份的重要文化政治使命。因此，这一翻译活动的官方色彩浓厚，体现在翻译的各个环节，如选材、编辑加工、翻译、校正、出版与发行等，均在外文出版社的监管和掌控之中，最终受制于国家这一赞助人。在翻译的整个过程中，包括原著作家、编辑、中外译者、发行机构等各尽其职，共同参与塑造中国文学形象及其所代表的多民族国家形象。因此，从某种意义上说，这其实是一种以国家为主体的自我翻译现象。而作为国家对外宣传的重要组成部分，中国文学对外翻译活动同时受到中国政治外交政策以及国内文学政治运动的双重影响与制约。一方面，对外文学翻译是国家整体外交政策的直接体现，同时也积极配合了中国政治文化外交的开展，有助于形成处在两大政治阵营夹缝之中的中国的第三世界国际定位；另一方面，国内的文学运动或多或少地影响并制约着中国文学对外翻译活动，体现了意识形态主导下的多民族国家形象自塑的自觉意识。

就翻译选材而言，外文出版社出版的中国文学英译作品建构出一个高度同质化的中国文学形象，并借此展现出一个统一的、合法化的多民族国家形象。经过国家意识形态与社会主义现实主义诗学的选择、重组与重新阐释，英译古典文学作品与现代文学作品，被重塑和打造成中华人民共和国的“传统”，服务于新生多民族国家建构的使命。现实主义的古典文学作品以及现代革命文学作品成为翻译的重点对象，建构出一个作为新中国他者的“黑暗的”旧社会形象。由于与新中国的成立关系紧密，当代文学作品是这一时期英译的重要组成部分，不仅在数量上占有主导地位，而且在建构一个合法化和合理化的多民族国家形象中，扮演着极为关键的角色。其中英译革命战争题材作品，旨在向外阐明由中国共产党领导的中华人民共和国的由来，有助于中华人民共和国政府在国际社会，尤其在英语世界确立合法地位；以土改和农业合作社为题材的农村题材作品，则意图展示当时中国农村在中国共产党的领导下的社会主义新风貌。

国家意识形态及其规约下的社会主义现实主义诗学不仅影响、制约“译什么”，而且还进一步影响、制约“怎么译”。土改小说的典范之作《暴风骤雨》的英译本以其忠实于官方的阶级话语，通过采用删节以及选词、增添和改写等明示化手法，再现、强化了源文本中农民与地主的阶级对立形象，为小说的土改主题获取更多的合法性和必要性；《林海雪原》和《百合花》英译本在主流评论的影响和支配下，主要采用删略与改写的策略，排斥、过滤革命英雄的丰富情感以及其他有损其正面形象的“异质”成分，尽可能地重塑出符合意识形态标准的革命英雄形象，并以此代表新中国“完美”的自我形象，维护革命战争的正统叙事。由此，三部小说英译以其“忠实”于官方意识形态的面貌，共同参与到新中国的合法性建构之中。总而言之，中国文学英译翻译活动，在很大程度上寄寓了新生的国家对自我的设计和认同，是多民族国家的自我想象与建构。从这一意义上说，这一时期中国文学英译活动实质上是新生的共和国在冷战这一特定国际大背景下，向世界表述自己，实现多民族国家自我身份确认、自我合法性建构的手段。

目前有关1949年至1966年期间的翻译研究大都论及外国文学翻译，而对同时期进行的中国文学对外翻译现象关注不够。事实上，这一时期的文学外译活动不仅是中国文学对外翻译史的有机组成部分，还开启了中国文学对外翻译史上的以国家机构为主导的翻译模式。鉴于此，本书聚焦这一时期中国官方组织的中国文学外译活动，在掌握了一定数量的一手材料的基础上，从翻译机构、外交政策、文学运动、文学评论等方面，来分析、揭示这一翻译活动与多民族国家建构以及意识形态之间的关联，在很大程度上充实了1949年至1966年期间中国文学翻译史研究以及中国文学外译史研究。

多民族国家建构的视角可以让我们对这一时期中国文学对外翻译活动有一种同情式理解和反思性评价。我们应该辩证地来看1949年至1966年期间中国文学对外翻译活动。一方面，这一时期中国文学对外翻译活动体现了一个新生的多民族国家在两极世界意识形态尖锐对立的国际背景下，努力通过文学外译回应现代多民族国家建构的合理诉求。这一翻译活动积极对外建构了一个自我理解和自我诠释的多民族国家主体，并在特定历史条件下发挥着彰显多民族国家身份的重要功能，这在很大程度上是时代对翻译的必然选择和要求。而从上一节对英译接受情况的初步分析来看，这一时期中国文学英译作品大量流传于以印度、印度尼西亚为代表的南亚和东南亚英语世界，这与彼时中华人民共和国以及国际书店试图突破两大阵营文化冷战壁垒的努力密不可分。输出的文学英译作品在一定程度上强化了少数派的文化身份——世界社会主义现实主义身份，在特定的历史时期极大地促成印度、印度尼西亚等第三世界的社会主义现实主义国际主义联盟的形成，在一定程度上丰富了世界文学的构成（Day，2010：23）。时至今日，当我们回顾、评价这一中国文学英译活动，应尽可能回到历史现场，正视其中蕴含的政治价值和历史意义。另一方面，强调翻译对于多民族国家建构的作用，并不代表我们对其无条件地接受，更不应该阻碍我们对其的进一步反思。事实上，恰恰是由于政治意识形态的强大干预与操控，这一时期对外翻译的中国文学作品不管在选材还是策略方式上均呈现出高度的同构性和一体化的特征，中国文学的丰富性与多样性被整合、压制，文学性亦被大大地削弱，以致逐渐形成一个刻板僵化的中国文学形象及其所代表的国家形象，最终走向自我封闭甚至"自恋"的幻想之中[⑤]。而这种后果事实上也未必能实现外文出版社所想要达到的正面宣传中华人民共和国形象的预期目标。尽管中国文学英译作品进入目标语文化系统后如何被阅读和接受等问题相当复杂，但可以肯定的一点是，文学作品之所以能够成为文学，其关键一点在于其强大的感染力，但因意识形态的干预，这一时期英译中国文学作品的文学性被大大地削弱，势必使文学失去本有的吸引力与感染力。因此，仅从这一点来看，外文出版社希望通过对外翻译中国文学，以达到建构多民族国家的目的，事实上所展现出来的很可能只是单方面的意愿与想象，其功效很可能是极不乐观的。这一点也是当下国家机构从事或支持的对外文学翻译项目所要吸取的重要历史教训。

还必须指出的是，本书从民族国家建构的视角，把 1949 年至 1966 年期间中国文学外译活动，尤其是英译活动，分析、阐释为塑造新生多民族国家形象、建构"新中国"的一种手段，尽管这一"新中国"所对应的是实体存在的中华人民共和国，因此这一翻译活动在很大程度上具有现实指向性，但它到底是真实还是错误地再现了"新中国"，并不是本书所关注的主要问题。本书最为关注的问题在于，这一翻译活动为何以及如何呈现出特定的中国形象。

第三节 "文学对外翻译"是文学翻译的重要方面

本书研究的对象并非主流的翻译活动，即由目标语社会发起并从事的文学翻译活动，而是由源语社会主动发起并从事的把自身的文学作品对外翻译的活动，也就是某种意义上的“文学自译”活动。个案研究的特殊性引发了对文学翻译研究尤其是对外文学翻译研究的若干思考。

一般说来，人们所说的文学翻译，大都默认为是从外语译入母语的翻译活动[6]，或是由目标语社会翻译外来作品的翻译活动，而忽略了在源语社会发生的对外翻译现象。这一倾向在翻译研究领域也有所体现。自20世纪70年代起，西方翻译研究经历了一个明显的研究范式转变，即从传统的规定性翻译研究转变到描写性翻译研究。1972年霍姆斯发表的《翻译研究的名与实》（The Name and Nature of Translation Studies）一文，提出了建立翻译学学科的构想，并明确了翻译学的两个主要目标：一是描写我们的经验世界中表现为翻译行为和译作的种种现象，二是建立能够解释和预测这些现象的普遍原则。与这两个目标相关的两个分支可以命名为描写性翻译研究和理论翻译研究（Holmes，2004：184）。霍姆斯提出的第一个目标主要由图里来落实，图里以霍姆斯的译学思想为基础，进一步系统地发展了描写性翻译研究。与追求“对等”的传统的源文中心论相对，图里从目标语文化的角度出发，提出将翻译作为目标语文化系统内一个既定的事实来加以考察。在他看来，“翻译就是在目标系统当中，表现为翻译或者被认为是翻译的任何一段目标文本，不管所根据的理由是什么”（Toury，1980：14）。由此，目标语社会出现的被认为是翻译的翻译，如改译、改写、改编、伪译等，均被纳入研究的范围。而翻译研究的重点应该放在“目标文本及其在目标文化中的地位上”（沙特尔沃思、考伊，2005：224）。这种目标文本取向的翻译研究，无疑扩大了翻译研究的范围，开拓了新的研究领域，直接推动了翻译研究向纵深发展。

然而，为了纠正传统的以源语为取向的规定性研究，图里倾向于目标文本取向的翻译研究，把翻译只看成目标语社会的事实，即认为“译文只是一个文本-语言传统的事实：就是目标语文化的传统，从源语和源语的立场来看，译文几乎是不存在的”（Toury，1980：28），却存在“把洗澡水和孩子一同倒掉”的危险——即把作为源语社会事实的对外文学翻译现象排除在研究的范围之外。事实上，对外文学翻译现象同样是人类翻译史上的客观存在，尤其在相对弱势或边缘地位的文化中，对外翻译现象更是普遍。如在18世纪以前的欧洲，人们多认为用各本地语言创作的作品就像写在沙子上，而希腊语或拉丁语作品则如刻在大理石之上。为此，17 世纪托马斯·鲍尔（Thomas Power）曾将弥尔顿（John Milton）的《失乐园》（*Paradise Lost*）译成拉丁语，以便让英国以外的人了解这位伟大的诗人（Lonsdale，1998：65；2009：86）。国家机构对外输出本土文化和文学与文化外交同样密切相关。如 19 世纪 80 年代，法语联盟成立，其目的即在于推广法语，并意图在全球增加法国的影响力。1930 年英国文化教育协会成立，其宗旨类似，即传播英国文化，一方面以此抵抗德国民族主义的高涨，另一方面推广英国工业产品。1949 年德国歌德学院成立，旨在推广德国文化，并试图纠正其在纳粹时期的负面形象（von Flotow，2018：194）。韩国也采取了一些鼓励对外译介本国文学作品的政策与措施，如设立专门的翻译机构、拨款以及设立奖项等，以提高本国文化和文学的世界地位（孙志凤，2000：167）。

对外文学翻译现象存在的原因相当复杂，其中一个主要原因在于各文化和语言之间的地位不平等以及由此产生的翻译不平衡现象。如果两种文化和语言地位大致平等，双向交流频繁，可以轻易在对方社会里找到译者，如英法之间等，那么对外文学翻译的依赖性较小（Lonsdale，2009：86）。而若翻译双方地位差异较大，就处于相对弱势或边缘地位的文化而言，目标语社会中掌握其语言的人不多，对外文学翻译的重要性就会彰显出来，由此进一步凸显翻译政治这一议题。上述大部分的对外文学翻译即是例证。尤其在意识形态尖锐对立的冷战时期，对外文学翻译对于许多新生的社会主义国家的意义更为突出，如冷战时期苏联、中国、朝鲜等社会主义国家都设有专门的对外翻译出版机构，担负面向国外尤其是英语世界的宣传任务。在一些被殖民的地区与国家，对外文学翻译更是肩负起反殖民主义、支持本国和地区的民族主义的政治文化日程（Tymoczko，2004）。对于以上不同社会语境下客观存在的对外文学翻译现象，我们理应将其纳入研究的范围。而这其实与翻译学这一学科的首要目标，即“描写我们的经验世界中表现为翻译行为和译作的种种现象”也是相契合的。更为重要的一点是，对外文学翻译实践本身在一定程度上就体现出翻译双方不平等的权力关系，其背后的政治值得我们深入研究。正是基于这样的理解，本书选取中国文学对外翻译历史上具有开创性意义的翻译实践，即 1949 年至 1966 年期间的中国文学对外翻译活动，从多民族国家建构和意识形态的角度，展开深入细致的描写与分析。

就1949年至1966年期间开展的中国文学外译活动而言，目标文本取向的描写研究路径并不一定可行。目标文本取向的描写研究主要包括两大议题，一是考察目标文本社会文化的规范，以及制约翻译活动的各种因素，二是考察翻译活动与目标语社会在一段时间里产生的相互影响。然而，就对外翻译活动而言，发挥制约作用的主要是促成其产生的源语社会，而不仅仅或者不完全是目标语社会。同时，由于“对主体文化产生影响的翻译总是由该文化依据自身需要发起的”（Hung，2000：61），因此，特别在诸如当今英语世界这样一种具有强烈优越感的目标语文化内，研究由源语社会发起的翻译现象，尤其是研究翻译作品的影响，收获或许并不大。对外翻译的研究应该首先立足于促成与使这种翻译活动产生的源语社会。当然，这种研究并不等同于传统的源文本取向的规定性研究。在这里，我们主要把对外翻译放在源语社会及其所处的国际大背景下，重点考察翻译动机、意图以及影响与制约对外翻译活动的各种因素等议题。而至于对外翻译作品的接受情况和效果等议题，则更多需要在不同时期、不同目标语的社会文化语境下进行讨论。本书重点关注促进外译活动的源语社会的立场，以及影响翻译生产的各种因素，从而凸显翻译的社会属性，而这正是近年来翻译的社会学转向的关注点。事实上，勒菲弗尔对意识形态的阐述已触及文学翻译的社会属性，如他指出意识形态主要是通过赞助机制发挥作用，赞助机制既可以指人，也可以指机构。而就从事翻译的机构而言，尽管莫索普（Brian Mossop）早在1988年就颇有洞见地指出“翻译机构”（translating institution）是现存的翻译模式中被忽视的一个重要因素（1988；1990），但学术界对“翻译机构”以及“机构翻译”（institutional translation）的充分关注却是最近十年来的事。众多学者着眼于不同类型的翻译机构内翻译的实际生产过程，围绕机构对翻译实践及其参与者的影响、机构翻译的特征、译者定位和能动性等议题展开研究，充分彰显出翻译活动的社会属性（Schäffner，2018）。

通过对1949年至1966年间中国文学对外翻译活动的研究，可以发现有关翻译的一些基本假设的局限性。例如，我们一般认为译者是在两种语言文化群体间扮演着调节者的角色，而翻译就是促进两种社会文化群体之间的交流（Tymoczko，2006：16）。随着翻译研究的“文化转向”，权力进入翻译研究的视域，翻译或成为后殖民语境下（解放）殖民的工具，或成为压迫抑或解放性别的途径。在本书来看，尽管1949年至1966年期间的中国文学对外翻译活动涉及两种语言（主要为中英）之间的转换，但其意图或最终目的与其说是致力于文化间的交流，还不如说是强化源语社会的文学和意识形态规范，提升自身形象与地位。这类翻译在很大程度上是一种道勒拉普所称的“强加式”的翻译行为。它几乎很少考虑目标语社会的需求以及目标语读者的兴趣，因此也无法与目标语社会及其读者开展有效的对话。同时，这一翻译活动与中国成立初期内部自我整合的种种努力紧密地结合在一起，并成为多民族国家整体建构的有机组成部分。因此，它更多地联系着一个多民族国家的历史和现实，而不仅仅体现一个多民族国家与其他民族国家之间的关系。此外，本书对外文出版社这一国家外宣机构组织的文学对外翻译活动的考察，大体验证了目前学术界所总结的机构翻译的特征，即集体性、匿名性、标准化（Schäffner，2018：206）。参与翻译的译者，尤其中方译者大致体现出体制化主体性或者集体主体性，享有的空间较为有限。⑦同时也发现中文编辑在其中发挥着不容忽视的作用，其对原著所做的“编辑加工”直接决定译作的最终面目。人们往往认为译作主要是译者的成果，译者是译作的直接责任人，因而获得学术界的普遍关注。但本书中的中文编辑基本是“隐形”的，他们在影响译作最后呈现方式上所发挥的重要作用并未得到学术界的充分关注。总而言之，由源语社会发起并从事的把自身文学作品对外翻译的活动是源语社会文学翻译的重要组成部分，对它的研究可以向我们展现出文学翻译的另一面向，进一步推动翻译理论尤其是描写翻译研究的发展。因此对外文学翻译研究是一个有待深入的领域，而本书就是在这方面所做的一种探索。

第四节 局限与展望

本书主要从多民族国家建构和意识形态的视角，深入1949年至1966年期间的国际国内社会大背景来描写、分析和阐释这一时期出现的中国文学对外翻译活动。因此，本书可以说是一种以源语社会为取向的翻译研究。由于时间限制，更由于研究视角的缘故，这一时期中国文学外译的接受问题，以及所产生的实际效果问题，是本书没能系统、深入探讨的。

由于这一时期翻译的文学作品数量众多，限于时间，本书仅选择与新生多民族国家建构联系最为紧密的当代小说中的几部代表性作品译作，即 *The Hurricane*、*Tracks in the Snowy Forest*、“Lilies” 进行深入系统的分析，未能对其他小说以及其他文类，如诗歌和戏剧等作品的译本做深入探讨。因此，后续研究都可以立足于扩大文本分析的范围，以期更深入了解这一时期文学作品翻译的情况，获得更深层的阐释与结论。此外，这一时期的中国文学对外翻译是国家对外宣传的重要组成部分，与国家政治、文化、外交政策密切相关。对此，本书在第三章有所涉及，但仍缺乏全面、深入的探讨。同时，中国文学外译与其他文化输出手段，如包括作家以及其他文化团体出访、对外广播、对外期刊，如《人民中国》《中国建设》《北京周报》等，一起致力于在国际社会塑造出特定时期的中国形象。它们之间的相互联系，也是一个很有意思的研究。

1949 年至 1966 年是国家机构主导中国文学对外翻译模式的开创时期，这一模式在此后从 60 年代中期到改革开放和思想解放的新时期，再到全球化的 21 世纪仍在继续并发展，但在翻译组织方式、译者挑选、翻译选题、翻译方法和发行模式等方面都有所不同。本书可以说是这种翻译模式或者国家翻译实践（任东升、高玉霞，2015）研究的一小部分而已，可以将其纳入输出型国家翻译实践这一更大的研究课题中进行考察，探讨这种翻译活动在不同时期的特征、所体现出来的中国自我形象的演变，及其所反映出来的自我定位变化，继而推及至作为他者的不同目标语社会眼中的中国形象，及其两者之间的关系等。同时，我们还可以针对不同的国家和地区、不同类型的机构甚至不同的译者，对客观存在的文学对外翻译现象进行比较研究，从而丰富文学对外翻译研究。

【注释】

①据郑晔的统计，20 世纪 50 年代中期《中国文学》每期全球发行量估计在一万五至两万之间。参见郑晔：《国家机构赞助下中国文学的对外译介——以英文版〈中国文学〉（1951—2000）为个案》，上海外国语大学博士论文，2012：103。

②估计刘宏表述有误，这里他指的是《人民文学》（英文版），而事实上，当时《人民文学》并没有英文版。

③周扬这篇文章的英译文见于 Chou Yang. China's New Literature and Art: Essays and Addresses (Peking: Foreign Language Press, 1954)。

④事实上，这一时期以毛泽东文艺理论为指导的中国文艺思想对普拉姆迪亚的影响在当今民族主义研究界仍可见。正如刘禾提到，"《想象的共同体》的作者本尼迪克特·安德森在《语言和权力》（*Language and Power*）一书中写道'普拉姆迪亚教会了我如何将文学形式和政治想象力结合起来。'而这些是中国作家交给普拉姆迪亚的"。而这与外文出版社组织翻译、出版的英译本所产生的影响也是息息相关的。参见刘禾：《冷战壁垒中的一场亚非文学翻译运动》，https://www.thepaper.cn/newsDetail_forward_1747749。

⑤当然，这种情况以 1966—1976 年间的中国文学对外翻译最为突出。

⑥这种认为译者只能译入母语的观点，普遍存在于翻译实践与翻译研究领域。但事实上，这种观点并非没有问题，斯洛文尼亚学者耐克·K. 波科恩（Nike K. Pokorn）的著作《挑战传统原则——译入非母语》（*Challenging the Traditional Axioms: Translation into a Non-mother Tongue*），就从理论与实证研究两方面，挑战了这一传统原则。

⑦据马会娟、王越（2018）考察，由新世界出版社出版的"外国专家"艾黎翻译的李白诗作，既体现了官方机构翻译的特点，又体现出个人色彩较强的译诗风格。

参考文献

中文文献

（一）专著

［1］安德森.《想象的共同体：民族主义的起源与散布》［M］. 吴叡人，译. 上海：上海世纪出版集团，2005.

［2］陈改玲. 重建新文学史秩序：1950—1957 年现代作家选集的出版研究［M］. 北京：人民文学出版社，2006.

［3］陈日浓，王永福. 中国外文局五十年书刊对外宣传的理论与实践［C］. 北京：新星出版社，1999 .

［4］陈顺馨. 1962：夹缝中的生存［M］. 济南：山东教育出版社，2002.

［5］陈顺馨. 社会主义现实主义理论在中国的接受与转换［M］. 合肥：安徽教育出版社，2000.

［6］陈思和. 中国当代文学史教程［M］. 上海：复旦大学出版社，1999.

［7］陈伟军. 传媒视域中的文学：建国后十七年小说的生产机制与传播方式［M］. 桂林：广西师范大学出版社，2009.

［8］陈晓明. 中国当代文学主潮［M］. 北京：北京大学出版社，2009.

［9］陈建华. “革命”的现代性：中国革命话语考论［M］. 上海：上海古籍出版社，2000.

［10］戴延年，陈日浓. 中国外文局五十年大事记（1）［C］. 北京：新星出版社，1999.

［11］戴燕. 文学史的权力［M］. 北京：北京大学出版社，2002.

［12］丁易. 中国现代文学史略［M］. 北京：作家出版社，1955.

［13］杜润生. 杜润生自述：中国农村体制变革重大决策纪实［M］. 北京：人民出版社，2005.

［14］杜赞奇. 从民族国家拯救历史：民族主义话语与中国现代史研究［M］. 王宪明，等译. 北京：社会科学文献出版社，2003.

［15］樊星. 中国当代文学［M］. 北京：北京大学出版社，2010.

［16］顾彬. 20 世纪中国文学史［M］. 范劲，等译. 上海：华东师范大学出版社，2008.

［17］范中汇. 中国对外文化交流概览［M］. 北京：光明日报出版社，1993.

［18］符家钦. 记萧乾［M］. 北京：时事出版社，1996.

［19］高云览. 小城春秋［M］. 北京：作家出版社，1956.

［20］韩丁. 翻身：中国一个村庄的革命纪实［M］. 韩琼，译. 北京：北京出版社，1980.

［21］郭冰茹. 十七年（1949—1966）小说的叙事张力［M］. 长沙：岳麓书社，2007.

［22］洪子诚. 1956：百花时代［M］. 济南：山东教育出版社，1998.

［23］洪子诚. 问题与方法：中国当代文学史研究讲稿［M］. 北京：生活·读书·新知三联书店，2002.

［24］洪子诚. 大陆当代文学史［M］. 台北：秀威信息科技股份有限公司，2008.

［25］黄鸣奋. 英语世界中国古典文学之传播［M］. 上海：学林出版社，1997.

［26］黄子平. 革命·历史·小说［M］. 香港：牛津大学出版社，1996.

［27］胡志毅. 国家的仪式：中国革命戏剧的文化透视［M］. 桂林：广西师范大学出版社，2008.

［28］霍布斯鲍姆，兰格. 传统的发明［C］. 顾杭，庞冠群，译. 南京：译林出版社，2004.

［29］贾英健．全球化与民族国家［M］．长沙：湖南人民出版社，2003.

［30］金宏宇．中国现代长篇小说名著版本校评［M］．北京：人民文学出版社，2004.

［31］芒迪．翻译研究导论［M］．李德凤，等译．北京：商务印书馆，2007.

［32］李频．龙世辉的编辑生涯——从《林海雪原》到《芙蓉镇》的编审历程［M］．开封：河南大学出版社，1992.

［33］李杨．抗争宿命之路："社会主义现实主义"（1942—1976）研究［M］．长春：时代文艺出版社，1993.

［34］李杨．50—70年代中国文学经典再解读［M］．济南：山东教育出版社，2003.

［35］李岫，秦林芳．二十世纪中外文学交流史［C］．石家庄：河北教育出版社，2001.

［36］廖炳惠．关键词200：文学与批评研究的通用词汇编［G］．台北：麦田出版社，2003.

［37］刘杲，石峰．新中国出版五十年纪事［C］．北京：新华出版社，1999.

［38］刘宓庆．新编当代翻译理论［M］．北京：中国对外翻译出版公司，2005.

［39］刘绶松．中国新文学史初稿［M］．北京：作家出版社，1956.

［40］马士奎．中国当代文学翻译研究（1966—1976）［M］．北京：中央民族大学出版社，2007.

［41］马祖毅，等．中国翻译通史：现当代部分第四卷［M］．武汉：湖北教育出版社，2006.

［42］马祖毅，任荣珍．汉籍外译史［M］．武汉：湖北教育出版社，1997.

［43］孟登迎．意识形态与主体建构：阿尔都塞意识形态理论［M］．北京：中国社会科学出版社，2002.

［44］倪伟. “民族”想象与国家统制：1928—1948 年南京政府的文艺政策及文学运动［M］. 上海：上海教育出版社，2003.

［45］钱理群. 1948：天地玄黄［M］. 济南：山东教育出版社，1998.

［46］曲波. 林海雪原［M］. 北京：作家出版社，1958.

［47］钱理群，吴福辉，温儒敏，等. 中国现代文学三十年［M］. 上海：上海文艺出版社，1987.

［48］麦克法夸尔，费正清. 剑桥中华人民共和国史：上卷革命的中国的兴起（1949—1965）［M］. 谢亮生，杨品泉，等译. 北京：中国社会科学出版社，1990.

［49］沙博理. 我的中国［M］. 宋蜀碧，译. 北京：中国画报出版社，2006.

［50］沙枫. 鲁迅著作英译絮谈［M］. 香港：大光出版社，1976.

［51］沙特尔沃思，考伊. 翻译研究词典［Z］. 谭载喜，译. 北京：外语教学与研究出版社，2005.

［52］单德兴. 翻译与脉络［M］. 台北：书林出版有限公司，2009.

［53］申丹. 叙述学与小说文体学研究［M］. 北京：北京大学出版社，1998.

［54］苏光文. 大后方文学论稿［M］. 重庆：西南师范大学出版社，1994.

［55］谭载喜. 翻译学［M］. 2 版. 武汉：湖北教育出版社，2005.

［56］谭载喜. 西方翻译简史（增订版）［M］. 北京：商务印书馆，2004/2018.

［57］王本朝. 中国当代文学制度研究（1949—1976）［M］. 北京：新星出版社，2007.

［58］王德威. 想象中国的方法：历史・小说・叙事［M］. 北京：生活・读书・新知三联书店，1998.

［59］王宏志. 历史的偶然：从香港看中国现代文学史［M］. 香港：牛津大学出版社，1997.

［60］王宏志. 文学与政治之间——鲁迅・新月・文学史［M］. 台北：

东大图书股份有限公司，1994.

［61］王宏志. 重释“信达雅”：二十世纪中国翻译研究［M］. 上海：东方出版中心，1999.

［62］王联. 世界民族主义论［C］. 北京：北京大学出版社，2002.

［63］王瑶. 中国新文学史稿［M］. 上海：新文艺出版社，1954.

［64］王一川. 中国现代性体验的发生：清末民初文化转型与文学［M］. 北京：北京师范大学出版社，2001.

［65］汪晖. 现代中国思想的兴起：上卷（第一部）［M］. 北京：生活·读书·新知三联书店，2004.

［66］夏征农. 辞海［Z］. 上海：上海辞书出版社，1999.

［67］夏志清. 中国现代小说史［M］. 刘绍铭，等译. 香港：友联出版社有限公司，1979.

［68］许钧，袁筱一. 当代法国翻译理论［M］. 武汉：湖北教育出版社，2001.

［69］《新中国对外文化交流史略》编委会. 新中国对外文化交流史略［C］. 北京：中国友谊出版公司，1999.

［70］杨厚均. 革命历史图景与民族国家想象：新中国革命历史长篇小说再解读［M］. 武汉：湖北教育出版社，2005.

［71］余虹. 革命·审美·解构：20世纪中国文学理论的现代性与后现代性［M］. 桂林：广西师范大学出版社，2001.

［72］杨绛. 我们仨［M］. 北京：生活·读书·新知三联书店，2003.

［73］杨宪益. 漏船载酒忆当年.［M］. 薛鸿时，译. 北京：北京十月文艺出版社，2001.

［74］杨宪益. 我有两个祖国：戴乃迭和她的世界［M］. 桂林：广西师范大学出版社，2003.

［75］俞金吾. 意识形态论［M］. 上海：上海交通大学出版社，1993.

［76］袁良骏. 当代鲁迅研究史［M］. 西安：陕西人民出版社，1992.

［77］张杰. 鲁迅：域外的接近与接受［M］. 福州：福建教育出版社，2001.

［78］张景华．翻译伦理：韦努蒂翻译思想研究［M］．上海：上海交通大学出版社，2009.

［79］张钟．当代中国文学概观［M］．2 版．北京：北京大学出版社，1986.

［80］张忠祥．尼赫鲁外交研究［M］．北京：中国社会科学出版社，2002.

［81］中国出版工作者协会．中国出版年鉴［M］．北京：商务图书馆，1980.

［82］中国国际图书贸易总公司史料编写组．中国国际图书贸易总公司 40 周年纪念文集——史论集［C］．北京：中国国际图书贸易总公司，1989a.

［83］中国国际图书贸易总公司史料编写组．中国国际图书贸易总公司 40 周年纪念文集——大事记（1949—1987）［C］．北京：中国国际图书贸易总公司，1989b.

［84］中国社会科学院语言研究所词典编辑室．现代汉语词典［Z］．5 版．北京：商务印书馆，2007.

［85］中国赵树理研究会．赵树理研究文集：下卷［C］．北京：中国文联出版公司，1998.

［86］中国作家协会．中国作家协会第二次理事会会议（扩大）报告、发言集［C］．北京：人民文学出版社，1956.

［87］中华人民共和国外交部，中共中央文献研究室．周恩来外交文选［C］．北京：中央文献出版社，1990.

［88］中华人民共和国外交部，中共中央文献研究室．毛泽东外交文选［C］．北京：中央文献出版社，1994.

［89］周东元，亓文公．中国外文局五十年史料选编（1）［C］．北京：新星出版社，1999.

［90］周东元．中国外文局五十年回忆录［C］．北京：新星出版社，1999.

［91］周立波．暴风骤雨［M］．北京：人民文学出版社，1952.

［92］邹霆．永远的求索：杨宪益传［M］．上海：华东师范大学出版社，2001.

（二）论文

［1］艾勃. 欧美对鲁迅的接受——普及与学术研究的动机［C］//乐黛云. 当代英语世界鲁迅研究. 南昌：江西人民出版社，1993：410－448.

［2］巴金. 一篇序文［M］//巴金. 病中集. 北京：人民文学出版社，1986，13－18.

［3］卞之琳，等. 十年来的外国文学翻译研究工作［J］. 文学评论，1959，41－77.

［4］查明建. 意识形态、诗学与文学翻译选择规范——20世纪50—80年代中国的（后）现代主义文学翻译研究［D］. 香港：岭南大学，2003.

［5］查明建，吴梦宇. 文学性与世界性：中国当代文学海外译的着力点［J］. 外语研究，2019（3）：10－14.

［6］陈晋. 毛泽东指导编选《不怕鬼的故事》的前前后后［M］//宋应离，袁喜生，刘小敏. 中国当代出版史料（1949—1999）. 郑州：大象出版社，1999：106－114.

［7］陈思和. 新文学史研究的整体观［J］. 复旦大学学报，1985（3）：184－188.

［8］杜荃（郭沫若）. 文艺战线上的封建余孽——批评鲁迅的《我的态度气量和年纪》［C］//中国社会科学院文学研究所现代文学研究室. "革命文学"论争资料选编. 北京：人民文学出版社，1981：578－579.

［9］方钜成. 中译英工作上的两个问题［J］. 西方语文，1957，1（1）：19－22.

［10］冯雪峰. 鲁迅的文学道路——英文译本"鲁迅选集"序［J］. 人民文学，1956（7）：112－118.

［11］高天恩. *The Chinese Pen* 创刊与台湾文学外译［C］//联合报副刊编辑，杨牧，等. 台湾新文学发展重大事件论文集. 台南：台湾文学馆，2004：320－323.

［12］管永前，孙雪梅. 麦克法夸尔与《中国季刊》的成立［J］. 北京行政学院学报，2009（3）：107－112.

[13] 戈茨. 西方对中国现代文学研究的发展 [J]. 尹慧珉, 译. 中国现代文学研究丛刊, 1983 (1): 214 - 229.

[14] 顾骁楠. 许孟雄——最早把毛泽东著作译成英文的大学教授 [J]. 党史纵横, 2013 (12): 44 - 47.

[15] 何明星.《暴风骤雨》英文版在海外的传播 [J]. 出版广角, 2012 (10): 18 - 20.

[16] 何家槐. 略谈"林海雪原" [M] //侯金镜, 等.《林海雪原》评介. 北京: 作家出版社, 1958: 37 - 46.

[17] 何其芳. 谈"林海雪原" [M] //侯金镜, 等.《林海雪原》评介. 北京: 作家出版社, 1958: 24 - 30.

[18] 何洋. 论抗战时期战争题材作品译介情况及特点 [J]. 科技信息, 2007 (8): 150.

[19] 何琳, 赵新宇. 新中国文学西播前驱——《中国文学》五十年 [N]. 中华读书报, 2003 - 09 - 24 (11 版).

[20] 侯金镜. 一部引人入胜的长篇小说——读"林海雪原" [M] //侯金镜, 等.《林海雪原》评介. 北京: 作家出版社, 1958: 1 - 23.

[21] 洪子诚. "当代文学"的概念 [J]. 文学评论, 1998 (6): 38 - 48.

[22] 季羡林. 东学西渐与东化 [J]. 东方论坛, 2004 (5): 1 - 5.

[23] 贾岩. 20 世纪 50 年代中国现代文学在印度的译介与接受初探 [M] //解放军外国语学院亚洲研究中心. 东方语言文化论丛第 35 卷. 广州: 世界图书出版公司, 2016: 422 - 432.

[24] 贾岩, 姜景奎. 译介与传播: 鲁迅的印度"来生" [J]. 鲁迅研究月刊, 2017 (11): 27 - 33.

[25] 金人. 论翻译工作的思想性 [J]. 翻译通报, 1951, 2 (1): 9 - 10.

[26] 金童. 也谈文学的真实 [M] //笔谈《林海雪原》. 北京: 北京出版社, 1961: 12 - 14.

[27] 李欧梵. 美国研究中国现代文学的现状与方法 [J]. 河南大学学报, 1986 (5): 27 - 34.

[28] 李杨. "救亡"压倒"启蒙": 对 80 年代一种历史"元叙事"的

解构分析［C］//香港中文大学当代中国文化研究中心. 自由主义与中国现代性的思考——“中国近现代思想的演变”研讨论文集：下. 香港：香港中文大学出版社，2002：123－153.

［29］李迎春. 建国初期《文艺报》研究（1949—1957）［D］. 郑州：河南大学，2006.

［30］李俊影. 屈从·反抗·疏离［D］. 哈尔滨：黑龙江大学，2010.

［31］李明滨. 周立波荣获斯大林文学奖的历史回顾［J］. 湖南城市学院学报，2008（6）：84－87.

［32］李华盛，胡光凡. 周立波在东北［M］//李华盛，胡光凡. 周立波研究资料. 长沙：湖南人民出版社，1983：115－136.

［33］林万里. 谈鲁迅短篇小说的印尼语译本［J］. 鲁迅研究月刊，1998（2）：47－49.

［34］林志浩. 中国现代文学史（节录）［M］//李华盛，胡光凡. 周立波研究资料. 长沙：湖南人民出版社，1983：343－352.

［35］刘禾. 文本、批评与民族国家文学［M］//唐小兵. 再解读：大众文艺与意识形态. 北京：北京大学出版社，2007：1－18.

［36］刘禾. 冷战壁垒中的一场亚非文学翻译运动[EB/OL].(2017－08－01)[2018－12－10]. https://www.thepaper.cn/newsDetail_forward_1747749.

［37］刘宏. 写在“民族寓言”之外：中国与印尼左翼文学运动［J］. 文艺理论与批评，2001（2）：45－54.

［38］绿漪. 纯朴的诗篇——读茹志鹃的《百合花》［M］//孙露西，王凤伯. 茹志鹃研究专集. 杭州：浙江人民出版社，1959：255－260.

［39］马会娟，王越. 国家机构赞助下的艾黎英译李白诗歌研究［J］. 北京第二外国语学院学报，2018（5）：54－69.

［40］马士奎. 文学输出和意识形态输出——“文革”时期毛泽东诗词的对外翻译［J］. 中国翻译，2006（6）：17－23.

［41］茅盾. 为发展文学翻译事业和提高翻译质量而奋斗［J］. 译文，1954（10）：1－17.

［42］茅盾. 谈最近的短篇小说［J］. 人民文学，1958（6）：5－8.

［43］毛泽东．论鲁迅［M］//中共中央文献研究室．毛泽东文集：第二卷．北京：人民出版社，1993：42 –45.

［44］毛泽东．新民主主义论［M］//毛泽东．毛泽东集：第七卷．香港：近代史料供应社，1975a：147 –206.

［45］毛泽东．丢掉幻想，准备斗争［M］//毛泽东．毛泽东集：第十卷．香港：近代史料供应社，1975b：317 –324.

［46］毛泽东．中国社会各阶级的分析［M］//毛泽东．毛泽东选集：第一卷．北京：人民出版社，1991：127 –129.

［47］欧阳文彬．试论茹志鹃的艺术风格［J］．上海文艺，1959（10）：126 –130.

［48］庞炳庵．郭沫若的古巴情结［J］．郭沫若学刊，2006（1）：15 –18.

［49］普实克．鲁迅《东方文学词典》—辞目［C］//西北大学鲁迅研究室．鲁迅研究年刊，西安：陕西人民出版社．1979：571 –573.

［50］瞿秋白．子夜和国货年［M］//瞿秋白．瞿秋白文集・文学编：卷二．北京：人民出版社，1982：68 –72.

［51］任东升，高玉霞．国家翻译实践初探［J］，中国外语，2015（4）：92 –97.

［52］茹志鹃．百合花［M］//茹志鹃．高高的白杨树．上海：上海文艺出版社，1959：60 –70.

［53］茹志鹃．我写《百合花》的经过［M］//孙露西，王凤伯．茹志鹃研究专集．杭州：浙江人民出版社，1982：39 –45.

［54］沈松侨．振大汉之天声——民族英雄系谱与晚清的国族想象［J］．中央研究院近代史研究所集刊，2000（33）：81 –149.

［55］孙佩珍．应该正确地估价《林海雪原》［M］//笔谈《林海雪原》．北京：北京出版社，1961：90 –98.

［56］孙志凤．现代韩国译介动向［M］//孔慧怡，杨承淑．亚洲翻译传统．北京：北京大学出版社，2000：159 –177.

［57］汤铭．美丽的花朵，纯朴的诗篇——谈《百合花》［M］//孙露西，王凤伯．茹志鹃研究专集．杭州：浙江人民出版社，1982：261 –264.

[58] 田禾. 女英雄还是装饰品——从“小白鸽”谈到妇女英雄形象的创造 [M] //笔谈《林海雪原》. 北京：北京出版社，1961：30 -35.

[59] 唐梅. 中国文学在国外 [J]. 文艺报，1959 (19 -20)：85 -88.

[60] 王燎荧. 我的印象和感想 [M] //侯金镜，等. 《林海雪原》评介. 北京：作家出版社，1958：31 -36.

[61] 王颖冲，王克非. 洞见、不见与偏见——考察20世纪海外学术期刊对中文小说英译的评论 [J]. 中国翻译，2015 (3)：42 -47.

[62] 王友贵. 共和国首30年外国文学期刊在特别环境下的作用 [N]. 中华读书报，2006 -04 -05 (19版).

[63] 王友贵. 当代翻译文学史上译者主体性的削弱 (1949—1978) [J]. 外国语言文学，2007 (1)：40 -46.

[64] 魏金枝. 上海十年来短篇小说的巨大收获 [J]. 上海文艺，1959 (10)：58 -62.

[65] 吴荣勤. 纪念世界四大文化名人 [J]. 世界知识，1953 (18)：14 -17.

[66] 吴晓玲，等. 十年来古典文学研究和整理工作 [J]. 文学评论，1959 (5)：15 -40.

[67] 吴旸. 《中国文学》的诞生 [C] //周东元. 中国外文局五十年回忆录. 北京：新星出版社，1999：488 -492.

[68]《外语教学与研究》编者. 语重心长谈外语学习——记陈毅副总理对外语学生的一次谈话 [J]. 外语教学与研究，1962 (1)：3 -5.

[69] 萧乾. 我的副业是沟通土洋——文学回忆录之五 [J]. 新文学史料，1992 (1)：4 -25.

[70] 徐慎贵. 《中国文学》对外传播的历史贡献 [J]. 对外大传播，2007 (8)：46 -49.

[71] 徐迅. 民族、民族国家和民族主义 [M] //李世涛. 知识分子立场：民族主义与转型期中国的命运. 长春：时代文艺出版社，1999：18 -33.

[72] 严慧. 1935—1941：《天下》与中西文学交流 [D]. 苏州：苏州

大学，2009.

［73］杨正泉. 让世界了解中国［C］//陈日浓，王永福. 中国外文局五十年书刊对外宣传的理论与实践. 北京：新星出版社，1999：1 - 14.

［74］姚丹. 从小说《林海雪原》到“革命样板戏”《智取威虎山》：对当代一个文学现象的个案考察［D］. 北京：北京大学，2000.

［75］姚丹. “事实契约”与“虚构契约”：从作者角度谈《林海雪原》与“历史真实”［J］. 中国现代文学研究丛刊，2003（3）：98 - 117.

［76］叶君健. 我和中国文学的对外译介［J］. 人民文学，1989（10）：106 - 109.

［77］叶君健. 回忆翻译毛泽东诗词［J］. 对外大传播，1996（11）：19 - 21.

［78］叶念先. 叶君健年谱［J］. 新文学史料，2001（4）：186 - 195.

［79］叶以群. 论鲁迅小说的特色［C］//叶以群. 以群文艺论文集. 上海：上海文艺出版社，1983：359 - 368.

［80］原小平. 从“红色经典”到“样板戏”——《林海雪原》被改编为样板戏的深层原因［J］. 中南大学学报，2009（3）：429 - 448.

［81］张培基. 一挥而就，文不加点——记已故翻译家许孟雄教授［J］. 中国翻译，2001（3）：59 - 60.

［82］张彦. 永远忘不了的解放初期［J］. 纵横，2009（9）：8 - 10.

［83］张舟子. 从传奇故事到政治寓言——《十五贯》的改编与接受［J］. 电影文学，2007（23）：5 - 6.

［84］章仲锷. 辞藻堆砌不成“英雄”［M］//笔谈《林海雪原》. 北京：北京出版社，1961：18 - 20.

［85］赵稀方. 五十年代的美元文化与香港小说［J］. 二十一世纪，2006（98）：87 - 96.

［86］赵绮娜. 美国政府在台湾的教育与文化交流活动（一九五一至一九七〇）［J］. 欧美研究，2001，31（1）：79 - 127.

［87］郑树森. 遗忘的历史·历史的遗忘——五、六十年代的香港文学［M］// 黄继持，卢玮銮，郑树森. 追迹香港文学. 香港：牛津大学出版

社，1998：1－9.

［88］郑晔. 国家机构赞助下中国文学的对外译介——以英文版《中国文学》（1951—2000）为个案［D］. 上海：上海外国语大学，2012.

［89］周立波. 现在想到的几点［M］//李华盛，胡光凡. 周立波研究资料. 长沙：湖南人民出版社，1983：286－289.

［90］周扬. 论赵树理的创作［M］//周扬. 周扬文集：第一卷. 北京：人民文学出版社，1984a：486－511.

［91］周扬. 新的人民的文艺［M］//周扬. 周扬文集：第一卷. 北京：人民文学出版社，1984b：512－535.

［92］周扬. 为创造更多的优秀的文学艺术作品而奋斗——一九五三年九月二十四日在中国文学艺术工作者第二次代表大会上的报告［M］//周扬. 周扬文集：第二卷. 北京：人民文学出版社，1985：234－262.

［93］周扬. 文艺战线上的一场大辩论［M］//谢冕，洪子诚. 中国当代文学史料选：1949—1975. 北京：北京大学出版社，1995：406－440.

［94］宗璞. 朋友的话——记外国专家座谈当代中国作品［N］. 文艺报，1957－4－15.

（三）外文出版社内部资料

［1］外文出版社编译出版的中国文学作品目录（1952—1978）.

［2］外文图书出版社文艺书出版情况（当代文学）.

［3］中国优秀古典文学作品出版规划（草案），1963.

［4］现代文学作品出版规划（草案），1963.

［5］外文出版发行事业局工作条例（三稿）.

［6］关于图书编辑工作的若干基本规定（草案）.

［7］《中国文学》编译部.《中国文学》在国外的反应//外文出版社办公室编印. 业务简报. 1953（10）：8－9.

［8］外文出版社办公室编印. 翻译守则学习总结. 业务简报. 1954（13）.

［9］外文出版社办公室编印. 外文出版社工作概要. 1958 年 11 月.

［10］1961—1964 年外文图书出版社图书选题计划.

[11] 中国文学杂志社编. 中国文学十五年目录索引（1951—1965），1966.

[12] 图书编辑部. 关于《抗美援朝故事选》//外文出版社办公室编印. 业务简报. 1954（15）：5 - 8.

[13] 办公室通联组. 外国读者对于我社出版的图书的意见//外文出版社办公室编印. 业务简报. 1954（18）：8 - 14.

[14] 中国古典文学文库编辑凡例.

[15] 1957年外文出版社的图书选题方针.

[16] 外文出版社中国古典文库（50种书目），1958年11月.

英文文献

（一）专著

[1] BASSNETT S. Translation Studies [M]. 3rd ed. London: Routledge, 2002.

[2] BHABHA H. Nation and Narration [M]. London: Routledge, 1990.

[3] BIRCH CYTIL (ED). Chinese Communist Literature [C]. New York: Praeger, 1963.

[4] MCDOUGALL B S. Translation Zones in Modern China: Authoritarian Command Versus Gift Exchange [M]. Amherst, New York: Cambria Press. 2011.

[5] BRADY A-M. Friend of China: The Myth of Rewi Alley [M]. London: Routledge Curzon, 2003.

[6] BRISSET A. A Sociocritique of Translation: Theatre and Alterity in Quebec, 1968—1988 [M]. Rosalind Gill and Roger Gannon trans. Toronto: University of Toronto Press, 1996.

[7] Chinese Literature. 1951—1966. Beijing: Foreign Languages Press, 1951 - 1966.

[8] CAO Y. Thunderstorm [M]. Wang Tso-liang and A. C. Barnes trans. Beijing: Foreign Languages Press, 1958.

[9] CHOU L-P. The Hurricane [M]. Hsu Meng-Hsiung trans. Beijing: Foreign Languages Press, 1955.

[10] CHU B. Tracks in the Snowy Forest [M]. Sidney Shapiro trans. Beijing: Foreign Languages Press, 1962.

[11] CHU Y. Li Sao and Other Poems of Chu Yuan [M]. Yang Hsien-yi and Gladys Yang trans. Beijing: Foreign Languages Press, 1953.

[12] CUNICO S, MUNDAY J. Translation and Ideology: Encounters and Clashes [C]. Manchester, UK: St. Jerome Publishing. , 2007.

[13] DELISLE J, WOODSWORTH J. Translators through History [C]. Amsterdam: J. Benjamins, 1996 .

[14] EAGLETON T. Ideology: An introduction [M]. London: Verso, 1991.

[15] ELEY G. SUNY R G. Becoming National: A Reader [C]. New York: Oxford University Press, 1996.

[16] ELLIS R, LIZ O. Translation and Nation: Towards a Cultural Politics of Englishness [C]. Clevedon, UK: Multilingual Matters, 2001.

[17] EUGENE E, LIN Y. Translating Chinese Literature [C]. Bloomington: Indiana University Press, 1995.

[18] EUGENE E. "Borrowed plumage": Polemical Essays on Translation [M]. Amsterdam: Rodopi, 2003.

[19] FOWLER R, et al. Language and Control [M]. London: Routledge & K. Paul, 1979.

[20] GENTZLER E. Contemporary Translation Theories [M]. Clevedon, UK: Multilingual Matters, 2001.

[21] GIBBS D A. Subject and Author Index to Chinese Literature Monthly (1951—1976) [C]. New Haven, Conn.: Far Eastern Publications, Yale University, 1978.

[22] HANS K. The Idea of Nationalism: A Study in Its Origins and Background [M]. New York: The Macmillan Company, 1946.

[23] HERMANS T. Translation in Systems: Descriptive and System-oriented Approaches Explained [M]. Manchester: St. Jerome pub, 1999.

[24] HO Y. Yeh-hsuan's Fables [M]. Beijing: Foreign Languages Press, 1961.

[25] HOBSBAWM E, RANGER T. The Invention of Tradition [C]. Cambridge: Cambridge University Press, 1983.

[26] HU W-C. Man of a Special Cut [M]. Beijing: Foreign Languages Press, 1963.

[27] JAMESON F. The Prison House of Language [M]. Princeton: Princeton University Press. 1974.

[28] KANG C. When the Sun Comes Up [M]. Beijing: Foreign Languages Press, 1961.

[29] KAO Y-L. Annals of a Provincial Town [M]. Sydney Shapiro trans. Beijing: Foreign Languages Press, 1959.

[30] LIANG B. Keep the Red Flag Flying [M]. Gladys Yang trans. Beijing: Foreign Languages Press, 1961.

[31] LU H. Selected stories of Lu Hsun [M]. Yang Hsien-yi and Gladys Yang trans. Beijing: Foreign Languages Press, 1954.

[32] LU H. Selected stories of Lu Hsun [M]. Yang Hsien-yi and Gladys Yang trans. Beijing: Foreign Languages Press, 1960.

[33] LU H. Selected Works of Lu Hsun (Ⅰ) [M]. Yang Hsien-yi and Gladys Yang trans. Beijing: Foreign Languages Press, 1956.

[34] LU H. Selected Works of Lu Hsun (Ⅱ) [M]. Yang Hsien-yi and Gladys Yang trans. Beijing: Foreign Languages Press, 1957.

[35] LU H. Selected Works of Lu Hsun (Ⅲ) [M]. Yang Hsien-yi and Gladys Yang trans. Beijing: Foreign Languages Press, 1959.

[36] LU H. Selected Works of Lu Hsun (Ⅳ) [M]. Yang Hsien-yi and

Gladys Yang trans. Beijing: Foreign Languages Press, 1960.

[37] LU H. Old Tales Retold [M]. Beijing: Foreign Languages Press, 1961.

[38] LEFEVERE A. Translation, Rewriting and the Manipulation of Literary Fame [M]. London: Routledge, 1992.

[39] LOUIE K, EDWARDS L. Bibliography of English Translations and Critiques of Contemporary Chinese Fiction, 1945—1992 [G]. Taipei: Center for Chinese Studies, 1993.

[40] LIU H. China and the Shaping of Indonesia, 1949—1965 [M]. Singapore: NUS Press in Association with Kyoto University Press, 2011.

[41] MAO D. Spring Silkworms and Other Stories [M]. Sidney Shapiro trans. Beijing: Foreign Languages Press, 1956.

[42] CALZADA M, SCHAFFNER C, PEREZ M C. Apropos of Ideology: Translation Studies on Ideology- Ideologies in Translation Studies [C]. Manchester, UK : St. Jerome Publishing, 2003.

[43] MCCRONE D. The Sociology of Nationalism: Tomorrow's Ancestors [M]. London: Routledge, 1998.

[44] MILLER J. Hills. Fiction and Repetition: Seven English Novels [M]. Cambridge, Mass.: Harvard University Press, 1982.

[45] MUNDAY J. Introducing Translation Studies: Theories and Applications [M]. London: Routledge, 2001.

[46] NIRANJANA T. Siting Translation: History, Poststructuralism and the Colonial Context [M]. Berkeley: University of California Press, 1992.

[47] PASSIN H. China's Cultural Diplomacy [M]. New York: F. A. Praeger, 1963.

[48] Picken, C. The Translator's Handbook [C]. London: Aslib, 1989.

[49] POKORN N K. Challenging the Traditional Axioms: Translating into a Non-Mother Tongue [M]. Amsterdam: John Benjamins, 2005.

[50] PYM A. Method in Translation History [M]. Manchester, UK: St. Jerome Publishing, 1998a.

[51] REWI A. Rewi Alley: An Autobiography [M]. Beijing: Foreign Languages Press, 2003.

[52] SELIM S. Nation and Translation in the Middle East [C]. Special Issue. The Translator. 2009, 15 (1).

[53] SHAPIRO S. I Chose China: The Metamorphosis of a Country and a Man [M]. New York: Hippocrene Books, 2000.

[54] SIMON S. Gender in Translation: Cultural Identity and the Politics of Transmission [M]. London: Routledge, 1996.

[55] SMITH A D. National Identity [M]. London: Penguin Books, 1991.

[56] The Yunnan People's Cultural Troupe. Ashma [M]. Gladys Yang trans. Beijing: Foreign Languages Press, 1957.

[57] TOURY G. In Search of a Theory of Translation [M]. Tel Aviv: The Porter Institute for Poetics and Semiotics, 1980.

[58] TSAI M. Contemporary Chinese Novels and Short Stories, 1949—1974: An Annotated Bibliography [C]. Cambridge, Mass.: Council on East Asian Studies, Harvard University distributed by Harvard University Press, 1979.

[59] TYMOCZKO M. Translation in a Postcolonial Context: Early Irish Literature in English Translation [M]. Shanghai: Shanghai Foreign Language Education Press, 2004.

[60] WEBSTER M. Webster's New Dictionary of Synonyms [M]. Springfield: Merriam-webster INC., 1984.

[61] WILLIAMS J, CHESTERMAN A. The Map: A Beginner's Guide to Doing Research in Translation Studies [M]. Manchester, UK: St. Jerome Publishing, 2002.

[62] WILLIAMS R. The Sociology of Culture [M]. Chicago: University of Chicago Press, 1981.

[63] YANG W L Y, MAO N K. Modern Chinese Fiction: A Guide to Its Study and Appreciation: Essays and Bibliographies [C]. Boston: G. K. Hall, 1981.

[64] WU C. Red Sun [M]. Beijing: Foreign Languages Press, 1961.

[65] YANG M. The Song of Youth [M]. Beijing: Foreign Languages Press, 1964.

[66] YEH S-T. Schoolmaster Ni Huan-chih [M]. A. C. Barnes trans. Beijing: Foreign Languages Press, 1958.

[67] YEH S-T. The Scarecrow: Stories for Children [M]. Beijing: Foreign Languages Press, 1961.

[68] YEH T. Harvest: A Selection of Short Stories [M]. Beijing: Foreign Languages Press, 1960.

（二）论文

[1] ABDULLA A K. Aspects of Ideology in Translating Literature [J]. Bable. 1999 (45): 1 – 16.

[2] ALTHUSSER L. Ideology and Ideological State Apparatuses [M] // Lenin and Philosophy and Other Essays. Ben Brewster trans. New York: Monthly Review Press, 1971: 121 – 176.

[3] BALAKRISHNAN G. The National Imagination[M]//Gopal Balakrishnan. Mapping the Nation. London: Verso, 1996: 198 – 213.

[4] BENNINGTON G. Postal Politics and the Institution of the Nation[M]// Bhabha, Homi K. Nation and Narration. London: Routledge, 1990: 121 – 138.

[5] CARMICHAEL M. Chinese Literature, 1955 [N]. National Affairs, January 1956: 59 – 62.

[6] CHANG K. Foreword[M]//Fifteen Strings of Cash: A Kunchu Opera. [original libretto by Chu Su-chen ; revised by Chow Chuan-ying. et al. ; final version by Chen Sze] ; Yang Hsien-yi and Gladys Yang trans. Beijing: Foreign Languages Press, 1957: 3 – 10.

[7] CHESTERMAN A. Causes, Translations, Effects [J]. Target. 1998 (2): 201 – 230.

[8] CHOU Y. On the Works of Chao Shu-li [M] //Chao Shu-li. Rhymes

of Li Yu-Tsai and Other Stories. Beijing: Foreign Languages Press, 1954: 137 – 155.

[9] DAY T. Still Stuck in the Mud: Imagining World Literature during the Cold War in Indonesia and Vietnam [M] //Tony D, Maya H T L. Cultures at War: The Cold War and Cultural Expression in Southeast Asia. Ithaca, New York: Cornell University Press, 2010: 131 –169.

[10] WANG D D-W. Reinventing National History: Communist and Anti-Communist Fiction of the Mid-Twentieth Century [M] // Pang-yuan Chi and David Der-wei Wang. Chinese Literature in the Second Half of a Modern Century: a Critical Survey. Bloomington: Indiana University Press, 2000: 9 –64.

[11] D'HULST L. Why and How to Write Translation Histories? [M]// Milton, John. Emerging Views on Translation History in Brazil. São Paolo: Humanitas FFLCH/USP, 2001: 21 –31.

[12] DOLLERUP C. Translation as Imposition vs Translation as Requisition [M] // Snell-Hornby, Mary, Zuzana Jettmarov, etal. Translation as Intercultural Communication. Amsterdam: John Benjamins, 1997: 45 –56.

[13] DOLLERUP C. Translation in the Global/Local Tension [C] //Wang Ning, Sun Yifeng. Translation, Globalisation and Localisation: A Chinese Perspective. Clevedon, UK: Multilingual Matters, 2008: 31 –49.

[14] DUKE M S. Problematic Nature of Modern and Contemporary Chinese Fiction in English Translation [C] //Goldblatt, Howard. Worlds Apart: Recent Chinese Writing and Its Audiences. Armonk, New York: Sharpe, 1990: 198 –227.

[15] EBON M. China's "New Literature" [N]. The New York Times, Feb. 26, 1950. pp. BR17.

[16] HUNG E. Periodicals as Anthologies: A Study of Three English-Language Journals of Chinese Literature [M] //Harald Kittel. International Anthologies of Literature in Translation. Berlin: Erich Schmidt, 1995: 239 –249.

[17] HUNG E. Translation and English in Twentieth-Century China [J]. World Englishes, 2002, 21 (2): 325 –335.

[18] HUNG E. A Mono-Cultural Approach to Translating Classical Chinese Poetry [M] //Translating Literary Texts: Theory and Practice. Hong Kong: The University of Hong Kong, 2000: 29 -72.

[19] FAWCETT P. Ideology and Translation[M]//Mona Baker. Routledge Encyclopedia of Translation Studies. London: Routledge, 1998: 106 - 107.

[20] FENG C. Complier's Preface[M]//Tu Fu: Selected Poems. Beijing: Foreign Languages Press, 1962: i -vi.

[21] FENG H-F. Lu Hsun: His Life and Works [M] //Lu Hsun. Selected Works of Lu Hsun (I). Beijing: Foreign Languages Press. 1956: i-xxiv.

[22] Foreword [M] //The Dragon King's Daughter: Ten Tang Dynasty Stories. Yang Hsien-yi and Gladys Yang trans. Beijing: Foreign Languages Press. 1954: iii-x.

[23] Foreword [M] //The Man Who Sold a Ghost: Chinese Tales of the 3rd-6th Centuries . Yang Hsien-yi and Gladys Yang trans. Beijing: Foreign Languages Press. 1958: i-v.

[24] GANNE V, Minon M. Géographie de la traduction [M] // Fran - oise Barret - Ducrocq. Traduire l'Europe, Paris: Payot, 1992: 55 -95.

[25] HALL S. The Questions of Cultural Identity [M] //HALL S, et al. Modernity: An Introduction to Modern Societies. Cambridge, Mass.: Blackwell, 1996: 595 -634.

[26] HERMANS T. Revisiting the Classics: Toury's Empiricism Version [J]. The Translator, 1995, 1 (2): 215 -223.

[27] HOMLES J S. The Name and Nature of Translation Studies [M] // LAWRENCE V. Translation Studies Reader. London: Routledge, 2000: 172 - 184.

[28] JU C-C. Lilies [M] // Ma Feng at al. , I Knew All Along and Other Stories. Gladys Yang trans. Beijing: Foreign Languages Press, 1960: 136 - 146.

[29] JU C-C. The Lilies on a Comforter [M] // HSU K-Y, Hsu, et al. Literature of the People's Republic of China. Bloomington: Indiana University Press, 1980: 257 -264.

[30] LAU J S M. More than Putting Things Together: The Anthologizing of Chinese Literature in Translation [M]//Eugene Eoyang, Lin Yao-fu. Translating Chinese Literature. Bloomington: Indiana University Press, 1995: 221 – 230.

[31] LIU K S H. Translating and Cultural Exportation: A Case Study of Huang Chunming's Short Stories [M] // Theo Hermans. Translating Others (Vol 2). Manchester, UK: St. Jerome Publishing, 2006: 495 – 496.

[32] LEFEVERE A. Translation as the Creation of Images or "Excuse me, Is This the Same Poem?" [M]//Susan Bassnet. Translating Literature. Cambridge: D. S Brewer, 1997: 64 – 79.

[33] LONGSDALE A B. Direction of Translation (Directionality) [M] // Mona Baker. Routledge Encyclopedia of Translation Studies. London: Routledge, 1998: 63 – 67.

[34] LONGSDALE A B. Directionality [M] // Baker, Mona, Gabriela Saldanha. Routledge Encyclopedia of Translation Studies. 2nd ed. London: Routledge, 2009: 84 – 88.

[35] LYELL W A. Introduction: The Translation [M] // Lu Xun. Diary of a Madman and Other Stories. William A Lyell trans. Honolulu: University of Hawaii Press, 1990: ix-xlii.

[36] MANNING M. Impact of Propaganda Materials in Free World Countries [M] // Barnhisel G, Catherine T. Pressing the Fight: Print, Propaganda, and the Cold War. Amherst: University of Massachusetts Press, 2010: 145 – 165.

[37] MAO D. About "Midnight" [M] //Mao Dun. Midnight. Beijing: Foreign Languages Press, 1957: 5 – 7.

[38] MITGANG H. Publishing: Thoughts from China in the U. S [N]. The New York Times. March 3, 1978. pp. C22.

[39] MOSSOP B. Translating Institutions: A Missing Factor in Translation Theory [J]. TTR, 1988 (2): 65 – 67.

[40] MOSSOP B. Translating Institutions and Idiomatic Translation [J]. Meta, 1990 (2): 342 – 355.

[41] PYM A. Spanish Translation[M]//Mona Baker. Routledge Encyclopedia of Translation Studies. London: Routledge, 1998b: 552 - 563.

[42] CHOW R. Against the Lures of Diaspora: Minority Discourse, Chinese Women, and Intellectual Hegemony [M] // Tonglin Lu. Gender and Sexuality in 20th Century Chinese Literature and Society. Albany, New York: SUNY Press, 1993: 23 - 45.

[43] SCHÄFFNER C. Translation and Institutions[M]//Jonathan Evans, Fruela Fernandez. The Routledge Handbook of Translation and Politics. London: Routledge, 2018: 204 - 220.

[44] SPIVAK, G C. The Politics of Translation[M]// Gayatri Chakravorty Spivak Outside in the Teaching Machine. New York: Routledge. 1993: 313 - 315.

[45] TOWNSEND J. Chinese Nationalism[M]//Johnathan Unger. Chinese Nationalism. Armonk, New York: M. E. Sharpe, 1996: 1 - 30.

[46] TU P-P. "The Palace of Eternal Youth" and Its Author [M] // Hung Sheng. The Palace of Eternal Youth. Beijing: Foreign Languages Press, 1955.

[47] TYMOCZKO M, Reconceptualizing Translation Theory: Integrating Non-Western Thought about Translation [M] //Theo Hermans. Translating Others (Vol. 1). Manchester, UK: St. Jerome Publishing, 2006: 13 - 32.

[48] VENUTI L. Introduction[M]//Lawrence Venuti. Rethinking Translation,Discourse, Subjectivity, Ideology. London: Routledge, 1992: 1 - 17.

[49] VENUTI L. Translation and the Formation of Cultural Identities [M] // Christina Schäffner, Helen Kelly-Holmes. Cultural Functions of Translation. Clevedon: Multilingual Matters, 1995: 9 - 25.

[50] VENUTI L. Local Contingencies: Translation and National Identities [C] // Sandra Bermann, Meichael Wood. Nation, Language and the Ethics of Translation. Princeton: Princeton University Press, 2005: 177 - 202.

[51] VOGEL E F. Chinoiserie [N]. The New York Times. Sep. 25, 1966: 377.

[52] VON FLOTOW L. Translation and Cultural Diplomacy [M]// Jonathan

Evans, Fruela Fernandez. The Routledge Handbook of Translation and Politics. London: Routledge, 2018: 193 –203.

[53] VOLLAND N. Translating the Socialist State: Cultural Exchange, National Identity, and the Socialist World in the Early PRC [J]. Twentieth-Century China, 2008, 33 (2): 51 –72.

[54] WANG C-S. Foreword [M] // Kuan Han-ching. Selected Plays of Kuan Han-ching. Beijing: Foreign Languages Press, 1958: 1 –17.

[55] WU T-H. Foreword [M] //Wu Ching-tzu. The Scholars. Beijing: Foreign Languages Press, 1957: 9 –25.

[56] YANG X. Thirty Years of Chinese Literature [J]. Chinese Literature, 1981 (10): 3 –6.

[57] YEH Y-C. Lu Hsun's Life and His Short Stories [M] // Lu Hsun. Selected Stories of Lu Hsun. Beijing: Foreign Languages Press, 1960: 1 –20.

[58] YEN T-Y, Introduction [M] // The Courtesan's Jewel Box: Chinese Stories of the Xth-XVIIth Centuries. Beijing: Foreign Languages Press, 1957: i-v.

附录一：外文出版社每年出书情况

参考书目：《中国外文局五十年大事记》(1)

年份	外语及汉语语种	文种数	图书种数	备注
1949	英、法、俄、印度尼西亚	4	8	国际新闻局以“外文出版社”的名义出版
1950	英、法、俄、印度尼西亚	4	21	同上
1951	英、法、俄、印度尼西亚、德、阿拉伯	6	30	同上
1952	英、法、俄、印度尼西亚、德、世界语、汉	7	26	
1953	英、法、俄、印度尼西亚、德、世界语、阿拉伯、汉	8	50	
1954	英、法、西、俄、印度尼西亚、德、阿拉伯、汉	8	76	
1955	英、法、西、俄、德、日、印度尼西亚、阿拉伯	8	129	
1956	英、法、西、俄、德、日、印度尼西亚、越、泰、缅、汉	11	191	
1957	英、法、西、俄、德、日、印度尼西亚、越、泰、缅、世界语、印地、汉	13	182	
1958	英、法、西、俄、印度尼西亚、日、越、缅、印地、乌尔都、德、荷兰、阿拉伯、古加拉特、汉	15	384	
1959	英、法、西、俄、印度尼西亚、日、越、缅、印地、乌尔都、匈牙利、德、荷兰、芬兰、阿拉伯、世界语、汉	17	399	

续上表

年份	外语及汉语语种	文种数	图书种数	备注
1960	英、法、西、俄、德、日、朝、越、缅、印地、印度尼西亚、乌尔都、阿拉伯、荷兰、世界语、汉	16	388	
1961	英、法、西、俄、德、日、越、缅、印地、印度尼西亚、乌尔都、阿拉伯、荷兰、世界语	14	202	
1962	英、法、西、俄、泰、德、日、越、缅、印地、印度尼西亚、瑞典、阿拉伯、荷兰、世界语	15	155	
1963	英、法、西、俄、印度尼西亚、日、朝、越、泰、缅、印地、乌尔都、波斯、土耳其、捷克、塞尔维亚、德、意大利、葡萄牙、阿拉伯、世界语	21	338	
1964	英、法、西、俄、印度尼西亚、日、越、泰、缅、印地、乌尔都、波斯、土耳其、塞尔维亚、德、意大利、葡萄牙、瑞典、阿拉伯、斯瓦希里、世界语	21	644	
1965	英、法、西、俄、印度尼西亚、日、朝、越、泰、缅、印地、乌尔都、波斯、塞尔维亚、德、意大利、葡萄牙、瑞典、阿拉伯、斯瓦希里、世界语、汉	22	491	
1966	英、法、西、俄、印度尼西亚、日、朝、越、泰、缅、印地、乌尔都、波斯、德、意大利、葡萄牙、瑞典、阿拉伯、斯瓦希里、世界语、汉	21	394	

附录二：外文出版社出版的英文版中国文学作品单行本书目

（说明：尽管大部分刊载在《中国文学》上的作品都有标注译者姓名，但并非所有由外文出版社出版的单行本译本都标注译者姓名，因此这类译本在“译者”一栏中以“不详”代之，“备注”一栏附有作品的其他文版及其他出版情况信息。）

参考资料：

《外文图书出版社文艺书出版情况（当代文学）》（外文出版社内部资料）.

《外文出版社编译出版的中国文学作品目录（1952—1978）》（外文出版社内部资料）.

《〈中国文学〉（十五年）目录索引（1951—1965）》（中国文学杂志社内部资料）.

Subject and Author Index to Chinese Literature Monthly (1951—1976).

Bibliography of English Translations and Critiques of Contemporary Chinese Fiction, 1945—1992.

Modern Chinese Fiction: A guide to Its Study and Appreciation: Essays and Bibliographies.

古典文学作品英译本（17部）

编/著者	中文书名	英文书名	出版年份	译者	备注
屈原	《离骚和屈原其他诗作》	*Li Sao and Other Poems of Chu Yuan*	1953	杨宪益、戴乃迭	
白行简等	《唐代传奇选》	*The Dragon King's Daughter: Ten Tang Dynasty Stories*	1954	杨宪益、戴乃迭	法、德
洪升	《长生殿》	*The Palace of Eternal Youth*	1955	杨宪益、戴乃迭	
吴敬梓	《儒林外史》	*The Scholars*	1957	杨宪益、戴乃迭	
冯梦龙等	《宋明平话选》	*The Courtesan's Jewel Box: Chinese Stories of the Xth-XVIIth Centuries*	1957	杨宪益、戴乃迭	
外文出版社（编）	《中国古代寓言选》（上）	*Ancient Chinese Fables(I)*	1957	杨宪益、戴乃迭	法、德、西、印尼、印地、缅
外文出版社（编）	《中国古代寓言选》（下）	*Ancient Chinese Fables(II)*	1958	杨宪益、戴乃迭	法、缅
外文出版社（编）	《中国古代寓言选》（合订本）	*Ancient Chinese Fables (combined edition)*	1961	杨宪益、戴乃迭	德、法、西、缅
关汉卿	《关汉卿杂剧选》	*Selected Plays of Guan Hanqing*	1958	杨宪益、戴乃迭	
干宝等	《汉魏六朝小说选》	*The Man Who Sold a Ghost: Chinese Tales of the 3rd-6th Centuries*	1958	杨宪益、戴乃迭	
蒋防等	《中国古代短篇小说选》	*Stories of Old China*	1958	颜惠庆	
中国科学院文学研究所(编)	《不怕鬼的故事》	*Stories of Not Being Afraid of Ghosts*	1961	杨宪益、戴乃迭	俄、法、德、日、越、阿拉伯、世界语

续上表

编/著者	中文书名	英文书名	出版年份	译者	备注
冯至（编）	《杜甫诗选》	*Tu Fu: Selected poems*	1962	艾黎	
蔡文姬	《胡笳十八拍》	*The Eighteen Laments*	1963	艾黎	以“新世界出版社”的名义出版
李白等	《历代和平诗选》	*Peace through the Ages*	1954	艾黎	以艾黎个人名义出版
屈原等	《人民歌唱》	*The People Sing: More Translations of Poems and Songs of the People of China*	1958	艾黎	以艾黎个人名义出版
杜甫等	《反抗之诗》	*Poems of Revolt: Some Chinese Voices over the Last Century*	1962	艾黎	以“新世界出版社”的名义出版

现代文学作品英译本（20 部）

作者	中文书名	英文书名	出版年份	译者	备注
鲁迅	《阿 Q 正传》	*The True Story of Ah Q*	1953	杨宪益、戴乃迭	西
鲁迅	《鲁迅短篇小说选集》	*Selected Stories of Lu Hsun*	1954	杨宪益、戴乃迭	法
鲁迅	《鲁迅短篇小说选集》	*Selected Stories of Lu Hsun*	1960	杨宪益、戴乃迭	西、印地、世界语、阿拉伯、朝、泰、德
鲁迅	《鲁迅作品选集》（第一卷）	*Selected Works of Lu Hsun(I)*	1956	杨宪益、戴乃迭	

续上表

作者	中文书名	英文书名	出版年份	译者	备注
鲁迅	《鲁迅作品选集》(第二卷)	*Selected Works of Lu Hsun(Ⅱ)*	1957	杨宪益、戴乃迭	
鲁迅	《鲁迅作品选集》(第三卷)	*Selected Works of Lu Hsun(Ⅲ)*	1959	杨宪益、戴乃迭	
鲁迅	《鲁迅作品选集》(第四卷)	*Selected Works of Lu Hsun(Ⅳ)*	1960	杨宪益、戴乃迭	
鲁迅	《故事新编》	*Old Tales Retold*	1961	杨宪益、戴乃迭	西、法
冯雪峰	《雪峰寓言》	*Fables*	1953	戴乃迭	俄、法、德、印尼
郭沫若	《屈原》	*Chu Yuan: A Play in Five Acts*	1953	杨宪益、戴乃迭	法
郭沫若	《女神》	*Selected Poems from The Goddesses*	1958	John Lester、A. C. Barnes	法
茅盾	《春蚕及其他故事》	*Spring Silkworms and Other Stories*	1956	沙博理	法、西、阿拉伯
茅盾	《子夜》	*Midnight*	1957	许孟雄译，A. C. Barnes润色	法
巴金	《家》	*Family*	1958	沙博理	
曹禺	《雷雨》	*Thunderstorm*	1958	王佐良、A. C. Barnes	法
曹禺	《日出》	*Sunrise: A Play in Four Acts*	1961	A. C. Barnes	
叶圣陶	《倪焕之》	*Schoolmaster Ni Huan-chih*	1958	A. C. Barnes	法
叶圣陶	《稻草人：叶圣陶童话选》	*The Scarecrow: Stories for Children*	1961	不详	法、西
叶紫	《丰收》	*Harvest: A Selection of Short Stories*	1960	不详	法
贺宜	《野旋的童话》	*Yeh-hsuan's Fables*	1961	不详	法

当代文学作品英译本（134 部）

编/著者	中文书名	英文书名	出版年份	译者	备注
赵树理	《李家庄的变迁》	*Changes in Li Village*	1953	戴乃迭	西
赵树理	《三里湾》	*Sanliwan*	1957	戴乃迭	法
白危	《渡荒》	*The Chus Reach Haven*	1954	戴乃迭	
丁玲	《太阳照在桑干河上》	*The Sun Shines over the Sankan River*	1954	戴乃迭	
柳青	《铜墙铁壁》	*Wall of Bronze*	1954	沙博理	
徐光耀	《火光在前》	*Flames Ahead*	1954	不详	
周立波	《暴风骤雨》	*The Hurricane*	1955	许孟雄	
陈登科	《活人塘》	*Living Hell*	1954	不详	
徐光耀	《平原烈火》	*The Plains Are Ablaze*	1955	沙博理	
杨朔	《三千里江山》	*A Thousand Miles of Lovely Land*	1957	袁可嘉	
欧阳山	《高干大》	*Uncle Kao*	1957	Kuo Mei-hua	法
杜鹏程	《保卫延安》	*Defend Yenan*	1958	沙博理	
杜鹏程	《在和平的日子里》	*In Days of Peace*	1962	不详	
袁静、孔厥	《新儿女英雄传》	*Daughters and Sons*	1958	沙博理	法
高云览	《小城春秋》	*Annals of a Provincial Town*	1959	沙博理	西、法

续上表

编/著者	中文书名	英文书名	出版年份	译者	备注
欧阳山	《前程似锦》	*The Bright Future*	1958	不详	
梁斌	《红旗谱》	*Keep the Red Flag Flying*	1961	戴乃迭	法
艾芜	《百炼成钢》	*Steeled and Tempered*	1961	不详	
吴强	《红日》	*Red Sun*	1961	A. C. Barnes	法
陆柱国	《上甘岭》	*The Battle of Sankumryung*	1961	A. M. Condron	泰
李六如	《六十年的变迁》(第一卷)	*Sixty Stirring Years* (Volume One)	1961	不详	
周立波	《山乡巨变》	*Great Changes in a Mountain Village*	1961	Derek Bryan	
郭国甫	《在昂美纳部落里》	*Among the Ominans*	1961	不详	
马加	《开不败的花朵》	*Unfading Flowers*	1961	不详	德
王火	《赤胆忠心》	*Chieh Chen-kuo, Guerrilla Hero*	1961	不详	
曲波	《林海雪原》	*Tracks in the Snowy Forest*	1962	沙博理	
李乔	《醒了的土地》	*Awakened Land*	1962	不详	
周而复	《上海的早晨》(第一部)	*Morning in Shanghai*	1962	A. C. Barnes	
刘澍德	《桥》	*We Crossed the Bridge Together*	1963	不详	
柳青	《创业史》	*The Builders*	1964	沙博理	西
杨沫	《青春之歌》	*The Song of Youth*	1964	南英	
知侠	《铁道游击队》	*The Railway Guerrillas*	1966	不详	
赵树理等	《登记及其他故事》(新中国短篇小说选第一集)	*Registration and Other Stories*	1954	不详	

续上表

编/著者	中文书名	英文书名	出版年份	译者	备注
艾芜等	《新的家及其他故事》（新中国短篇小说选第二集》	*A New Home and Other Stories*	1955	不详	法、德、印尼
艾芜等	《夜归及其他故事》（新中国短篇小说选第三集）	*Homeward Journey and Other Stories*	1957	不详	法、德、越
峻青等	《黎明的河边及其他故事》（新中国短篇小说选第四集）	*Dawn on the River and Other Stories*	1957	不详	法、西
大群等	《小矿工及其他故事》（新中国短篇小说选第五集）	*The Young Coal-Miner and Other Stories*	1958	不详	法、越
张麟等	《雪天及其他故事》（新中国短篇小说选第六集）	*A Snowy Day and Other Stories*	1960	不详	法
马烽等	《三年早知道及其他故事》（新中国短篇小说选第七集）	*I Knew All Along and Other Stories*	1960	不详	德
李准等	《耕云记：中国短篇故事集》	*Sowing the Clouds: A Collection of Chinese Short Stories*	1961	不详	
艾芜	《野牛寨：中国短篇故事集》	*Wild Bull Village: Chinese Short Stories*	1965	不详	
魏巍等	《胜利追赶着时间——抗美援朝故事选》	*Racing towards Victory: Stories from the Korea Front*	1954	不详	

续上表

编/著者	中文书名	英文书名	出版年份	译者	备注
陶钝等	《不是冬天是春天——中国农业互助合作短篇小说选》	*Not Winter but Spring and Other Stories on Mutual Aid and Co-operation in Chinese Agriculture*	1956	不详	
艾青等	《人民的呼声》	*The People Speak Out: Translations of Poems and Songs of the People of China*	1954	艾黎	以艾黎个人名义出版
赵树理	《李有才板话及其他故事》	*Rhymes of Li Yu-tsai and Other Stories*	1954	不详	法、印尼、西
刘白羽	《早晨六点钟》	*Six a. m. and Other Stories*	1953	不详	法
马烽	《太阳刚刚出山》	*The Sun Has Risen*	1961	不详	
王愿坚	《普通劳动者》	*An Ordinary Laborer*	1961	不详	法
康濯	《太阳初升的时候》	*When The Sun Comes Up*	1961	不详	
李准	《不能走那条路及其他故事》	*Not That Road and Other Stories*	1962	不详	
胡万春	《特殊性格的人》	*Man of a Special Cut*	1963	不详	日
王汶石	《风雪之夜》	*The Night of the Snowstorm*	1961	不详	法
秦兆阳	《农村散记》	*Village Sketches*	1957	不详	法、德
巴金	《生活在英雄们中间》	*Living amongst Heroes*	1954	不详	
王路遥等	《小星星及其他故事》	*Little Star and Other Stories*	1958	不详	越、缅
田军等	《一幅画》	*A Picture(five children's stories)*	1960	不详	
邱勋	《微山湖上》	*On Weishan Lake*	1962	不详	法、越
袁静	《小黑马的故事》	*The Story of Little Black Horse*	1959	不详	

续上表

编/著者	中文书名	英文书名	出版年份	译者	备注
张天翼	《大林和小林》	*Big Lin and Little Lin*	1958	不详	
张天翼	《宝葫芦的秘密》	*The Magic Gourd*	1959	不详	德
张天翼	《大灰狼》	*The Big Grey Wolf: A Play for Children*	1961	不详	法、德、西
杨朔	《雪花飘飘》	*Snowflakes*	1961	不详	俄、法、德、阿拉伯
胡奇	《五彩路》	*The Rainbow Road*	1959	不详	法、西、俄、阿拉伯
秦兆阳	《小燕子万里飞行记》	*The Adventure of Little Swallows*	1958	不详	德
任大霖	《他们在创造奇迹》	*They Are Creating Miracles*	1960	不详	
严文井	《唐小西在"下一次开船港"》	*Next-Time Port*	1958	不详	
萧平等	《海滨的孩子》	*At the Seaside: Four Stories*	1957	不详	法、西
任德耀	《马兰花》	*Magic Aster: A Play in Three Acts for Children*	1963	William C. White	
阮章竞	《金色的海螺》	*The Golden Sea Shell*	1961	不详	法
张天翼	《少先队员的故事》	*Stories of Chinese Young Pioneers*	1954	不详	法、德、印尼、西
徐光耀	《小兵张嘎》	*Little Soldier Chang Ka*	1964	不详	德、泰、印地、阿拉伯
严文井	《蚯蚓和蜜蜂的故事》	*The Bee and the Earthworm*	1958	不详	德
李季	《玉门诗抄》	*Songs from the Yumen Oilfields*	1964	袁可嘉	法、德、印尼

续上表

编/著者	中文书名	英文书名	出版年份	译者	备注
李季	《王贵与李香香》	*Wang Kuwi and Li Hsiang-Hsiang*	1954	不详	法、德、印尼
臧克家	《毛泽东诗词讲解》	*Mao Tse-Tung Nineteen Poems*	1958	Andrew Boyd、戴乃迭	
毛泽东	《毛泽东诗词》	*Mao Tse-Tung Poems*	1959	Andrew Boyd、戴乃迭	法、印地、西、印尼、荷、日、朝、德
郭沫若、周扬(编)	《红旗歌谣》	*Songs of the Red Flag*	1961	A. C. Barnes	
袁水拍	《酱油和对虾》	*Soy Sauce and Prawns: Satiric Political Verse*	1963	不详	西
北京人民艺术剧院	《夫妻之间》	*Between Husband and Wife: A Play in One Act*	1953	沙博理	
贺敬之、丁毅	《白毛女》	*The White-haired Girl: An Opera in Five Acts*	1954	杨宪益、戴乃迭	西、印尼
崔志德等	《纱厂的星期六下午及其他作品集》	*Saturday Afternoon at the Mill and Other One-act Plays*	1957	唐笙	
胡可	《战斗里成长》	*Steeled in Battles*	1955	唐笙	
胡可	《槐树庄》	*Locust Tree Village: A Play in Five Acts*	1961	不详	
陈其通	《长征——话剧：万水千山》	*The Long March*	1956	不详	
老舍	《龙须沟》	*Dragon Beard Ditch: A Play in Three Acts*	1956	廖鸿英	西
夏衍	《考验》	*The Test: A Play in Five Acts*	1956	Ying Yu	

续上表

编/著者	中文书名	英文书名	出版年份	译者	备注
孙芋等	《妇女代表》(三个独幕剧)	*The Women's Representative: Three One-act Plays*	1956	张素初、唐笙、沙博理	法、德、印尼
曹禺	《明朗的天》	*Bright Skies*	1960	张培基	德
段承滨、杜士俊	《降龙伏虎》	*Taming the Dragon and the Tiger: A Play in Six Scenes*	1961	A. C. Barnes	法
田汉	《关汉卿》	*Kuan Han-ching*	1961	杨宪益、戴乃迭	
超克图纳仁	金鹰(四幕历史剧)	*Golden Eagle: A Four-act Historical Drama*	1961	不详	
广西壮族自治区歌舞团	《刘三姐》	*Third Sister Liu: An Opera in Eight Scenes*	1962	杨宪益	
姚仲明等	《同志，你走错了路》	*Comrade, You've Taken the Wrong Path: A Four-act Play*	1962	A. M. Condron	
金山	《红色风暴》	*Red Storm: A Play in Three Acts*	1965	Derek Bryan	
李恍等	《赤道战鼓》	*War Drums on the Equator: A Play of Seven Scenes*	1966	不详	
沈西蒙等	《霓虹灯下的哨兵》	On Guard Beneath the Neon Lights	1966	不详	日
田汉	《白蛇传》(京)	*The White Snake: A Peking Opera*	1957	杨宪益、戴乃迭	
西南川剧院	《柳荫记》(川)	*Love under the Willows—Liang Shan-po and Chu Ying-tai*	1956	杨宪益、戴乃迭	
中国评剧院	《秦香莲》(评)	*The Forsaken Wife: A Chinese Folklore*	1958	杨宪益、戴乃迭	
广东粤剧团	《搜书院》(粤)	*The Runaway Maid: A Cantonese Opera*	1958	戴乃迭	
不详	《打渔杀家》(京)	*The Fisherman's Revenge*	1956	杨宪益、戴乃迭	

续上表

编/著者	中文书名	英文书名	出版年份	译者	备注
浙江昆苏剧团	《十五贯》(昆)	*Fifteen Strings of Cash: A Kunchu Opera*	1957	杨宪益、戴乃迭	法、西
云南大学中文系1956级学生收集整理)	《朗琼布》(傣族叙事长诗)	*Not a Dog: An Ancient Tai Ballad*	1962	艾黎	以“新世界出版社”的名义出版
梁星	《刘胡兰小传》	*Liu Hu-lan: Story of a Girl Revolutionary*	1953	不详	印地、法、德
吴运铎	《把一切献给党》	*Son of the Working Class: The Autobiography of Wu Yun-to*	1956	Pin-chang、唐笙	法、德、西、印尼
杨成武等	《长征的故事》	*Stories of the Long March*	1958	不详	印地、阿拉伯、缅、西、荷
柯兰、赵自	《破晓之前》(不死的王孝和)	*Before the Dawn*	1958	不详	越
陈昌奉	《跟随毛主席长征》	*On the Long March with Chairman Mao*	1959	不详	法、德、西、印尼、日、印地、越、阿拉伯
李天佑	《抗日战争的故事》	*Saga of Resistance to Japanese Invasion*	1959	不详	法、越
外文出版社(编)	《高山上的火苗》	*Flame on High Mountain and Other Stories*	1959	不详	越、阿拉伯、法、德、西
左林	《董存瑞的故事》	*Tung Tsun-Jui: The Making of a Hero*	1959	不详	法、斯

续上表

编/著者	中文书名	英文书名	出版年份	译者	备注
《志愿军英雄传》编辑委员会	《中国人民志愿军英雄传》	*Stories of the Chinese People's Volunteers*	1960	复旦大学英语系教师	
张麟、舒扬	《女英雄赵一曼》	*Better to Stand and Die: Story of Chao I-man, a Chinese Woman Revolutionary*	1960	不详	
高玉宝	《高玉宝》	*My Childhood*	1960	不详	德、法、泰、朝、意
陶承	《我的一家》	*My Family: Story Told by Tao Cheng*	1960	不详	俄
杨尚奎	《红色赣粤边》	*The Red Kiangsi-Kwangtung Border Region*	1961	不详	日、越
《志愿军一日》编辑委员会	《志愿军一日》(选本)	*A Volunteer Soldier's Day: Recollections by Men of the Chinese People's Volunteers in the War to Resist U. S. Aggression and Aid Korea*	1961	不详	
缪敏	《方志敏战斗的一生》	*Fang Chi-Min: Revolutionary Fighter*	1962	不详	俄、法
吴玉章等	《伟大的转折》	*The Great Turning Point*	1962	不详	越、德
杨植霖	《王若飞在狱中》	*Iron Bars but Not a Cage: Wang Jo-fei's Days in Prison*	1962	张培基	法、越、德
蒋南翔等	《民族的怒吼——“一二·九”学生运动回忆》	*The Roar of a Nation: Reminiscences of the December 9th Student Movement*	1963	不详	
三十年征文编委会	《火种不灭》	*The Unquenchable Spark*	1963	不详	越
三十年征文编委会	《回忆长征》	*The Long March: Eyewitness Accounts*	1963	不详	越

续上表

编/著者	中文书名	英文书名	出版年份	译者	备注
云南人民文工团工作组（整理）	《阿诗玛》	*Ashma*	1957	戴乃迭	法、世界语
外文社（编）	《青蛙骑手》	*Folk Tales from China(I)*	1957	不详	德、缅、法、泰、印尼、越、西、阿拉伯
钟敬文（编）	《水牛斗老虎》	*Folk Tales from China(II)*	1958	不详	法、德、缅、西、泰
贾芝(编)	《孔雀姑娘》	*Folk Tales from China(III)*	1958	不详	法、缅、印地、越、德
贾芝(编)	《妈勒带子访太阳》	*Folk Tales from China(VI)*	1958	不详	法、德
贾芝(编)	《不死山》	*Folk Tales from China(V)*	1960	不详	德
贾芝	《七姐妹》	*Folk Tales from China(VI)*	1965	不详	
刘白羽等	《海市》)	*Mirages and Sea-markets (a collection of modern Chinese essays)*	1962	不详	
巴金等	《一场挽救生命的战斗》	*A Battle for Life: A Full Record of How the Life of Steel Worker, Chiu Tsai-kang, Was Saved in the Shanghai Kwangtze Hospital*	1959	不详	
杨朔等	为了和平的友谊	不详	1953		
杨朔等	《我们在建设》	*Building a New Life: Stories about China's Construction*	1955	不详	